中國語言文字研究輯刊

十　編

許　錟　輝　主編

第 7 冊

「也」、「矣」、「已」的功能及其演變

曹　銀　晶　著

花木蘭文化出版社

國家圖書館出版品預行編目資料

「也」、「矣」、「已」的功能及其演變／曹銀晶 著 — 初版 —
新北市：花木蘭文化出版社，2016〔民 105〕
序 2+ 目 4+222 面；21×29.7 公分
（中國語言文字研究輯刊 十編；第 7 冊）
ISBN 978-986-404-538-9（精裝）
1. 漢語語法 2. 文言語法
802.08   105002066

ISBN-978-986-404-538-9

9 789864 045389

中國語言文字研究輯刊
十 編　　第 七 冊　　　　ISBN：978-986-404-538-9

「也」、「矣」、「已」的功能及其演變

作　　者　曹銀晶
主　　編　許錟輝
總 編 輯　杜潔祥
副總編輯　楊嘉樂
編　　輯　許郁翎
出　　版　花木蘭文化出版社
社　　長　高小娟
聯絡地址　235 新北市中和區中安街七二號十三樓
　　　　　電話：02-2923-1455 ／傳真：02-2923-1452
網　　址　http://www.huamulan.tw 信箱 hml 810518@gmail.com
印　　刷　普羅文化出版廣告事業
初　　版　2016 年 3 月
全書字數　184528 字
定　　價　十編 12 冊（精裝）　台幣 30,000 元

「也」、「矣」、「已」的功能及其演變

曹銀晶 著

作者簡介

曹銀晶，1975 年生於韓國，畢業於韓國成均館大學中文系，就讀於中國北京大學中文系，先後獲得古文字學專業碩士、漢語史專業博士學位。曾是台灣中央研究院語言研究所訪問學員，並獲台灣國科會人文學研究中心「來台博士青年學人學術輔導諮詢補助」。現爲韓國世宗大學國際學部特聘教授。主要從事古文字、漢語史（語法）研究，結合出土文獻與傳世文獻探討漢語史現象。發表論文 10 餘篇，並主持韓國教育部屬下韓國研究財團項目——博士後項目、著述出版項目等課題。

提　要

　　本書通過出土文獻和傳世文獻的對比，發現《論語》中的「也已矣」連用現象不見於西漢出土文獻。目前最常用的《論語》版本就是阮元本，但是本書發現阮元本中的「也已矣」面貌是唐以後才產生的。藉此，本書就討論了「也」、「矣」、「已」單用（第 2 章～第 4 章）及「也已矣」連用的形式（第 5 章），分析了它們在不同時期語法功能的變化，最後（第 5 章）揭示了這種差異的原因。

　　「也」、「矣」、「已」是古漢語最常用的陳述語氣詞，在漢語裏，語氣詞是表達情態或語氣的主要手段之一。本書把範圍限制到語氣和語氣詞，暫不討論情態的問題。正式進入正文以前，本書就提出了如下觀點。第一，語氣有虛詞語氣和句式語氣之分，虛詞語氣指某個語氣詞本身所表達的語氣，句式語氣指某種句式所具有的語氣。第二，語氣詞的功能是表達語氣的，但是有的語氣詞還兼有別的語法功能，就像「了」兼表既事相和決定語氣一樣。本書認爲語氣詞「也」、「矣」、「已」都是表達語氣，但是同時兼有別的語法功能。本書的特點是：第一，結合出土文獻材料。目前少有有系統地研究上古漢語語氣詞的專著，本書除了傳世文獻外，還會考察了出土文獻材料，試圖彌補已有研究的缺陷。第二，考察語氣詞功能從甲骨文到唐朝的演變發展。本書將從歷時的眼光出發，分幾個重要的階段，試圖探討上古漢語語氣詞的功能到後來的演變。

　　第二章至第四章分別討論「也」、「矣」、「已」的功能及其演變。從它們的使用頻率上看，「也」、「矣」在春秋戰國時期使用率都很高，經過魏晉南北朝的衰退，到唐朝就不多見了；「已」主要見於戰國，但是東漢以後就絕跡了。從它們表達的功能上看，「也」是兼表判斷和確定語氣，「矣」是兼表完成／實現和決定語氣。這一點跟「乎」、「哉」等語氣詞單表語氣是不相同的。並且「也」還經歷了從兼表判斷和確定語氣到單表確定語氣的過程。本書還從歷時的角度探討了「也」、「矣」、「已」在各個時期表現出來的各個不同功能。另外文章還提出句中「也」在早期具有名詞標記功能的這一看法。

　　第五章對《論語》中的「也已矣」連用提出了新的看法。根據出土文獻，本書推斷在《論語》中可能本有「也已矣」，但數量不多。到東漢，可能《論語》中有的句子末尾出現了「也已矣」。皇侃本《論語》中有 13 處「也已矣」，到唐石經就和阮元本完全一致，都是 8 例。宋朝以後的《論語》原文也基本上承襲唐石經。本書還全面考察了「也已矣」連用的形式以及它在不同時期功能的變化。

序

蔣紹愚

　　曹銀晶的博士論文《「也」「矣」「已」的功能及其演變》出版了，我感到很高興。

　　「也」「矣」「已」是文言文中很常用的語氣詞。但要從漢語史的角度研究其產生和發展，研究其功能以及它們之間的異同，卻不是很簡單的事。曹銀晶的論文對此作了很好的研究，她的論文有兩個主要的特色：

　　（一）把出土文獻和漢語史的研究結合起來。從上個世紀後半開始，發現了大量出土文獻，爲漢語史研究提供了重要資料。但把出土文獻和漢語史研究結合起來還有待深入。曹銀晶對出土文獻下過功夫，她從出土文獻中發現，語氣詞連用的很少，從而提出一個問題：今本《論語》中的 8 處「也已矣」究竟是《論語》的原貌，還是有些是後人增添的？這個問題提得很有意義。她根據其它的歷史資料（包括敦煌資料）論述了不同時期的《論語》版本中「也已矣」的變化，指出其變化的原因。這是作者的一個創獲。

　　（二）區分了「句式語氣」和「虛詞語氣」，指出有的學者所持的「語氣詞多功能」說是把句式語氣誤認爲虛詞語氣。如：處於疑問句末尾的「也」、「矣」並沒有表疑問的功能，表疑問是疑問句的句式語氣。這種看法是正確的。她對「也」、「矣」、「已」這三個語氣詞的功能提出了自己的看法，論文認爲：「也」在早期有名詞標記的用法，當「N＋也」處在主語位置上的時候，後面的語氣

可以有停頓，但這是句法位置造成的，這種「也」本身並不表示語氣。論文認爲上古時期語氣詞「也」表〔＋判斷〕〔＋確定〕，「矣」表〔＋完成／實現〕〔＋決定〕，到後來有所變化；「已」兼具「也」、「矣」的功能。這些論點，論文都做了較好的論證。

　　曹銀晶是韓國人，但她熱愛中國古代文化。她在中國留學將近十年，碩士階段和博士階段都是在北京大學度過的，念碩士時師從名師李家浩老師研究古文字，念博士時我是她的導師。顯然，不論是古文字的研究還是漢語史的研究，對她來說都是有相當難度的。但她知難而進，堅持不懈，寫出了很好的博士論文。學習期間，她曾到臺灣訪學，得到著名學者梅廣先生的指導，也向中研院、臺大、清大的多位學者請教，有不少的收穫。回韓國以後，她決心繼續從事漢語史和中國古代文化的研究。她是一個有心人，我相信她會在研究方面繼續前進，期待她作出更多的成果！

蔣紹愚

2015 年 10 月　於北大

第一章　緒　論

1.1 研究範圍及其界定

在上古漢語語法研究當中，前輩學者對語氣詞重視不夠。語氣詞雖然是種類數量不多的封閉類，但它卻使用普遍，其作用不可低估。目前研究成果也一般側重在某一專書的語氣詞出現頻率以及表達的語氣等概述性的研究上。本書通過出土文獻以及傳世文獻的考察，將對古漢語語氣詞「也」、「矣」、「已」和「也已矣」作較爲系統的研究，著重探討這幾個語氣詞從先秦到晚唐五代的功能演變。正式進入討論以前，有必要交待一下與我們的研究相關的概念，即對上古漢語的界定，情態、語氣和語氣詞之間的關係，語氣詞的功能等等問題，以便說明本書的研究範圍以及研究對象。

1.1.1 對上古漢語的界定

關於漢語史的分期問題歷來是漢語史研究中的一個重要問題，就已有的各家觀點來看，比較有代表性的學者有王力、潘允中、呂叔湘、高本漢和蔣紹愚等諸位先生和日本漢學家等。王力（1980：35）把漢語史分爲四期，即上古（公元三世紀五胡亂華以前）、中古（公元四世紀到十二世紀南宋前半）、近代（公元十三世紀到十九世紀鴉片戰爭）和現代（五四運動以後到現在）。潘允中（1982）也把漢語史分爲四期，即上古（從殷商至西漢，東漢爲過渡

期）、中古（自兩晉至隋唐）、近代（自宋元至鴉片戰爭以前）和現代（五四運動以後）。呂叔湘（1984）以晚唐五代為界，把漢語的歷史分為古代漢語和近代漢語兩大部分。高本漢（1994）認為《詩經》以前是太古漢語，《詩經》以後到東漢是上古漢語，六朝到唐是中古漢語，宋代是近古漢語，元明是老官話。日本漢學家一般把漢以前稱為「上古」，把六朝到唐末稱為「中古」或「中世」，把宋元明稱為「近世」，把清代稱為「近代」。蔣紹愚（2005）從語法、詞彙和語音方面看，把近代漢語的上限定為晚唐五代，下限定為清初。此前為古代漢語，此後為現代漢語。

其中還有一部分學者是從上古漢語中另外分出中古漢語階段，不過迄今尚未有一個明確的結論，並且在其起止時間上仍存有分歧。〔註1〕目前同意中古漢語階段的說法，歸納起來，也就是兩種：一種是主張其上下限該為魏晉南北朝至晚唐五代；一種是主張東漢魏晉南北朝隋朝為其界限。〔註2〕不管中古漢語的

〔註 1〕關於中古漢語的語法特點，王力（1980）從語音、語法兩方面概括了其特點：（1）在口語的判斷句中繫詞成為必需的句子成分；（2）處置式的產生；（3）完整的「被」字式被動句的普遍應用；（4）形尾「了」、「著」的產生；（5）去聲字的產生等。潘允中（1982：12-17）認為：（1）從東漢起，開始出現作為人名和親屬名詞的詞頭，如「阿」、「老」、「子」、「頭」、「兒」；（2）到了魏晉南北朝，動詞詞尾「了」、「著」開始出現；（3）副詞詞尾「地」的產生；（4）以聲調來區別詞性；（5）疑問句和否定句的代詞賓語，變為先動後賓；（6）被動式進一步完善，「被」字句的產生；（7）處置式的產生和完善；（8）表示複數的代詞和名詞形尾「們」的產生。方一新（2004）說：「以中古時期的語法為例，當時確實產生了許多先秦未見或罕見的語法特徵。」其特徵概括如下：（1）自漢代以來，出現了許多新的人稱代詞。如第一人稱代詞有『儂』、『己』、『仁』，第二人稱代詞有『你』。（2）人稱代詞的複數表達法『曹』、『等』、『輩』等產生。（3）動量詞的產生。如『下』、『遍』、『過』、『回（迴）』、『通』、『次』等。（4）名量詞的增加，如『枚』、『通』、『所』、『部』等。（5）『是』開始用作繫詞。（6）疑問代詞賓語的不前置。（參看太田辰夫1991，魏培泉2000）方一新（2004）還舉出中古漢語詞彙的一些特徵：第一，開始出現言文分離。第二，白話作品中口語詞、俗語詞大量增加。第三，舊的概念開始使用新的詞來表達，同時產生了大量新詞新義。第四，基本詞彙開始產生變化，許多新詞開始與舊詞並存，並呈現出『萌芽－並存－取代』的發展軌跡。第五，構詞法有新的變化，附加式復音詞大量出現。

〔註 2〕如王力（1980：35）以公元四世紀到十二世紀南宋前半為中古漢語時期，潘允中（1982）以兩晉至隋唐為中古漢語時期，高本漢（1994）以六朝到唐為其時期。除

下限怎樣，它的上限應在東漢以後。據此，本書把「上古漢語」的下限定到西漢，先考察上古漢語階段的功能，然後再去探討它們在中古漢語以後的演變發展。每個語氣詞都有演變軌跡，但是每個語氣詞的功能演變以及衰減情況不很一致，因此在有必要的情況下，再會把上古漢語階段分成幾個小階段（上古漢語前期、中期、後期）去談。

1.1.2　對語氣詞名稱的界定

前人早就注意到了語氣詞的使用，但「語氣詞」這一名稱卻產生得較晚，這一叫法出現之前大多數是把語氣詞與其它虛詞混同，其名稱也不一樣。古人沒有把語氣詞單獨歸爲一類，大都是把語氣詞跟虛詞放在一起研究，稱作「辭」、「詞」、「語」、「語詞」、「語辭」、「助語之辭」等，〔註3〕沒有把語氣詞從虛詞中分離出來。

從馬建忠的《馬氏文通》開始，將語氣詞單列爲一類，將它稱作助字。馬氏說：「凡虛字用以結煞實字與句讀者，曰助字」，並將「助字」分爲「傳信」和「傳疑」兩類。馬氏之後，學者們開始對古漢語語氣詞的名稱及範圍等問題也進行討論。楊樹達（1978）將語氣詞稱爲「助詞」，把位於句首、句

此之外，王雲路、方一新（2000）在《中古漢語研究・前言》裏把中古漢語的上下限定爲東漢魏晉南北朝時期。後來方一新（2004）從中古詞彙的角度對漢語史的分期問題作一些考察和分析，說：「我們認爲，從漢代特別是東漢以來，漢語發生了很大的變化，以東漢爲界，把西漢列爲過渡期和參考期，把古代漢語分成上古漢語和中古漢語兩大塊，以東漢魏晉南北朝隋爲中古漢語時期，從語法、詞彙上看都是比較合理的。語音上也可以找到相應的證明。」孫淑梅（2007）從之。可以說，所謂「中古漢語」還沒有一個嚴格的界說。

〔註3〕西漢毛亨的《詩詁訓傳》稱之爲「辭」；東漢許慎的《說文解字》稱爲「詞」，或稱爲「語」；鄭玄在注疏經書時稱之爲「語助」，或叫「辭」；西晉杜預《左傳注》稱爲「辭」、「語助」、「發聲」、「發語之音」等；元代盧以緯在《語助》中統稱所收的虛詞爲「語助詞」；清人袁仁林的《虛字說》稱包括語氣詞在內的虛詞爲「虛字」；劉淇的《助字辨略》稱虛詞爲「助字」、「虛字」；王引之《經傳釋詞》的「詞」即指虛詞，稱「矣」爲「語已詞」；朱熹《孟子集注》稱「已」爲「語助詞」；顏師古《漢書注》稱「已」爲「辭」或「語終辭」；孔穎達《禮記注》稱「已」爲「語詞」、「語辭」；司馬貞《史記索隱》稱「已、也」爲「助語之辭」；郝懿行《爾雅義疏》稱「已」爲「語詞之終」。

中、句末的分別叫做「句首助詞」、「句中助詞」、「句末助詞」。王力先生在《漢語語法史》（1989）稱之爲「語氣詞」，而談幾個常見的句尾語氣詞表達的語氣。他還在《古代漢語》（1999，第二冊 464 頁，1962 年初版）中把語氣詞分爲句首、句中和句尾三類，並把「夫」、「其」、「唯」列爲句首句中語氣詞範圍內。〔註4〕呂叔湘（1990）稱之爲「語氣詞」，並把句首、句中、句末語氣詞包括在語氣詞範圍之內，也把「其」當作語氣詞。〔註5〕郭錫良先生也稱作「語氣詞」，他有專門文章是談語氣詞問題的，不過從郭錫良（1988、1989）所舉的例句看，他所謂的語氣詞只限於句末語氣詞。孫錫信（1999：3）也稱作「語氣詞」，將其限於句末語氣詞。楊伯峻、何樂士（2001：471-4）把位於句首的「夫」和「唯」稱爲「語助詞」，跟位於句末的「語氣詞」區別開來。何樂士（2004）卻把「其」歸爲語氣副詞。李佐豐（2004）把位於句末或句首且表疑問、祈使、感歎的稱作「語氣詞」，把位於句末或句首且表認定的稱作「決斷詞」，也把「其」等詞歸爲語氣詞。〔註6〕

可見，現代學界對古漢語「語氣詞」名稱，把位於句末的叫做「助詞」、「語氣詞」或「決斷詞」；把位於句首句中者叫做「助詞」、「語氣詞」、「語助詞」、「語氣副詞」等，其中叫做「語氣詞」者占大多數。關於「語氣詞」所指範圍，主要有以下兩種意見：第一、分作句首、句中、句末語氣詞。第二、僅指句末語氣詞。

上邊說過，本書將會著重討論「也」、「矣」、「已」，這跟表達疑問或感歎的語氣詞是不同的，其實李佐豐先生把它們跟「傳信」語氣詞區別開來叫做「決斷詞」還是挺有道理的。但是目前很多學者已經都沿用「語氣詞」這一名稱，

〔註4〕早期也有談語氣詞問題的著作，不過多半都限於現代漢語的語氣詞。比如黎錦熙（1992）稱句末語氣詞爲「助詞」，並據句子表達的語氣把語氣詞出現的句式歸納爲五類：決定句、商榷句、疑問句、驚歎句和祈使句。丁聲樹（1961）稱之爲「語助詞」，認爲不同語助詞可以表達疑問、祈使、測度、陳述、停頓等語氣。

〔註5〕他所謂的句首語氣詞有：唯（303 頁）；句中語氣詞有：其（祈使語氣詞，303 頁）、者、也、也者（停頓語氣，321 頁），也、乎、邪（假設語氣，323-4 頁），豈（疑問語氣詞，288 頁）；句末語氣詞有：矣、哉、乎哉（祈使語氣詞，303 頁），乎、矣、夫、哉（感歎語氣詞，314 頁），乎（測度語氣詞，299 頁）等。

〔註6〕在李佐豐先生的歸納中，語氣詞有「乎、與、歟、哉、邪、耶」和「唯、其」等，決斷詞有「也、矣、焉、已、而已、耳、爾」和「夫、凡、蓋、唯」等。

因此本書暫且把它們統稱爲「語氣詞」。對於「也已矣」連用，本書就把它叫做「語氣詞連用」。〔註7〕附帶說一下，上文說過，本書將會採用「語氣詞」這一名稱，不過引用其它學者說法時，有必要的情況下，仍會採用原學者的稱法，如「語氣助詞」、「語助詞」等。

1.1.3 情態和語氣

1.1.3.1 情態是什麼

根據張成福、余光武（2003：52）的介紹，西方學者 Lyons 在 1977 年出版的《Semantics》（vol.2，Cambridge University Press）中指出，「情態是命題以外的成分或修飾命題的成分，是說話人對句子所表達的命題或命題所描寫的情景的觀點或態度，也就是說，情態是指語句中的非事實性（non-factuality）成分。」Lyons 還把情態（modality）分爲知識情態（epistemic modality）和義務情態(deontic modality)，〔註8〕Palmer 在 1986 年出版的《Mood and Modality》中還對這兩者進行了詳細的論述。〔註9〕Palmer 所謂的知識情態是跟說話者的主觀認識有關，義務情態是跟說話人或他人的行動有關。Palmer 還把認識情態分成證據類和判斷類兩大類，說「它們是句法平面上的情態系統」。Palmer 認爲表達情態的幾種語法手段有情態動詞、語氣、小品詞和附著形式。情態動詞就是助動詞，如 must / may / can 等；語氣就指直陳語氣、虛擬語氣、假設語氣等，一般用動詞的屈折變化表達它，這跟漢語的語氣不大一樣；還有小品詞和附著形式，比較少見。

不同的語言裏表達情態的手段是不完全相同的。英語裏可以用情態動詞來表示，還可以用動詞的屈折，但是英語裏沒有語氣詞；而漢語裏同樣有情態動詞，也可以用假設連詞，很重要的一個就是還可以用語氣詞來表示它。這個就是英語和漢語的不同點。

〔註7〕對語氣詞連用，學者們有不同的稱呼：馬建忠（1983）稱爲「合助助詞」；郭錫良（1989）、朱承平（1998）稱爲「語氣詞組合」；楊永龍（2000）稱爲「語氣詞同現」等。

〔註8〕有的著作和論文把「epistemic modality」翻譯爲「認識情態」，把「deontic moaility」翻譯爲「道義情態」。

〔註9〕本書對 Palmer 的意見，都取自廖秋忠（1989）。下同。

1.1.3.2 語氣是什麼

呂叔湘先生在《中國文法要略》中，把廣義的語氣分為「語意」、「語勢」和「狹義的語氣」三個小部分，並做出了這樣一個分類表：

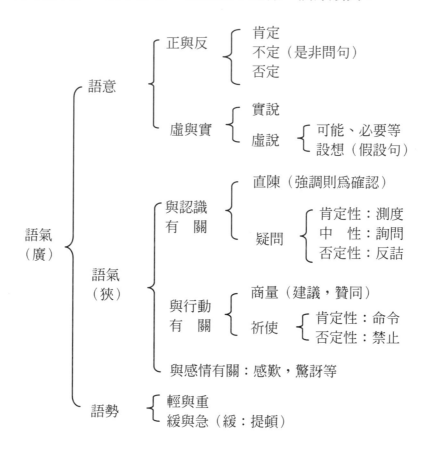

呂先生解釋說：「『語氣』可有廣狹兩解。廣義的『語氣』包括『語意』和『語勢』。所謂『語意』，指正和反，定和不定，虛和實等等區別。所謂『語勢』，指說話的輕或重，緩或急。除去這兩樣，剩下的是狹義的『語氣』：假如要給他一個定義，可以說是『概念內容相同的語句，因使用的目的的不同所生的分別。』『語意』對於概念的內容有改變，而同一語氣仍可有『語勢』的差異。三者的表現法也不相同：語意以加用限製詞為主，語勢以語調為主，而語氣則兼用語調與語氣詞。但是三者之間的關係非常密切。」

與本書直接相關的就是「狹義的語氣」。

1.1.3.3 情態和語氣的關係

一般來說，人們說一句或一段話，總涉及三個方面：（1）說的是什麼事物或事件，這是語句的「事實性成分」，即「命題」。（2）說話者對此是什麼觀點

或態度，這是語句的「非事實性成分」，即「情態」。（3）說話用什麼語氣，命題不同，情態不同，往往會有不同的語氣。所以，語氣和命題及情態是密切相關的，和情態的關係尤爲密切。呂叔湘先生說廣義的語氣包括「語意和語勢」，照我們的理解，「語意」的「正與反」、「虛與實」就和命題、情態都有關係，而他所說的狹義的語氣，包括「直陳、疑問、商量、祈使、感歎」等，與情態關係尤爲密切。

當然，「情態」和「語氣」只是有關，而不能等同。表達情態的手段有多種，語氣只是其中一種。不同的情態和不同的語氣也不一一對應，如情態中的知識情態（epistemic modality）和義務情態（deontic modality），和語氣中的「直陳、疑問、商量、祈使、感歎」就無法建立對應關係。

本書研究的是語氣詞，所以對情態問題不作過多的討論。

1.1.4 語氣和語氣詞

關於語氣和語氣詞的關係，呂叔湘先生在《中國文法要略》中說：「語氣的表達兼用語調和語氣詞：語調是必須的，語氣詞則有時可以不用。」比如，現代漢語要表達疑問語氣，可以用語氣詞：「這是一本書嗎？」；但也可以不用語氣詞，而光靠語調來表達：「這是一本書？」。

更值得注意的是：語氣有虛詞語氣和句式語氣之分。〔註10〕那麼什麼叫「虛詞語氣」、「句式語氣」？虛詞語氣指，某個語氣詞本身所表達的語氣，如「也」的確定語氣、「矣」的決定語氣，「與」的疑問語氣。句式語氣指某種句式所具有的語氣。如疑問句，不論句末有沒有專表疑問的語氣詞，都有一種區別於直陳語氣的疑問語氣。如「豈非士之所願與？」（《戰國策‧秦策三》）固然有疑問語氣，而「豈非士之所願？」也有疑問語氣。疑問語氣主要是「豈非……」這種反問句式造成的，句末有疑問語氣詞「與」固然是標記了這種疑問語氣，沒有語氣詞仍然有疑問語氣。假如在疑問句句末出現一個語氣詞「矣」，整個句子還是疑問語氣，但我們認爲這種疑問語氣是句式語氣，而不是「矣」的虛詞語氣，「矣」的虛詞語氣仍然是表決定語氣。（具體論證詳看本書3.2）區分虛詞語氣和句式語氣，對研究語氣詞十分重要，這是本書的一

〔註10〕「虛詞語氣」和「句式語氣」這兩個術語和概念是2009年12月12日劉子瑜老師在參加筆者綜合考試時給我提供的術語。特此感謝。

個重要觀點。

　　有一點還值得注意：不要誤認爲有語氣停頓的地方都有語氣詞。王力（1984：215）說過：「從前有人把中國的語氣詞（助詞）認爲和西洋的標點符號相當，或把中國標點符號的缺乏，認爲語氣詞產生的原因，這都是不對的。」語氣詞和語氣停頓不是一一相對應的。某個地方有個語氣停頓並不等於說在那個地方所在的就是語氣詞。朱德熙先生在《自指和轉指》中討論表自指的「VP 者」時說過：「至於這類判斷句裏表現出來的『提頓』語氣，應該說是『VP 者 s』（筆者按：s 指『自指』，下同）所處的語法位置（主語）造成的，跟『者』字本身沒有多少關係。因爲只要把『VP 者 s』換到別的語法位置上去，這種『提頓』語氣就完全消失了。」就拿「也」字來說，「先君奉**此子也**而屬諸子。」（《左傳》文公 7 年）中的「也」處於「S＋VO 而 VO」中第一個賓語的位置，「也」不可能是語氣詞，那麼這樣一個形式處於其它語法位置上的時候，也不能認爲它是語氣詞。因此「**是夫也**將不唯衛國之敗，其必始於未亡人。」（《左傳》成公 14 年）中的「也」後如果有語氣停頓，應該說是「是夫也」所處的語法位置（主語）造成的，跟「也」字本身沒有多少關係。（有關「也」的具體論證詳見本書 2.2）

1.1.5 語氣詞的功能

　　語氣詞的功能當然是表達語氣，但有的語氣詞還兼有別的語法功能。呂叔湘先生在《中國文法要略》（1990：229）說現代漢語的「了」的時候，把它放到「時間」章節下面去講。時間是跟「tense、aspect、體」這些概念有關的。他舉到了「他早就去了」，「馬褂也脫了」，「上月二十八就安葬了」等例，然後說：「我們要注意：上面例句裏的『了』字同時有兩個作用，表示動作的既事相，也表示決定的語氣。」他在 261 頁「傳信」章節還強調說，「有些句子只有一個『了』字，在句（或小句）的末尾，這個『了』字就兼表動相和語氣。」既事相「了」就是表達「完成／實現」了。在上古漢語裏，「矣」就表「完成／實現」，所以，我們同樣可以認爲，「矣」在表達決定語氣的同時，還兼表完成／實現。而句末的「也」在表達確定語氣的同時，兼有表判斷的功能。﹝註11﹞但是有的「也」可以不用在判斷句裏邊，這時候的「也」還是表

﹝註11﹞ 這一直陳語氣中，其實有確定和決定的區別。呂先生說，決定語氣跟確認語氣有

示陳述，表示說話者對某一事情的確定，因此可以說表判斷的功能沒了，光是剩下了表確定的語氣。〔註 12〕

1.2 研究回顧

有關語氣詞，自東漢以降論者頗多，如東漢許慎、鄭玄、趙岐、梁皇侃、宋朱熹等等。〔註 13〕元朝以後才開始有了研究虛詞的專著，如元朝的盧以緯《語助》和清朝劉淇《助字辨略》、袁仁林《虛字說》、王引之《經傳釋詞》等。不過這些都是對語氣詞作一些零星的解釋，直到馬建忠的《馬氏文通》才真正對語氣詞給予系統闡釋。馬氏之後，隨著人們對語氣詞認識的加深，語氣詞研究日益深入。到目前為止，語法學界對語氣詞的功能、分類及語氣意義等開展過部分研究，並取得一定的成就。〔註 14〕

動和靜的分別，現代漢語的「了」和「的」、文言的「矣」和「也」就屬如此（263頁）。他舉例說：「你這麼一說，我知道了」表示原先我不知道；「你不必多囑咐，我知道的」表示我本來知道，前者表決定，後者表確認。其實決定和確認都表示事實的確定，一個是動，一個是靜而已。不過動和靜還是要區分的，因此我們還是採取決定和確定這兩個術語。

〔註12〕表「既事相」的「了」屬什麼詞類？是不是仍然是語氣詞？這個問題是可以討論的。呂叔湘《中國文法要略》228 頁說：「在白話裏，除應用這些限制詞外，又另外發展出一些專以表『動相』為作用的詞，本身的意義更空洞，已經近於詞尾。」這些詞包括表「既事相」的「了」。但他沒有明確說這種「了」究竟是什麼詞性。在現代漢語語法研究中，一般把這種「了」看作是語氣詞，如朱德熙《語法講義》235 頁說：「語氣詞裏只有『了』、『呢 1』和『來著』是表示時態的。」所以本書把兼表「決定」和「完成／實現」的「矣」和兼表「確定」和「判斷」的「也」都看作是語氣詞兼有兩種功能。

〔註13〕他們有時也對語氣詞連用給予解釋，如東漢趙岐《孟子・公孫丑下》注：「云爾，絕語之辭也」；梁皇侃《論語義疏》：「耳乎，語助辭」等。

〔註14〕目前上古漢語語氣詞研究專著（含碩博論文，下同）主要有華建光（2008）和姜南（2004）等。還有單篇研究論文，講個別語氣詞的用法或功能的有周法高、郭錫良、劉曉南、蒲立本、宋金蘭、洪波、楊永龍、錢宗武、何樂士、李宗江、劉承慧、朱承平、王統尚、石毓智、陳前瑞、Harbsmeier 等先生（按文章發表順序排列，具體請看本書最後「參考文獻」，下同）；講語氣詞連用的有趙長才先生等；講出土文獻所見語氣詞的有張振林、張玉金、陳永正等先生。還有專書中涉及語氣詞問題的著作有馬建忠、楊樹達、楊伯峻、潘允中、魏培泉、呂叔湘、李佐豐、

1.2.1 語氣詞的功能問題

對語氣詞功能問題的主要意見分成兩個：單個語氣詞的功能，或認爲是表單功能，或認爲是表多功能；語氣詞連用，或認爲是連用之後表達單一語氣，或認爲是每個語氣詞都各自表達自己的功能。下面請看具體內容。

1.2.1.1 單個語氣詞的功能

20 世紀對語氣詞的研究，一般從它出現的位置、出現的條件以及性質、作用等方面進行討論。〔註 15〕語氣詞表達什麼語氣，傳統的看法一般認爲是一個語氣詞擁有多功能，表達多種語氣，如楊樹達（1984）、呂叔湘（1956）、楊伯峻（1965）等主之。根據郭錫良（1988：53），楊樹達（1984）認爲：「也」的用法有八種，「矣」有七種，「焉」有六種，「乎」有五種，「與」（歟）有三種，「哉」有三種，「邪」有五種，等等。這就是說每個語氣詞都可以表示多種語氣。可是按楊樹達先生的意見，一種語氣又可以用多個語氣詞來表示，比如：疑問語氣可以用「乎」、「與」、「邪」，也可以用「哉」、「夫」，還可以用「也」、「矣」、「爾」、「焉」；感歎語氣可以用「哉」、「夫」，也可以用「乎」、「與」、「邪」，還可以用「也」、「矣」、「焉」；決定（論斷）語氣可以用「也」，又可以用「矣」、「焉」、「爾」、「耳」、「邪」；陳述語氣既可以用「矣」，又可以用「也」。呂叔湘（1956）也認爲「語氣詞和語氣不是一一相配的。一方面，一個語氣詞可以用來表示不同的語氣。一方面，同一語氣可用幾個語氣詞，有時似乎無差別，但一般而論，實代表種種細微的區別，這些細微的區別最應該體會。」可見，傳統語法學界認爲一個語氣詞擁有多功能。〔註 16〕之後，郭錫良（1988、1989）論證了語氣詞多功能的傳統看法的不妥，提出了先秦語氣詞單功能的觀點，劉曉南（1991）從之。郭錫良（1988、1989）說：「只有按照語氣詞單功能觀點來考察，才能分清各個語氣詞之間的細微區別，也才能解釋清楚幾個語氣詞連用的現象。」郭先生認爲「也」表示論斷或肯定語氣，「矣」表「把說到的事物作爲新情況報導出來」，「已」表限止語氣。

錢宗武、蒲立本、王力、楊伯峻、何樂士先生等。

〔註15〕比如學界對上古漢語時期的「也」，一般認爲：主要出現在 NP 謂語的後面，表判斷語氣，也有出現在時間名詞、副詞、介詞詞組後面作狀語，表達提示、強調、舒緩等語氣。

〔註16〕以上楊樹達（1984）、呂叔湘（1956）的意見轉引自郭錫良（1988：53）。

1.2.1.2 語氣詞連用時的功能

對於語氣詞連用時表達的語氣，目前有兩種看法。一種認為它們連用之後還是獨立的詞彙單位，表達單一語氣。如楊伯峻（1965）、陳恩渠（1987）、李宗江（2005）、張小芹（2005）、李曉華（2006）等。陳恩渠（1987）認為，「也已矣」表肯定，隱含感歎；李宗江（2005）認為「也已矣」整個表達單一語氣，有的著眼於變化，相當於「矣」，有的著眼於狀況，相當於「也」；張小芹（2005）把「也已矣」翻譯成「了」，似看作「矣」；李曉華（2006）認為「也已矣」的連用是表肯定的加強。

另一種意見認為是它們各自都發揮自己的作用，表達複雜語氣，即單功能語氣詞表達復合語氣。如馬建忠（1983）、郭錫良（1989）、廖禮平（1987）、朱承平（1998）、楊永龍（2000）、周滿偉（2004）、王啓明（2006）等屬之。廖禮平（1987）認為「也已矣」的「也」表示確定的語氣，「已」表示已成為事實，「矣」有加強語氣的作用。朱承平（1998）說：「感歎句中，比較特殊的現象是允許兩個陳述語氣詞用在感歎語氣詞之前。其表現形式是『也已矣』。……『也』字表肯定，『已』字表發展變化，『矣』字表感歎。」楊永龍（2000）說：「『也已矣』，一顯然，一足然，一必然，三者魚貫而出，傳信度逐階攀升，盡現說者態度之執著；又『也』『已』雙聲；『已』、『矣』疊韻，三字發音聯綿推延，搖曳生姿，盡展語氣之舒緩。」周滿偉（2004）認為「也」表示論斷語氣，「已」表示限止語氣，「矣」表示報導、實現的語氣，說：「在『也已矣』中，起表達作用的仍然是『也』，承載著全句的主要語氣，『已』、『矣』起顯示或附加作用，幫助整句表達一種複雜的語氣。」王啓明（2006）說，「也已矣」是三種陳述性語氣的複合體，其語氣既有限止又有肯定，最後加以陳述。

1.2.2 語氣詞跟語用結合的研究

有些研究，從語用的角度探討某些語氣詞的功能或者它們的演變。張文國（1999）全面分析了《左傳》「也」字的用例，認為「也」前面的成分就是新信息，「也」字是某句話新信息的標誌，強調新信息。錢宗武（2001）通過考察今文《尚書》語氣詞使用情況，指出早期語氣詞的幾點特點：助句表感歎或祈使語氣、特徵模糊、功能混同、其語用功能是通過具體語境體現、句

末語氣詞之間存在聲音上的內在聯繫。趙振興、顧丹霞（2004）從篇章語法的角度分析《周易大傳》語氣詞的功能，認爲語氣詞「也」、「者」、「矣」、「焉」等是一個語用成分，句中的「者也」、「者」、「也」是主位標記，表舊信息；句末的「也」、「者也」、「焉」、「矣」是焦點標記，表新信息，二者的功能是不同的。張小峰（2008）把「也」的語用功能分成兩個，即「〔＋對比〕」和「〔＋強調〕」，並主張這兩個「也」都有提醒聽話者或讀者讓他們關注某一內容。他認爲這就是語氣詞「也」的語用上的基本功能。王統尚、石毓智（2008）根據類型學的共性特點，進一步確立上古漢語「也」的功能演變。文章認爲，先秦「也」的用法和諧而有系統，它的基本用法是表示判斷，由此發展出焦點、強調、對比等用法。

1.2.3 語氣詞連用時的結構層次問題

有些學者還注意到了「也已矣」不可以用作「矣已也」、「已矣也」或「已也矣」等。比如郭錫良（1989）說：「語氣詞連用有很強的規律性，疑問語氣詞、感歎語氣詞往往殿後，論斷語氣詞『也』一般只能在前。」對於傳信語氣詞連用比傳疑語氣詞還要頻繁，朱承平（1998）說：「這是因爲陳述語氣的表達比其它語氣詞更爲複雜。」對此，或從詞義的角度認爲「也」的意義比較實，跟前邊的句子關係密切，所以置前。有學者還從結構層次上進行分析，如馬建忠（1983）、楊永龍（2000）、時兵、白兆麟（2001）等。楊永龍（2000）認爲它們同現時，各字在具體句子中的所屬層次不同。他注意到了「陳述＞疑問／反問／感歎」的位序，同時主張「疑問＞感歎」。〔註17〕不管怎樣，大家比較一致的看法是，語氣的重點一般落在最後的一個字上。〔註18〕

〔註17〕楊永龍（2000）說：「因爲可以在陳述句末尾加上相關句類標記轉換爲疑問句、反問句、感歎句，所以會有『陳述語氣詞＞疑問／反問／感歎語氣詞』的位序，而不可以在疑問句、反問句、感歎句句尾添加陳述句句類標記使其轉換爲陳述句，所以不會有與之相反的位序；同時，疑問句加上反問標記也可以轉換爲反問句，所以有『疑問語氣詞＞反問語氣詞』的位序，而反問句也不能靠加上疑問句句類標記轉換爲疑問句，所以不會有『反問語氣詞＞疑問語氣詞』的位序。」

〔註18〕如朱承平（1998）說：「句尾語氣詞連用可以表達句子的複雜語氣，連用後的語氣詞分別承擔了各自語氣表達的作用，不過語氣的重點一般都落在最後一個語氣詞上（王力1962）。」不過也有持不同看法的部分學者。

1.2.4 有關語氣詞演變發展的一些觀點

　　學界一般認爲語氣詞在甲骨文及西周時期，很少見，而且一般單用；〔註19〕春秋時期是發展期，出現雙用；戰國時期是高峰期，雙用、三用都有；西漢以後又是衰退期，再回到以單用爲主。據陳永正（1992），先秦古漢語虛詞的產生和發展，大概可以分爲三個時期：第一期是殷商期，句末語助詞和句末歎詞未見，但已使用一些特殊的虛字來表達各種語氣；第二期是西周春秋期，出現一些句末語助詞，獨立的歎詞也開始使用；第三期是春秋末、戰國期，句末語助詞已大量而廣泛地使用。關於單個語氣詞的演變發展，張玉金（2008）認爲陳述語氣詞「焉」是由位於句末的兼詞「焉」虛化而來。關於先秦傳世文獻當中語氣詞連用的演變發展問題，趙長才（1995）曾得出過如下結論：春秋中期以前是萌發期，春秋晚期到戰國初期是發展期，戰國中期是高峰期，戰國晚期是衰退期。〔註20〕

1.3　研究方法和選題意義

　　以上這些研究，各有理由，也各有認同者，但一般把某一語氣詞的不同時

〔註19〕「單用」、「雙用」和「三用」這些術語是 2009 年 12 月 12 日劉子瑜老師在參加筆者綜合考試時跟我提供的名稱。下同。

〔註20〕趙先生的調查結果是這樣的：語氣詞連用，春秋中期以前是萌發期（調查《詩經》），有焉哉4（數字爲出現次數，下同）、只且5、也且2、乎而9、也哉1；春秋晚期到戰國初期是發展期（調查《論語》、《左傳》、《國語》和《老子》），有乎哉11、也夫25、也乎11、也已31、也與13、也哉11、已乎4、已矣7、矣夫9、矣乎13、矣哉10、云爾1、而已乎4、而已矣11、焉耳乎1、也乎哉3、也已矣8、也已哉1、焉耳已矣 1；戰國中期是高峰期（調查《禮記》、《墨子》、《孟子》和《莊子》），有爾也2、耳矣6、乎爾2、乎來5、乎哉22、焉爾9、焉耳3、焉也3、焉哉8、也夫4、也乎1、也邪6、也已4、也與5、也哉5、已夫8、已乎2、已邪2、已矣8、矣夫11、矣乎5、矣哉23、云爾8、云乎2、哉乎1、而已耳1、而已乎2、而已也1、而已矣120、而已哉1、乎云爾1、焉爾也2、焉耳矣4、也已矣2、也已哉2、也與哉2；戰國晚期是衰退期（《荀子》、《韓非子》、《戰國策》、《戰國縱橫家書》、《晏子春秋》、《呂氏春秋》、《公羊傳》和《穀梁傳》），有：爾也2、爾哉1、耳也1、耳矣4、耳哉2、乎爾1、乎哉23、焉爾47、焉乎1、焉矣1、焉哉1、邪哉1、也夫7、也乎1、也已10、也矣2、也哉36、已矣6、矣夫2、矣乎2、矣哉30、云爾5、云乎2、而已耳3、而已乎1、而已也4、而已矣70、也乎哉2、也而已矣1。

間層面的各種不同功能混在一起講，從現有的研究成果當中，很難清楚地看出語氣詞在每個時期的各種不同功能及其演變。所以有必要在前賢的研究成果基礎上對這一問題做進一步的探究。

1.3.1 研究方法

第一，共時描寫。本書考察出土文獻以及傳世文獻，描寫語氣詞的核心功能或主要功能，也考察其它功能。共時描寫時會考慮：語氣詞跟哪些詞經常搭配出現，不同文體之間的差異，注意語氣詞表語氣的功能以及它兼表的其它語法功能，區分句式語氣和虛詞語氣等。

第二，歷時演變。在共時描寫的基礎上，本書將會談到語氣詞的歷時演變。關於語氣詞的功能，本書認為已有研究成果是沒有充分考慮到時間因素的。筆者認為功能不是永久不變的，隨著歷史的發展，可能會出現新功能，並逐漸占主導地位；舊的功能逐漸消失或轉移，也會有重新分析之後得到新功能的可能。

1.3.2 選題意義

第一，結合出土文獻材料。目前少有有系統地研究上古漢語語氣詞的專著，而其研究成果一般著重考察傳世文獻。本書除了傳世文獻外，還考察出土文獻材料，試圖彌補已有研究的缺陷。

第二，考察語氣詞功能從甲骨文到唐朝的演變發展。以往對上古漢語語氣詞的分析，一般不考慮時間因素，多半都把不同功能擺在一個平面上去解釋某個語氣詞的功能。本書將從歷時的眼光出發，分幾個重要的階段，試圖探討上古漢語語氣詞的功能到後來的演變。

第三，注意語氣詞表語氣的功能和它兼表的其它語法功能。有些語氣詞，不但表示語氣，而且還表示其它語法功能，本書討論的對象「也」、「矣」、「已」都是如此。但是它們有些時候單表語氣。（對於這兩個概念的不同，請看本書1.1.5）本書將會區分這一點。

第四，區分虛詞語氣和句式語氣。以往對上古漢語語氣詞的分析，能把「句式語氣」和「虛詞語氣」分清楚的不多。本書的研究，可以說是在前人研究的基礎上，更進一步尋找語氣詞的虛詞語氣，明確區分虛詞語氣和句式

語氣。（對於這兩個概念的不同，參看本書 1.1.4）

1.4 使用語料

本書使用材料有：傳世文獻、出土文獻以及同一篇古書的不同寫本材料。下面分別會介紹本書主要的考察語料。為了全面反映古漢語語氣詞系統，本書在有必要的情況下，除了使用下邊舉到的材料，還會引用參考其它文獻語料。

1.4.1 傳世文獻

本書主要使用的傳世文獻見下：

（甲）春秋以前：《尚書》、《詩經》

（乙）戰國至西漢：《左傳》、〔註21〕《論語》、〔註22〕《孟子》、《墨子》、
《荀子》、《老子》、《莊子》、《國語》、《禮記》、《戰國策》、《史記》

（丙）東漢至南北朝：《論衡》、《洛陽伽藍記》、《世說新語》〔註23〕

（丁）晚唐五代：《祖堂集》

1.4.2 出土文獻

出土文獻，含新發現的敦煌文獻以及石經材料。本書使用的資料見下：

（甲）春秋以前：殷商甲骨文、西周春秋金文

〔註21〕 關於《左傳》的成書年代，楊伯峻（1990：41）認為是公元前 403-389 年。對於戰國起始年代，目前兩種意見比較有代表性：1）公元前 475 年，這是採用司馬遷《史記·六國年表》的，即周元王元年。2）公元前 403 年，這是北宋司馬光主編的《資治通鑒》記戰國時事起於周威烈王二十三年，這是晉國韓趙魏三家世卿立為諸侯的年代。如果按公元前 475 年算的話，戰國早期是到公元前 390 年；如果按公元前 403 年算的話，戰國早期是到公元前 342 年。因此戰國早期的下限是前 390 年或前 342 年，而《左傳》成書於前 389 年以前，因此《左傳》就屬於戰國早期的作品。

〔註22〕 它的成書約在戰國初年。《論語》雖然是孔子言語彙編，但是這本書不是他自己寫的。本書以成書年代為主，將把《左傳》和《論語》的材料放到戰國時期去講。

〔註23〕 本書原來也要考察漢譯佛經文獻，但是考察安世高等人翻譯的佛經材料，覺得有些地方語氣詞用得不是很恰當，安世高畢竟是外國人，外國人學中文特別是學語氣詞不一定學得很恰當，因此本書除非有必要的情況，不會把漢譯佛經文獻作為研究的主要對象。

（乙）戰國至西漢：上博簡、郭店簡、睡虎地秦簡、張家山漢簡、馬王堆
漢墓帛書、定州漢簡、熹平石經

（丙）唐朝：敦煌寫本、唐石經

【郭店簡】指 1993 年荊門郭店一號戰國楚墓出土的竹書，著錄於文物出版社
1998 年出版的《郭店楚墓竹簡》。內容含有儒、道著作：（甲）道家典籍 2 篇：
《老子》（甲、乙、丙）、《太一生水》。其中《老子》見於傳世本，不過內容不
完全相同。（乙）儒家典籍 14 篇：《緇衣》、《魯穆公問子思》、《窮達以時》,《五
行》、《唐虞之道》、《忠信之道》、《成之聞之》、《尊德義》、《性自命出》、《六德》、
《語叢》（一、二、三、四）。其中《緇衣》見於傳世本，內容基本相同；《五行》
見於長沙馬王堆出土的帛書，郭店簡《五行》只有經文，帛書本既有經文也有
說文；其餘皆為佚籍。關於其抄寫年代，一般認為抄寫於戰國中期偏晚，距今
二千三百年左右，其時代恰在孔子之後，孟、荀之前。〔註 24〕張玉金（2010）
據此說，「孟子（公元前 390-公元前 305 年）在晚年撰寫了《孟子》,《孟子》
應屬於戰國晚期的作品。郭店竹簡中的典籍既然早於《孟子》，可能早到戰國早
期（公元前 350 年以前），至少《五行》、《緇衣》應是如此。」

【上博簡】指《上海博物館藏戰國楚竹書》，是上海博物館上個世紀的九十年
代在香港文物市場上購買的竹簡。目前由上海古籍出版社出版，共有 9 冊，
即《上海博物館藏戰國楚竹書》（一）至（九）。其中本書會使用從（一）到
（五）所收的材料：（甲）上博（一）：《孔子詩論》、《緇衣》和《性情論》。
其中《緇衣》和《性情論》還見於郭店簡，內容基本相同，個別字詞使用不
同而已。上博簡的《性情論》在郭店簡叫做《性自命出》。〔註 25〕（乙）上博
（二）：《民之父母》、《子羔》、《從政》、《昔者君老》和《容成氏》。〔註 26〕（丙）
上博（三）：《周易》、《仲弓》、《恒先》和《彭祖》。其中《周易》見於傳世本
以及馬王堆帛書、敦煌文獻中，內容基本相同。（丁）上博（四）：《采風曲目》、

〔註 24〕 轉引自張富海（2002）。原注：李學勤（1999）《郭店楚簡與儒家經籍》、龐樸（1999）
《孔孟之間——郭店楚簡中的儒家心性說》，皆收入《中國哲學》第二十輯，瀋陽：
遼寧教育出版社。

〔註 25〕 上博簡《孔子詩論》、《緇衣》、《性情論》釋文，參看李零（2007）。

〔註 26〕 上博簡《民之父母》釋文，參看劉洪濤（2008）。

《逸詩》、《昭王毀室‧昭王與龔之脽》、《柬大王泊旱》、《內豊》、《相邦之道》
和《曹沫之陳》。（戊）上博（五）：《競內建之》、《鮑叔牙與隰朋之諫》、《季
庚子問於孔子》、《姑成家父》、《君子爲禮》、《弟子問》、《三德》和《鬼神之
明‧融師有成氏》。關於上博竹書抄寫年代的下限，一般認爲是跟郭店簡差不
多的時候。〔註 27〕

【睡虎地秦簡】又稱「雲夢秦簡」，指 1975 年 12 月在湖北省雲夢縣睡虎地
秦墓中出土的大量竹簡，著錄於文物出版社 1990 年 9 月出版的《睡虎地秦
墓竹簡》。其內容主要是秦朝時的法律制度、行政文書、醫學著作以及關于
吉凶時日的占書：《秦律十八種》、《效律》、《秦律雜抄》、《法律答問》、《封
診式》、《編年記》、《語書》、《爲吏之道》、甲種與乙種《日書》。關於其寫作
年代，一般認爲寫於戰國晚期及秦始皇時期。王輝（2000：134-135）認爲，
其形成時代在秦昭襄王五十一年（公元前 256 年）至秦統一（公元前 221 年）
之間。〔註 28〕

【馬王堆帛書】指 1973 年出土於湖南長沙馬王堆漢墓 3 號墓出土的帛書，著
錄於《馬王堆漢墓帛書〔壹〕》。長沙馬王堆三號墓出土的帛書共有 28 種，均
破損嚴重：有《周易》、《喪服圖》、《春秋事語》、《戰國縱橫家書》、《老子》
甲本（附佚書 3 篇）和乙本、《九主圖》、《皇帝書》、《刑德》甲乙丙、《陰陽
五行》、《五星占》、《天文氣象雜占》、《出行占》、《木人占》、《符籙》、《神圖》、
《築城圖》、《園寢圖》、《相馬經》、《五十二病方》（附佚書 4 篇）、《胎產圖》、
《養生圖》、《雜療方》、《導引圖》（附佚書 2 篇）等。其中《五星占》是中國
現存最早的天文書，《五十二病方》是中國已發現的最古老醫書。關於其寫作
年代，早的有抄寫於漢高祖十一年（前 196）左右的，晚的有約抄寫於漢文帝
初年的，都屬西漢初期。

〔註 27〕張玉金（2010）說：「上博楚簡（包括中文大學戰國楚簡）：情況跟郭店楚簡差不
　　　　多。上博楚簡中的典籍，其形成時代也都比較早，如《孔子詩論》，可能是戰國早
　　　　期之作。但上博楚簡中的《周易》、《逸詩》的形成時代應屬於西周春秋，研究戰
　　　　國時代的語言不應把它們作爲語料。」

〔註 28〕轉引自張玉金（2010）。原注：王輝（2000）《秦出土文獻編年》，香港：新文豐出
　　　　版公司。

【定州簡】指 1973 年在西漢中山懷王劉脩墓中出土的竹簡。該墓主人劉脩死於漢宣帝五鳳三年（公元前 55 年），所以出土材料應是公元前 55 年以前的。據說，該墓約於西漢末年被盜掘，而由於盜掘者在墓中引起大火，驚駭逃出，所以竹簡出土時就已經嚴重炭化，唐山地震中又被擾動，所以竹簡照片尚未發表。不過 1976 年進行抄錄簡文的工作，已初步認定竹簡有：《論語》、《文子》、《太公》、《日書》等內容。其中《論語》（《定州漢墓竹簡〈論語〉》文物出版社 1997 年）、《文子》（《儒家者言釋文》，《文物》1981 年第 8 期）已有釋文發表。〔註 29〕

【敦煌寫本】敦煌文獻的發現和盜掘情況比較複雜，下面簡單介紹一下跟本書有關的一些情況。王道士（1849-1931 年）光緒十六年（1900 年）在敦煌莫高窟發現了藏經洞。英國國籍的匈牙利人斯坦因（A.Stein，本書簡稱為「斯」）從 1907 年開始從王道士那裏購買了敦煌文獻，出版了《西域考古記（塞林提亞）——在中亞和中國西陲考察的詳細報告》（A. Stein: Serindia, Detailed report of explorations in Central Asia and Westermost China, 5 vols., Oxford, 1921）。法國漢學家伯希和（P.Pelliot，本書簡稱為「伯」）在 1908 年也從王道士那裏購買了六千餘件各類文獻及佛畫，入藏到法國國立圖書館。伯希和並未將其敦煌文獻整理出專門的報告。但他在考察中，曾寫了大量的筆記。有關內容可參看伯希和著，耿升、唐健賓譯：《伯希和敦煌石窟筆記》，甘肅人民出版社 1993 年。〔註 30〕

【唐石經】始刻於文宗大和七年（公元 833），成於開成二年（公元 837），故亦稱開成石經。唐石經共刻十二部經典，分別是《易經》、《尚書》、《毛詩》、《周禮》、《儀禮》、《禮記》、《左傳》、《公羊傳》、《穀梁傳》、《論語》、《孝經》、《爾雅》。〔註 31〕唐朝文宗時，宰相鄭覃以「經籍刊繆，博士陋淺不能正，建言願與巨學鴻生共力讎刊，準漢舊事，鏤石太學，示萬世法」。文宗太和四年（公元 830 年）接受國子監鄭覃的建議，由艾居晦、陳王介、段絳（另一人

〔註 29〕具體內容請看《定州漢墓竹簡〈論語〉》前言。

〔註 30〕以上參看王素（1991：52-77）。其原照片可以參看黃永武主編《敦煌寶藏》，（臺）新文豐出版公司 1983-1986 年。

〔註 31〕此部分參見吳遼東（1993：38）；又楊麗君（2007：7-9）。

姓名漫漶不清）等四人用楷書分寫經籍於石，約用七年時間刻成。這表明唐石經是在當時經籍用字混亂、錯訛現象嚴重的情況下，朝廷下令刊刻的；是經過資歷深厚、精通儒學者認眞校訂、審核後才鐫刻上石的，其目的就是對經籍用字進行規範。〔註32〕

【其它】除此之外，有必要的情況下，本書還會引用張家山漢簡、居延漢簡等出土語料。「張家山漢簡」指 1983 至 1984 年湖北江陵張家山 247 號漢墓出土的竹簡，著錄於文物出版社 2001 年出版的《張家山漢墓竹簡》；「居延漢簡」指 1930 年內蒙古額濟納河流域的漢代烽燧遺址中發現的一批木簡，著錄於中華書局 1980 年出版的《居延漢簡甲乙編》。

1.4.3 同一古書的不同書寫材料

同一古書的不同寫本材料有：《緇衣》、《老子》、《五行》、《論語》和《戰國縱橫家書》。請看下表：

〔表1〕同一古書的不同寫本材料

（「一」爲「無」）

文 本	戰國中期偏晚	戰國末～西漢初	西漢末	東 漢	唐	今 本
《緇衣》	郭店簡上博簡	一	一	一	一	阮元本
《老子》	郭店簡	馬王堆	一	一	敦煌本	王弼本
《五行》	郭店簡	馬王堆	一	一	一	一
《戰國縱橫家書》	一	馬王堆	一	一	一	《史記》《戰國策》
《論語》	一	一	定州本	熹平石經	敦煌本唐石經	阮元本

1.4.3.1 《緇衣》

《緇衣》，目前我們能夠看到的最早抄寫本是郭店簡《緇衣》和上博簡《緇衣》。郭店簡和上博簡的《緇衣》，內容基本相同，個別字形寫法稍有差別而已，因此本書跟阮元本《禮記·緇衣》進行對照時，僅會使用郭店簡《緇衣》。

〔註32〕參看吳麗君（2005：38）。

有關《緇衣》,張富海(2002)有專門的碩士論文,題目叫做《郭店楚簡〈緇衣〉篇研究》。本書對郭店簡《緇衣》的題名、分章、寫定年代以及撰人等內容,都取自張富海(2002):題名是郭店簡原整理者據《禮記‧緇衣》內容相似而取的;分章是據篇末記「二十又三」,定爲全篇分爲二十三章,這一點跟阮元本《禮記‧緇衣》分章有所差別(或分爲 24 章,或分爲 25 章);寫定年代爲戰國末;撰人爲子思子。〔註33〕關於郭店本和今本的關係,張富海(2002)認爲今本《緇衣》是戰國晚期在楚簡本的基礎上改寫的本子。

1.4.3.2 《老子》

現存《老子》的版本,以 1993 年在湖北荊門市郭店楚墓發現的,抄寫於戰國中晚期的竹簡本爲最早(下文稱「郭店本」)。其次爲發現於上世紀七十年代的帛書本(下文稱「帛書甲《老子》」和「帛書乙《老子》」)。其次還有敦煌唐寫本《老子》(下文稱「敦煌本《老子》」)。

(甲)《老子》最古寫本爲 1993 年在郭店出土的竹簡《老子》(荊門市博物

〔註33〕張富海(2002)說:「《緇衣》是郭店楚簡全部儒家著作中唯一有今傳本可以對照的一篇。原整理者正因爲此篇內容與《禮記‧緇衣》大體相合,故而題爲『緇衣』。……郭店楚簡《緇衣》篇共四十七簡,其中第四十簡背後亦有字;有章節號二十三個,篇末記『二十又三』,故全篇分爲二十三章。……《禮記‧緇衣》的分章歷來有分歧。如果以每一『子曰』(首章是『子言之曰』)所屬文句爲一章,那麼可以把全篇分成二十五章。但《經典釋文》及《禮記正義》都說此篇凡二十四章。……我們肯定今本《緇衣》是楚簡本之後的改寫本,那麼今本是在什麼時候改寫的呢?……我們認爲,今傳大、小戴《禮記》肯定是漢代人編的,而《緇衣》的改寫必非漢時人所爲,把《緇衣》的改寫與《禮記》的成書聯繫起來是沒有必要的。……我們說《緇衣》之改寫必非漢人所爲,理由主要有以下兩點:第一,漢人承秦火之後,務在搜羅故籍,抱殘守缺,似乎沒有心思對好不容易得到的先秦之書作如此大的改動。第二,楚簡本所無的《禮記‧緇衣》第十六章引了《大甲》和《兌命》,最後一章也加引了《兌命》,而《尚書》的這兩篇既不見於伏生所傳的今文《尚書》二十九篇,也不在孔壁古文多出來的十六篇之內,所以漢人是無論如何看不到的。因此,我們可以肯定,《緇衣》的改寫是在楚簡本流傳之後的戰國晚期。……《緇衣》的撰人自古有兩說,一說是子思,一說是公孫尼。……基於上述論證,我們認爲《緇衣》出於《子思子》說是可信的,故《緇衣》篇的撰人爲孔子之孫子思子,或者子思子之門弟子,而以子思子的可能性爲較大。」

館編《郭店楚墓竹簡》，文物出版社，1998 年），內容並不完整，簡本在篇幅、結構、章數、排次和文字上都與此前發現的長沙馬王堆帛書本及傳世各本存在較大的差異。整理者按竹簡形制分為甲、乙、丙三組。其抄寫年代不晚於公元前 4 世紀中期至公元前 3 世紀初，戰國中期偏晚。

（乙）第二種出土文獻為 1973 年在湖北長沙馬王堆出土的帛書《老子》，有兩種寫本（釋文參考高明《帛書老子校注》，中華書局，1996 年）。帛書內容完整，與今本 81 章內容基本相同，僅有 3 處分章與今本存在差異，而最大的差別是《德經》在前，《道經》在後，與今本正好相反。甲本時代略早，字體介於篆隸之間，不避「邦」（漢高祖名）諱，推測是秦漢之際的寫本；乙本為隸書，獨避「邦」而不避「盈」（漢惠帝名）、「恒」（漢文帝名），推測是漢高祖時期，惠文之前的寫本。

（丙）第三種是 20 世紀初在敦煌莫高窟藏經洞發現的唐寫本《老子》（黃永武主編《敦煌寶藏》，（臺北）新文豐出版公司，1983-1986 年），其寫卷數量不少，除了白文本之外，還有河上公章句、想爾注、成玄英義疏、李榮注、唐玄宗御注等注疏本。其章數、排次與今本一致，文字表達基本上接近於今本，個別字詞還是承襲帛書本，字句字數比帛書本還要少。本書第 1 章至第 7 章選擇「伯 2584」寫卷，第 8 章至第 81 章選擇「斯 6453」寫卷，皆為唐寫本。〔註34〕

（丁）最後傳世文獻選擇王弼注《老子》（王弼《老子注》，《諸子集成（三）》，中華書局。下文稱「王弼本」）和河上公注《老子》（河上公章句《宋本老子道德經》（宋元閩刻精華），福建人民出版社，2008 年）。〔註35〕

附帶說一下，本書採取帛書本用例時，儘量採用文例完整的本子，如果有帛書甲和帛書乙都殘缺不全的，用「□」標示。郭店《老子》跟帛書《老

〔註34〕伯 2584，斯 6453 的介紹，請看本書的 1.5.2。

〔註35〕據我所知，劉笑敢、徐富昌等先生也已經整理過《老子》不同版本：我做完《老子》6 種不同版本的原文對比材料之後，2009 年的冬天，宋亞云老師告訴我劉笑敢先生有一本書叫做《老子古今》；後來 2011 年 3 月份，我旁聽中研院史語所召開的《古文字與古代史》學術會議時，碰到了徐富昌先生所寫的《簡帛典籍異文側探》（臺北：國家出版社，2006 年）。不過發現劉、徐兩位先生都沒有涉及敦煌寫本，並且兩位研究問題都沒有從語言學的角度入手。

子》，內容、體例和篇幅上都有較大的差別：或認爲郭店本是帛書本的選編，或認爲郭店本是初本而帛書本是在此基礎上修改而重編的本子。〔註36〕不管怎樣，郭店本《老子》的內容基本上見於帛書本。

1.4.3.3 《五行》

《五行》沒有傳世本，只有郭店本和帛書本。郭店本只收入「經」文，帛書本既有「經」也有「說」，「說」是對「經」的注解。郭店本「經」和帛書本「經」，內容大體相同，只是個別文字、段落先後次序、文字多寡稍有不同而已。根據駢宇騫、段書安（2006：209），這裏的「五行」指仁、義、禮、智、聖，這就是《荀子·非十二子》所指斥的子思和孟子的五行說。

1.4.3.4 《戰國縱橫家書》

長沙馬王堆三號漢墓出土的帛書中，有一種類似於今本《戰國策》的書，叫做《戰國縱橫家書》。全書 27 章，其中 11 章的內容見於今本《戰國策》和《史記》，文字有所出入，不過其內容有很多重複的地方，因此可以拿來當做對比的材料。根據《文獻學辭典》，第 1 至 14 章是較早流傳的有關蘇秦的書信和談話資料；第 15 至 19 章，是另一來源；第 20 至 22 章，也跟蘇秦有關。根據避劉邦諱，學界一般認爲其寫定年代應爲秦末漢初。題名爲《戰國縱橫家書》，是根據其內容，即以蘇秦遊說資料爲主的戰國縱橫家言論的輯本。〔註37〕

〔註36〕關於兩個文本的關係，學界有三種不同意見，具體可以參看李若暉（2004）和韓祿伯 Robert G. Henricks（2002）。

〔註37〕參看南京師範大學古文獻整理研究所趙國璋、蘇州太學文獻研究室潘樹廣主編《文獻學辭典》，江西教育出版社，1991 年。《文獻學辭典》說：「各章不按國別、時序編排。據其內容書例等情況可分三部分。前 14 章是較早流傳的有關蘇秦的書信和談話資料。第 15 至 19 章共 2860 字，當係另一來源。最後 8 章是另外抄集的，其中第 20、21、22 三章也與蘇秦有關。書中記有秦始皇十二年（前 235）秦魏伐楚之事，書法在篆隸之間，避邦字諱，可見成書當在秦末漢初。這部古佚書是以蘇秦遊說資料爲主的戰國縱橫家言論的輯本，因此取名爲《戰國縱橫家書》。有關蘇秦的事跡，在司馬遷《史記》和劉向編校的《戰國策》裏，記載多有謬誤。這本古佚書爲司馬遷、劉向等所未見。因此它可以校正和補充戰國時代，尤其戰國中後期的歷史記載，並可作爲校勘的依據。有 1976 年 12 月文物出版社《戰國縱橫家書》鉛印本。（洪波）〔參〕唐蘭《司馬遷所沒有見過的珍貴史料》，見《戰國縱橫家書》附錄；何介鈞、張維明《馬王堆漢墓》（文物出版社，1982）」

1.4.3.5 《論語》

《論語》是一部語錄彙編，它的成書約在戰國初年。據《漢書・藝文志》，《論語》傳到漢代，出現三種本子，即《魯論》、《齊論》和《古論》。西漢末年，張禹以《魯論》為底本，兼採《齊論》之善，整理出一個新本子，曰《張侯論》。《張侯論》實為今傳《論語》的祖本。至東漢末，鄭玄以《張侯論》為底本，參考《齊論》、《古論》而為之注。鄭注本唐以後不傳，敦煌遺書中存有殘卷。自漢代以來，有不少的學者做過《論語》注釋工作。何晏《論語集解》、皇侃《論語義疏》和邢昺《論語注疏》，到目前為止，無疑是影響最大的注疏本。〔註38〕

（一）傳世紙本《論語》

（甲）何晏《論語集解》在中國僅有唐石經尚存，唯只刻正文，未刻注文，文字略有殘泐。正文注文齊全的單行本《論語集解》，中國早已無存，我們現在看到的本子是從日本購回的。又有敦煌遺書中的殘卷。

（乙）皇侃《論語義疏》在何晏等《論語集解》基礎上作疏，既疏解正文，又疏解注文。皇侃《論語義疏》於南宋失傳。此書的日本刻本，於乾隆年間傳入中國，刻入《知不足齋叢書》。〔註39〕要確切說出從日本購回的何晏

〔註38〕 高華平（2008：6）說：「在後世多種『集注』本和注疏本中，何晏等人的《論語集解》通過自然競爭勝出，最終得以獨佔鰲頭。陸德明在《經典釋文・敘錄》中說：『（何晏）《集解》盛行於世，今（指唐代——引者）以為主。』《隋書・經籍志》之《論語》『類序』曰：『是後諸儒多為之注……梁、陳之時，唯鄭玄、何晏立於國學，而鄭氏甚微。』至隋朝，鄭、何並行；但到了唐代，卻是陸德明所說的『何以為主』了。此時的《論語集解》又與皇侃的《論語義疏》十卷合併為『注疏本』——一般稱之為『皇本』。到北宋咸平年間（998-1003），邢昺著《論語疏》，又與何晏等人的《論語集解》合刊，世稱『邢本』；到南宋時，『邢本』很快取代『皇本』《論語義疏》，『皇本』終於亡佚。清人編《十三經注疏》所用即是『邢本』。」

〔註39〕 《論語義疏》還有在敦煌地區發現的唐殘皇疏本一卷，僅存首四篇，且首尾有殘缺。對此，有學者認為敦煌寫本是皇侃本的原形，有學者反對此說，還有爭論。在此四篇之內，都不見本書要討論的句子，所以本書暫擬不論。黃立振（1987：16）說：「《論語集解》到了宋代以後就亡佚了，清乾隆時纂修《四庫全書》就未收入。直到清末民初，長沙葉德輝（觀古堂）從日本購得正平《論語集解》本，從此始回祖國。」清朝的時候，單行本《論語集解》也從日本傳來。具體內容參看高華平（2008：7）

和皇侃注疏本的來龍去脈還是有一定的困難，〔註40〕不過我們還是認爲皇侃本《論語》在一定程度上反映南北朝時《論語》的語言面貌。其理由有二：第一，從字詞的使用情況上看，唐石經、阮元本作「女」、「道」、「弟」、「知」、「慧」、「拒」的部分，在皇侃本作「汝」、「導」、「悌」、「智」、「惠」、「距」，而時代與皇侃本相近的敦煌寫本也作「汝」、「導」、「悌」、「智」、「惠」、「距」。第二，從皇疏本身的內容上看，皇侃本給《論語》注疏的時候，注文裏重複原文，而且不止是一次。如皇疏云：「云泰伯其可謂至德也已矣者。泰伯，周太王之長子也。（原文見《泰伯》）」、「周德，可謂至德也已矣。（《泰伯》）」、「不曰「如之何，如之何」者，吾末如之何也已矣！（《衛靈公》）」、「日知其所亡，月無忘其所能，可謂好學也已矣。（《子張》）」、「君子食無求飽，居無求安，敏於事而慎於言，就有道而正焉，可謂好學也已矣。（《學而》）」、「攻乎異端，斯害也已矣。（《爲政》）」等皆是如此。可見，皇侃本在一定程度上反映當時《論語》的面貌。

（丙）阮元本《論語》（《十三經注疏》8，（臺）藝文印書館印行，1989年。）是據「宋十行本」刻的。阮元在《十三經注疏・重刻宋版注疏總目錄》云：「宋十行本注疏者，即南宋岳珂《九經三傳沿革例》所載建本，附釋音注釋也。其書刻於宋南渡之後，由元入明遞有修補，至明正德中其板猶存。是以十行本爲諸本最古之冊。」而此「宋十行本」多襲宋朝廖瑩中校刻的九經版本。〔註41〕可以說，阮元本的來源可以追溯到宋朝。

（二）出土（或新發現）文獻《論語》

現存新發現的《論語》版本，以1973年在西漢中山懷王劉修墓中出土的竹簡《論語》爲最早（下文稱「定州本《論語》」）。另外還有敦煌唐寫本《論語》（本書採用李方（1998）所引原文，下文稱「敦集本《論語》」，有必要時把鄭玄注本稱作「敦鄭本《論語》」）。

〔註40〕 至於皇侃所撰《論語義疏》什麼時候流入日本，目前還有不同看法。徐望駕（2002：88）認爲皇侃所撰《論語義疏》在南宋末年流入日本。傅熊（2005：200）先生認爲它到日本的時間約在唐朝建立之初。

〔註41〕 孫欽善（1994：638-641）認爲宋咸淳年間廖瑩中世彩堂校刻九經，元初義興岳氏多襲廖氏之舊增補成《九經三傳沿革例》。孫先生認爲《九經三傳沿革例》的作者是元初義興岳氏，與宋時岳珂無關。

（丁）定州本《論語》：《定州漢墓竹簡〈論語〉》收入了定州本《論語》的全部釋文，因爲殘簡居多，所錄釋文共 7576 字，不足今本《論語》的二分之一，它是公元前 55 年以前的本子。定州本《論語》因盜擾火燒，致使竹簡受到嚴重損壞。原簡照片或摹本，到目前爲止，尚未發表。部分摹本僅見於《文物》1997 年 5 期上。不過我認爲「也」、「已」、「矣」三個語氣詞很容易釋出來，釋文裏不會有太大的錯誤。所以在本書裏還是直接引用釋文材料。

（戊）東漢時期刊刻的熹平石經也著錄《論語》原文。不過漢石經刻成後，董卓之亂時，碑文殘缺於戰火之中；又幾經遷徙，碑文復告漫滅；降至唐初，已有十不存一之歎。現原碑皆毀，僅存殘石。拓片，我們已不能窺其全貌。本書如果需要，會使用《漢石經集存》（馬衡，科學出版社 1957 年）考察例句。

（己）敦煌寫本《論語》可分鄭玄《論語注》、何晏《集解》和白文《論語》三類。其中鄭玄《論語注》（王素《唐寫本論語鄭氏注及其研究》，文物出版社，1991 年）和何晏《集解》（李方《敦煌〈論語集解〉校證》，江蘇古籍出版社，1998 年）已得以出版。至於敦煌寫本的具體年代，還有些爭論，不過無疑都是唐代寫本。〔註42〕王素（1991）參照很多材料整理出敦鄭本《論語》收錄《論語鄭氏注》殘卷 6 件。李方（1998）錄校的敦集本《論語》收錄了二十世紀在敦煌及吐魯番等地出土的唐人寫何晏《論語集解》單行本 60 餘件。本書認爲敦鄭本、敦集本各反映了東漢末、魏晉時的語言面貌。我們可以從字詞使用情況得到其佐證。先看敦鄭本。如其它版本（敦集本、皇侃本、阮元本）作「恥」的部分，敦鄭本作「耻」。而漢朝《史記》、《潛夫論》引《論語》時也作「耻」。不過到了《經典釋文》已經不見「耻」字。再如在其它版本（定州本、皇侃本、阮元本）裏「中人以上」的「以」，敦鄭本或作「已」。而漢朝《漢書》引《論語》的此句時同樣作「已」。漢朝時，「以」可以寫作「已」。《經典釋文》引《論語》云：「以，鄭本作已。」西漢帛書本《老子》「以」或作「已」，也可作爲其旁證。〔註43〕再看敦集本。如在其它版本（定

〔註42〕有關其年代，參看「附錄一」。

〔註43〕如王弼《老子注》（《諸子集成（三）》，中華書局）的「其致之，天無以清將恐裂，地無以寧將恐發，神無以靈將恐歇，谷無以盈將恐竭，萬物無以生將恐滅，侯王無以貴高將恐蹶」當中的「以」，在西漢時期出土文獻帛書甲、帛書乙（原文參看高明（1996））寫作「已」。

州本、皇侃本、阮元本）裏「見善如弗及，見不善如探湯」的「不善」，敦集本作「惡」。而時代與之相近的《大戴禮記》盧辯注、《後漢書》引此句也作「惡」。再如在其它版本（皇侃本、阮元本）裏「伯夷、叔齊餓於首陽之下」的「餓」，敦集本作「餓死」。而時代與之相同的劉向《說苑》、裴駰《史記集解》引此句作「餓死」。可見敦鄭本和敦集本在一定程度上反映東漢末和魏晉時《論語》的面貌。

（庚）唐石經，是繼漢熹平石經之後留傳下來的《論語》的第二部石刻書，始刻於文宗大和七年（公元 833），成於開成二年（公元 837），故亦稱開成石經。唐石經《論語》，據《論語集解》刻《論語》正文。

1.5 相關術語說明

（甲）爲避免繁瑣，本書引用次數較多的古文字材料著錄書皆用簡稱，出版信息見「參考文獻」。簡稱對應如下：

上博簡——馬承源主編《上海博物館藏戰國楚竹書》（一）至（五）

郭店簡——荊門市博物館《郭店楚墓竹簡》

馬王堆帛書——馬王堆漢墓帛書整理小組《馬王堆漢墓帛書（壹）》

張家山漢簡——張家山二四七號漢墓竹簡整理小組《張家山漢墓竹簡〔二四七號墓〕》

睡虎地秦簡——睡虎地秦墓竹簡整理小組《睡虎地秦墓竹簡》

阮元本——清阮元刊刻的《十三經注疏》本

皇侃本——《知不足齋叢書》所收的皇侃《論語義疏》

定州本——《定州漢墓竹簡〈論語〉》著錄的《論語》

敦鄭本——《唐寫本論語鄭氏注及其研究》著錄的鄭玄《論語注》

敦集本——《敦煌〈論語集解〉校證》著錄的何晏《論語集解》

唐石經——《景刊唐開成石經》著錄的《論語》

（乙）文中「……」表省略，「〔／〕」表殘缺，「□」表缺一字，「〔　〕」表據今本或其它寫本填補字詞。另外，本書爲方便起見，釋文一般直接採用寬式，如語氣詞「才」直接釋作「哉」，「歟」直接釋作「與」等等，不再一一加注。

第二章 「也」 〔註1〕

2.1 已有研究

　　「也」在傳世文獻寫作「也」形，不過出土文獻就有幾種書寫形式：即「也」、「殹」、「施」等。〔註2〕呂叔湘（1990：258）說過：「語氣詞大多數是標音的性質。文言的語氣詞已經約定俗成，而且脫離了實際的語言，也不會無端的改變字形。白話則不然，常有一詞異寫的情形，或因音變而字未變而又有新字切今音，或因舊字雖存而另行簡筆，或因本無定字而作者各以方音借寫。還有大同小異之音，舊以一字概括而今人分作兩詞的。」其說甚是。戰國時期語氣詞「也」至少有 3 種不同寫法，「矣」至少有 5 種不同寫法（請看本書 3.1）。關於「也」字字形的來源，李家浩（2008）認為早期的「也」作像張口啼號之形，疑是「啼」字的象形初文。虛詞「也」該為當「啼」講的「也」字的假借用法。

　　對「也」的功能，古人曾有一定的認識，認為句末「也」有「語已辭」、「決辭」、「助句」、「語助」、「結上文」等功能，句中「也」有「語之頓挫」、

〔註 1〕 本章的部份內容已刊於曹銀晶（2016）。

〔註 2〕 張振林（1982：298）說：「其作為語氣詞在戰國是產生初期，字未定型，故又有作施（從也得聲字）、作殹（同音字）的。」對於「也」、「殹」、「施」的關係，張振林（1982：299）指出「也」見於楚簡，「施」見於中山王銅器銘文，「殹」見於秦器。

「助語」、「助句」、「語之餘」、「起下文」等功能，甚至同「矣」。〔註3〕馬建忠（1983：323-341）認爲「也」是「傳信助字」，助論斷之語氣，用法上助句、助讀、助實字，「凡句意之爲當然者，『也』字結之」。〔註4〕

今人對「也」的研究，重點放在探究它的用法、功能、性質等上。對於它的性質，通常認爲是語氣詞，有學者認爲是助詞或動詞，或認爲動詞性語氣詞。還有學者是談「也」各功能之間的演變關係的。從傳信和傳疑的角度看，有學者認爲它單表傳信，不過也有學者把它的疑問、感歎等語氣包括在內認爲它是兼表傳信、傳疑的語氣詞。下面請看今人對「也」的意見。

2.1.1 「也」是語氣詞

今人一般把「也」稱作「語氣詞」，李佐豐（2004：222）說「也」是一個

〔註3〕 （一）句末「也」的功能，古人用「語已辭」、「決辭」、「助句」、「語助」、「結上文」等來解釋它。《字詁‧也》：「語已辭」。又《助字辨略》卷三：「《孟子》：『未有仁而遺其親者也，未有義而後其君者也。』語輕，但爲『也』；語重，則爲『者也』。亦語已辭也。」《顏氏家訓‧書證》：「也，是語已及助句之辭。」《論語‧泰伯》「君子人也。」朱熹集注：「決辭」。《集韻‧馬韻》，又《史記‧太史公自序》：「強弱之原云以世。」司馬貞《索隱》：「『以』字當作『已』，『世』字當作『也』，並誤耳。云、已、也，皆語助之辭也。」《玉篇》：「也，所以窮上成文也。」又《經傳釋詞》卷四：「也，有結上文者。若《論語》『亦不可行也』之屬是也。」（二）句中「也」的功能，古人用「語之頓挫」、「助語」、「助句」、「語之餘」、「起下文」等詞來解釋它。《助字辨略》卷三：「《論語》：『赤之適齊也。吾聞之也。』此『也』字，語之頓挫，與語已辭別。」《經傳釋詞》卷四：「也，有在句中助語者，若『其爲人也孝悌』之屬是也。」《助字辨略》卷三：「《詩‧國風》：『其後也悔。其嘯也歌。』此『也』字在句中，但爲助句而已。」《說文‧乁部》徐鍇《繫傳》：「語之餘」。《經傳釋詞》卷四：「也，有結上文者。若『夫子至於是邦也』之屬是也。」（三）同「矣」。《經傳釋詞》卷四：「也，猶『矣』也。《禮記‧樂紀》：『而貫革之射息也；而虎賁之士說劍也。』《論語‧先進篇》曰：『皆不及門也。』『也』字並與『矣』同義。」《經傳釋詞》卷四：「《大戴禮‧曾子立事篇》曰：『聽其言也，可以知其所好矣；觀說之流，可以知其術也。』《禮記‧文王世子》曰：『然而眾知父子之道矣。』又曰：『然而眾著於君臣之義也。』又曰：『然而眾知長幼之節矣。』『也』，亦『矣』也，互文耳。」（四）猶「者」、「耳」、「邪」，這一意見請看王引之《經傳釋詞》卷四「也」字條下。

〔註4〕 《馬氏文通》說：「凡句意之爲當然者，『也』字結之；已然者，『矣』字結之。」

「表示靜態關係的決斷詞」。〔註5〕對於它的功能，傳統的看法認爲它是多功能語氣詞；也有認爲它是單功能語氣詞；也有提出它是保留著動詞性的語氣詞的學者。還有學者是談「也」各功能之間的演變關係的。

（一）「也」是多功能語氣詞。這還可以分爲兩種意見：第一，兼表傳信和傳疑語氣。楊伯峻（1981：233-243）認爲「也」是語氣詞，可以表示停頓、並列、判斷，也可以用在解釋句、肯定句、否定句，命令句、祈使句、禁止句、疑問句、反問句、感歎句，偶而可以作「矣」用。王力（1989：296-301）認爲「也」是表肯定或否定的語氣，而把「也」的語法作用分爲如下七種：表示一種情況（靜態描寫）、解釋或說明、判斷、命令或祈使、感歎、停頓（用於複句的兩個分句中間）、小停頓（用於主謂之間），而不表示疑問。呂叔湘（1990）說，「也」有判斷作用、〔註6〕頓宕性的停頓，〔註7〕它也是疑問語氣詞（283-4

〔註5〕 所謂的決斷詞，李佐豐（2004：220）說：「決斷詞的主要作用是表示認定，從而構成論斷句或說明句。決斷詞跟語氣詞有相同之處，它們都常黏著在整個句子的後面，而且都能用來區分句類，所以他們常被統稱爲語氣詞。儘管如此，決斷詞跟語氣詞還是存在著顯著的不同。它們的不同主要是：語氣詞的作用比較單純，通常主要是用來表示疑問、祈使、感歎這三種語氣；而決斷詞在表示認定這種語氣時，通常能把事體、行爲、變化等，化爲一種主觀的認識。正是這種作用，使得決斷詞除了可以確定句類的次類之外，還常有確定句型的作用。」

〔註6〕 呂叔湘（1990：59-60）說：「在基本式判斷句裏，主語和謂語都是名詞或指稱詞。構成一個判斷句，白話裏必須在主語和謂語的中間加一個繫詞『是』（否定用『不是』）。文言裏，肯定的句子可以用連繫詞，可以不用；否定的句子非用連繫詞『非』字不可。肯定句所用連繫詞有三類：(1)『爲』，(2)『乃』、『即』等，(3)『者』（主語後）、『也』（謂語後）。這三類可以單用，也可以合用。但是這些字沒有一個是純粹的繫詞，可以和白話的『是』字相比——『爲』字多少帶有普通動詞的性質，他的意義有時近於『是』，有時近於『做』；『乃』、『即』都是限製詞，意義和白話的『就是』相近；『者』、『也』，更不用說，是語氣詞——不過這些字用在判斷句裏都有連繫的作用罷了。」

〔註7〕 對於頓宕性停頓，呂叔湘（1990：320-1）說：「有時候我們用一個語氣詞來表示話沒有完，這可以稱爲停頓語氣。停頓語氣可以分兩類：（1）提示，（2）頓宕。提示和頓宕的區別是：前者是有意停一停，喚起聽者對於下文的注意；後者不一定是有意爲之，往往只是由於語言的自然，例如一句話太長，一口氣說不完，或是一邊說一邊想著，下句不接上句，就不得不在中途打個停。……表示頓宕性的停頓，文言多用『也』，白話多用『啊』，恰恰相合。」

頁），它還可以用於句中、判斷句和否定句句尾（271-273 頁），也用于禁止句句尾（308 頁）、解釋句句尾（392 頁）、原因小句句尾（389 頁）、特指問句句尾（282 頁）。第二，單表傳信語氣。《王力古漢語字典》把語氣詞「也」的功能總結爲：表示判斷、停頓。

（二）「也」是單功能語氣詞。主張「也」是單功能語氣詞的學者有郭錫良（1988、1989），認爲「也」是「語氣詞」，表示論斷或肯定語氣，可以用在判斷句、敘述句、祈使句或感歎句中。劉曉南（1991）從之。

（三）「也」是動詞性語氣詞。王統尙、石毓智（2008）認爲「也」有可能是保留著動詞性的語氣詞，它是從判斷動詞演變過來的。王、石兩位先生說：「『也』是一個保留著動詞性的語氣詞，它原來可能就是一個判斷動詞，到了我們能看到的史料，它已經虛化爲類似語氣詞的成分。由動詞向語氣詞的發展是那時不難見到的現象，比如語氣詞『已』原來也是一個動詞，可以單獨作句子的謂語。」

（四）「也」有後續發展。還有學者談「也」的擴展用法的。王統尙、石毓智（2008）探討「『也』的各種用法之間的內在關係，認爲『也』的基本用法是表示判斷，由此而發展出焦點、強調、對比等其它各種用法。」

2.1.2 「也」是助詞或動詞

不過也有學者主張「也」是助詞或動詞的。主張它是助詞的有洪波（2002）。他說：「判斷句名詞謂語前『惟』和『非』的性質是副詞而不是繫詞；判斷句句末『也』字的功能和性質，具有表示判斷的功能；不具有表示語氣的功能，因而不是語氣詞，把它視爲助詞比較恰當。」可惜他只提出「也」可能是助詞，沒有去論證「也」字爲什麼是助詞。

主張它是動詞的有宋金蘭（1999）。宋先生認爲「惟」、「是」、「也」都是判斷動詞。她說，「『惟』字句，『是』字句和『也』字句是古漢語的三種重要的判斷句式，其中前兩種句式屬前置型，後一種句式屬後置型。判斷詞『也』具有判斷動詞的語法屬性，是一個與判斷詞『惟』、『是』相對立的、自足的語法要素。這三種句式的交替表明漢語判斷句經歷了由前置型演變爲後置型，繼而又回歸到前置型這樣一個否定之否定的過程。判斷詞由前置到後置這種詞序上的重大變革可能與古藏緬語言的 SOV 型判斷句對漢語的影響及滲透有關。漢語史

上前置型判斷句的最早出現及其最終回歸是漢語作爲 SVO 型語言的基本語法格局所決定的。」

2.1.3 「也」是名詞謂語標記

蒲立本（2006）主張「也」是名詞謂語標記，「也」本身跟繫詞無關。蒲立本（2006：20）說：「儘管『也』在古漢語中最突出的用法是作爲名詞謂語的標記，但它本身並非繫詞。『也』的另外一些用法似乎與它作爲名詞謂語標記的用法有聯繫。我們發現『也』可出現在名詞化的動詞短語的後面，這個短語用作話題或動詞次動詞的賓語。『也』還可用作專有名詞的標記。另外，『也』還可以用在典型的動詞謂語後面。」

張玉金（2011）認爲判斷句中的謂詞性詞語和主謂短語是「名詞化」了的成分。即張玉金（2011：103）談「殹」的用法時指出，[註8] 它用在判斷句、

〔註8〕 不少學者指出，「殹」在秦國方言簡中的用法跟「也」同，是不同的兩個詞表達同樣功能。從現有的材料看，「殹」除了戰國末作語氣詞外，西周時期是可以用作人名、通「伊」的；「也」只見於春秋以後，並且一般用作句末語氣詞。（以往學者把金文中的█、█等形體釋爲「也」讀爲「匜」，但是這個形體應釋爲「它」、讀爲「匜」，跟「也」是沒有關係的。「也」跟「它」混用是後來的事情。詳見劉洪濤（2009））。另外，查看「殹」的用法，可以發現比較有意思的現象：西周早期銅器銘文中，「殹」作人名（殹父鼎）；西周春秋之際銅器銘文中「殹」出現在句中，用法相當於「維」、「伊」，文例爲：「曾伯陭鑄戚鉞，用爲民刑，非歷殹刑，用爲民政。」（曾伯陭鉞）；春秋晚期銅器銘文中，位於句中，用法相當於「維」，文例爲：「唯正月初吉丁亥，王子午擇其吉金，自作鼎彝濨鼎，用享以孝於我皇祖文考，用祈眉壽，盲恭獸屖，畏忌趨趨，敬卺（厥）盟祀，永受其福，余不畏不差，惠於政德，淑於威儀，闌闌（閒閒）獸獸（攸攸），命（令）尹子庚殹民之所亟，萬年無期，子孫是利。」；但是在戰國晚期新郪虎符中，「殹」是作句末語氣詞的，用法跟「也」同，文例爲：「甲兵之符，右在王，左在新郪，凡興士披甲，用兵五十人以上，必會王符，乃敢行之，燔隊事，雖毋會符，行殹（也）。」「也」余母支部（「也」的韻部，請看劉洪濤（2009）論證）；「維」屬余母微部；「伊」屬影母脂部；從「殹」聲的「繄」「翳」「黳」等字屬影母脂部。微脂對轉，歌脂對轉，三個字上古可通。從「非歷殹刑」到「命尹子庚殹民之所亟」再到「雖毋會符，行殹（也）」，前兩者是「維」所出現的位置，後一者是「也」所出現的位置，用作「維」的「殹」跟用作「也」的「殹」到底有沒有關係，還需要進一步的研究。

敘述句、描寫句，其中用在判斷句中的「也」最常見，而「殹」前判斷句的謂語多半是由名詞性詞語充當，不過還可以由謂詞語和主謂短語充當。張玉金（2011：103）認為這種判斷句中的「謂詞性詞語和主謂短語，都已『名詞化』了，即由謂詞性的短語變成了名詞性的短語。」他舉到了睡虎地秦簡的一些例子。即：

（1）是即法（廢）主之明法殹。（睡虎地秦簡《語書》）

（2）其論可（何）殹？即去署殹。（睡虎地秦簡《法律答問》）

（3）凡法律令者，以教道（導）民，去其淫避（僻），除其惡俗，而使之之於為善殹。（睡虎地秦簡《語書》）

（4）何謂「羊軀」？「羊軀」，草實可食殹。（睡虎地秦簡《法律答問》）

張先生指出，上述這些判斷句的謂語是發生了自指或轉指的變化的，例（1）-（2）屬自指，（3）-（4）屬轉指。「殹」跟「也」的關係，一般認為「殹」是秦國方言詞，「也」是通語，是兩個不同的詞。〔註9〕我們認為，張先生對「殹」的這種分析，對「也」同樣是適用的。

2.1.4 「也」的動態用法

也有一些研究是談語氣詞「也」的動態用法的，這些一般都是針對中古漢語時期的材料。太田辰夫（1988：61）曾對一些中古漢語時期的「也」進行分析，指出這些「也」字是「矣」變化了的，相當於現代漢語的「了」。此後，魏培泉（2002：493-4）找出隋闍那崛多譯《佛本行集經》至少有 5 例以上的「也」屬於動態用法的。陳前瑞（2008）專有一篇文章研究句末「也」體貌用法的演變的，他認為「也」有靜態、動態兩種用法，而它的動態用法，雖然為數不多，不過上古漢語時期也有見到。陳文依據體貌類型學關於體貌

〔註9〕關於「也」、「殹」的關係，李學勤（1981）、馮春田（1993）、大西克也（1998）都認為「殹」是秦國方言詞（轉引自姜允玉（2002：493））。姜允玉（2002）進一步認為秦漢時期出土文獻當中「也」、「殹」都可見到，而「也」和「殹」除了國別的差別之外，還有文體上的差別。後來張玉金（2011）說：「出土戰國文獻中的『殹』和『也』不是一個詞的兩種不同的書寫形式，而是兩個不同的詞：『也』屬通語，『殹』為秦國方言詞。」

標記語法化路徑的研究，認爲靜態『也』表示狀態，屬於廣義的結果體；動態『也』大部分用法屬於完成體，是靜態『也』進一步語法化的結果。

2.2 本書對「也」的認識

上述前賢觀點中，「『也』是動詞」這一觀點，值得商榷。宋金蘭（1999）把「也」、「惟」、「是」的詞性都歸爲判斷動詞。不過筆者認爲，雖然「也」跟「惟」、「是」同樣出現在判斷句中，但是「也」跟「惟」、「是」還是有差別的。「是」在對話句中回答時可以單獨使用，不過判斷句中的「惟」和「也」沒有這種用法。〔註10〕宋先生的意見還是有商榷之處。

學界通常認爲「也」是語氣詞（相關論述見本書 2.1.1）。本書認爲「也」除了語氣詞功能外，還有名詞標記功能。語氣詞的「也」通常位於句末，表達〔＋判斷〕〔＋確定〕、〔＋確定〕，也可表動態；名詞標記的「也」通常位於句中，不表語氣。「也」是名詞標記，本書認爲這是對「也」的各種觀點中人們最不熟悉的一個觀點，因此下面集中討論本書對「也」的名詞標記功能的看法。

2.2.1 名詞標記的「也」

本書主張句中的「也」是接在名詞（Noun）、名詞詞組（Noun phrase）或

〔註10〕如「師問僧：『承汝解卜是不？』對曰：『是。』」（《祖堂集・雲岩和尚》）但是「也」回答時從未單獨出現。考察《孟子》中疑問判斷句，回答時一般用「非也」、「然」、「NP 也」等，一例也沒有見到單獨使用的「也」。如「曾子曰：『可以託六尺之孤，可以寄百里之命，臨大節而不可奪也，君子人與？君子人也。』」（《論語・泰伯》）「子曰：『賜也，女以予爲多學而識之者與？』對曰：『然，非與？』曰：『非也。予一以貫之。』」（《論語・衛靈公》）「公孫丑問曰：『仕而不受祿，古之道乎？』曰：『非也。』」（《孟子・公孫丑下》）「惟」用在對話句中回答時是可以單獨出現的。如「夫差使人立於庭，苟出入，必謂己曰：『夫差！而忘越王之殺而父乎？』則對曰：『惟。不敢忘！』三年乃報越。」（《左傳》定公 14 年）「子曰：『參乎！吾道一以貫之。』曾子曰：『唯。』子出。門人問曰：『何謂也？』曾子曰：『夫子之道，忠恕而已矣！』」（《論語・里仁》）不過回答句中的「惟、唯」是應答聲，和判斷句中的「惟、唯」音義都不同（請看《王力古漢語字典》123 頁「唯」字條）。

名詞化詞組（Nominalized phrase）後的「名詞標記（Nominal marker）」，[註11]
它告訴你「也」前出現的就是名詞、名詞詞組或名詞化了的詞組，我們也可以
用雙引號包裝它們。把它用「也」包裝好了之後，這個「……也」可以充當各
種句子成分。本書認爲「人名＋也」、「（此／是＋）普通名詞＋也」、「NP／VP
也者」、句中「主之謂＋也」作主語、兼語、賓語、狀語且表定指或特定對象或
特定事件時，其中的「也」都可以看作名詞標記。

2.2.1.1 「人名＋也」

以往對「人名＋也」大都看成是語氣詞，認爲表示提示或停頓語氣。比
如：

（5）季氏富於周公，而**求也**爲之聚斂而附益之。（《論語・先進》）

（6）子游對曰：「昔者**偃也**聞諸夫子曰：『君子學道則愛人，小人學
　　道則易使也。』」（《論語・陽貨》）

（7）子路曰：「昔者**由也**聞諸夫子曰：『親於其身爲不善者，君子不
　　入也。』」（《論語・陽貨》）

例（5）-（7）的「求也」、「偃也」、「由也」都作主語，很多學者把其中的「也」
看作語氣詞，表達停頓語氣。不過本書在緒論1.1.4中也談到過語氣詞跟語氣
不全是一一對應的，某一地方有某個語氣並不等於說位於那個地方的就是語
氣詞。也就是說，有語氣停頓的地方並不等於說就都有語氣詞。上舉例子中
的「人名＋也」正好處於主語的位置上，當然可以有語氣，但是這個不能反
過來說這個「也」就是語氣詞。如果說主語位置上的「人名＋也」中的「也」
全部都是語氣詞的話，下邊例子就不好解釋了。如：

（8）晉邢侯與雍子爭鄐田，久而無成。士景伯如楚，**叔魚攝理**。韓
　　宣子命斷舊獄，罪在雍子。雍子納其女於叔魚，叔魚蔽罪邢侯。
　　邢侯怒，殺叔魚與雍子於朝。宣子問其罪於叔向。叔向曰：「三

[註11] 本書所謂的「標記（marker）」，跟無標有標的標記（markedness）是不相同的。
　　「markedness」是標記理論中的概念，本書所謂的「marker」是體標記（aspect marker）
　　中所謂的標記，是普通概念的標記。「marker」和「markedness」之間有沒有關係，
　　本書目前沒有具體看法，暫且不談。至於目前學界對「markedness」概念的理解，
　　請看錢軍（2000）。

人同罪，施生戮死可也。雍子自知其罪，而賂以買直；鮒**也**鬻
獄，**邢侯**專殺，其罪一也。己惡而掠美爲昏，貪以敗官爲墨，
殺人不忌爲賊。夏書曰：『昏、墨、賊，殺』，皋陶之刑也，請
從之。」乃施邢侯而尸雍子與叔魚於市。（《左傳》昭公 14 年，
此例取自何樂士（2004））

例（8）中「雍子」、「鮒也」、「邢侯」並列出現，都出現在主語位置上，其中「鮒
也」中的「也」不可能是語氣詞，如果「也」後面有停頓的話，「雍子」、「邢侯」
後面也都有停頓，這個停頓是「鮒也」的語法位置造成的，跟「也」本身無關。
這三個人還出現在《國語・晉語九》中，但是依然寫作「鮒也」、「雍子」、「邢
侯」。即：

> （9）韓宣子患之，叔向曰：「三奸同罪，請殺其生者而戮其死者。」
> 宣子曰：「若何？」對曰：「鮒**也**鬻獄，**雍子**賈之以其子，**邢侯**
> 非其官也而干之。夫以回鬻國之中，與絕親以買直。與非司寇
> 而擅殺，其罪一也。邢侯聞之，逃。遂施邢侯氏，而尸叔魚與
> 雍子於市。」（《國語・晉語九》）

如果「也」是語氣詞的話，「雍子」、「邢侯」爲什麼不寫作「雍子也」或「邢候
也」呢？考察全部《左傳》和《國語》，「雍子」、「邢侯」後邊從來不加「也」，
但是「鮒」後總是加「也」。〔註 12〕人名「鮒」，單獨出現且不加「也」者，在
《左傳》、《國語》中一例也沒有找到。〔註 13〕本書認爲「也」是緊接在「人名」
後邊的成分，它不是語氣詞，它表示「也」前出現的成分就是人名，而不是別
的什麼。〔註 14〕

〔註 12〕當然也有「鮒」後不加「也」的情況，不過不加「也」時前邊總是跟姓氏一起出
現，如「士鮒」、「羊舌鮒」等。

〔註 13〕有學者還從湊音節的角度尋求答案，如何樂士（2004：434）對「鮒也」解釋說：
「『鮒』後加『也』，顯然不是專門強調他，而是因爲『雍子』、『邢侯』都是雙音
節，爲與『雍子』、『邢侯』對稱，由音節上的需要而加上的。」如果的確是如此
的話，那麼《左傳》的「然鮒也賄，弗與。」（昭公 1 年）「不能。鮒也能。」（昭
公 13 年）應該怎麼解釋？也都是湊音節的嗎？顯然很難這麼說。

〔註 14〕那麼這三個人之中，爲什麼「雍子」「邢侯」不說他們的名字，而「鮒也」偏要說
他的名字呢？這是因爲「鮒也」就是發話者「叔向」的弟弟，所以「叔向」就稱

　　「人名＋也」中的「也」不是語氣詞，我們也可以從「人名＋也」作兼語、賓語的句子中找到證據。在早期一些用「人名＋也」作兼語、賓語的句子中，有時「也」沒有任何停頓的作用，「也」不可能是語氣詞。

　　先看作兼語的例子：

　　（10）季桓子使仲弓爲宰，仲弓以告孔子曰：「季氏使**雍也**從於宰夫之後。雍也憧愚，恐貽吾子羞，願因吾子而辭。」（上博簡《仲弓》簡 1、4、26）

　　（11）吾子其奉許叔以撫柔此民也，吾將使**獲也**佐吾子。（《左傳》隱公 11 年）

　　（12）公宴於五梧，武伯爲祝，惡郭重，曰：「何肥也？」季孫曰：「請飲**彪也**！以魯國之密邇仇讎，臣是以不獲從君，克免於大行，又謂**重也**肥。」（《左傳》哀公 25 年）

例（10）-（12）都是「V＋N＋VP」結構，其中作兼語的 N——即「人名＋也」——後邊都沒有停頓，「人名＋也」的「也」不可能是語氣詞。如果我們承認「也」是表停頓的語氣詞的話，例（10）中的「季氏」、例（11）中的「吾」也都可以加上「也」，表達「季氏啊」、「我呀」等，不過在先秦古漢語中，我們從來沒有見到在人稱代詞後邊加「也」或在「季氏」後加「也」的例子。如果「也」是表停頓的語氣詞的話，爲什麼不能在它們後邊加「也」呢？

　　再看作賓語的例子：

　　（13）烏呼！天禍衛國也夫！吾不獲**鱄也**使主社稷。（《左傳》成公 14 年）

　　（14）公見**棄也**而視之，尤。（《左傳》襄公 26 年）

　　（15）魏子謂成鱄：「吾與**戌也**縣，人其以我爲黨乎？」（《左傳》昭公 28 年）

例（13）-（15）的「人名＋也」都作 VP 中的賓語，「也」後都沒有停頓。例

他弟弟的時候直接說弟弟「叔魚」的名字「鮒」。並且「叔向」從來不把「叔魚」稱作「魚也」而稱作「鮒也」，這是因爲「也」一般只能接在「人名」後邊，這一點也像孔子把「顏淵」稱作「回也」而不稱他「淵也」一樣的道理。

（13）中「鱄也」是「獲」的賓語，「不」的管轄範圍一直到「社稷」，因此「鱄也」後沒有停頓，「也」不可能是語氣詞。例（14）的「見棄也而視之」是述賓並列結構，主語都是「公」，「棄也」後沒有停頓，「也」不可能是語氣詞。例（15）是「V＋O＋O」結構，雙賓語「戌也」和「縣」之間不會有停頓，「也」不可能是語氣詞。

　　既然「人名＋也」處于謙語和賓語的位置上的時候，「也」不可能是語氣詞，那麼當「人名＋也」處在其它語法位置上的時候，也不能說「也」是語氣詞。現在我們知道「人名＋也」的「也」是語氣詞的觀點是難以成立的。那麼它到底是什麼成分？本書主張「人名＋也」中的「也」是名詞標記，專門接在人名後，表示「也」前的成分是人名，而不是什麼別的成分。如：

　　（16）是歲也，狄伐魯，叔孫莊叔於是乎敗狄於咸，獲長狄僑如及

　　　　　<u>虺</u>也、<u>豹</u>也而皆以名其子。（《左傳》襄公 30 年）

例（16）的「虺」和「豹」都是人名，加「也」之後「虺也、豹也」分別指名為「虺」、「豹」的人物。這個「也」的功能就是告訴你這個 NP 是實體的對象（下面以「定指」代之），「也」就是名詞標記。這種情況《左傳》裏見很多，何樂士（2004：432-438）歸納《左傳》中的句中「也」用法時指出過，「也」多數出現在「專名」後。何先生的這一歸納，正好也能支持筆者對「NP 也-定指」的看法。其實這種現象《論語》中也很常見，僅《論語·先進》一篇，就有 17 章的用例（有的一章中有幾個用例），可以分析爲如下：

　　（甲）其中有的「人名＋也」後面沒有停頓，只表示前面是人名。

　　（17）子曰：「才不才，亦各言其子也。<u>鯉</u>也死，有棺而無槨。吾不
　　　　　徒行以爲之槨。以吾從大夫之後，不可徒行也。」

　　（18）子曰：「<u>回</u>也視予猶父也，予不得視猶子也。非我也，夫二三
　　　　　子也。」

　　（乙）有的「人名＋也」後面有停頓，表示「〔＋對比〕」。

　　（19）子曰：「<u>師</u>也過，<u>商</u>也不及。」

　　（20）<u>柴</u>也愚，<u>參</u>也魯，<u>師</u>也辟，<u>由</u>也喭。

　　（21）子曰：「<u>求</u>也退，故進之；<u>由</u>也兼人，故退之。」

（丙）有的「人名＋也」後面有停頓，表示「﹝＋強調﹞」。

（22）閔子侍側，誾誾如也；子路，行行如也；冉有、子貢，侃侃如也。子樂。「若由也，不得其死然。」

（23）子曰：「吾以子為異之問，曾由與求之問。所謂大臣者：以道事君，不可則止。今由與求也，可謂具臣矣。」

對這些用例可以有兩種分析法：1）甲類「也」是名詞標記，乙丙類「也」是語氣詞；2）三類「也」都是名詞標記，只是甲類「也」後面沒有停頓，乙丙類「也」後面有停頓。比較起來，應該說後一種分析更加合理。今本《論語·先進》中有兩個人的名字後邊沒有加「也」，即如下的「師」和「求」。

（24）「然則師愈與？」子曰：「過猶不及。」

（25）「雖求則非邦也與？」

但是查看西漢時期《論語》抄本——定州本，就都加「也」，作「師也」和「求也」。這兩例「也」後面沒有停頓，只能是名詞標記。今本刪去「也」，說明後代的人看到古本時不把這兩個「也」理解為表停頓的語氣詞，如果是語氣詞，刪去會改變句子的語氣。後代之所以刪去，是因為「人名＋也」的用法較古老，後代在人名後可以不必用「也」。

2.2.1.2 「（此／是＋）普通名詞＋也」

在早期一些用「普通名詞＋也」作兼語、賓語等的句子中，有時沒有任何停頓的作用，「普通名詞＋也」表示定指，這時「也」就是名詞標記。

先看作兼語的例子：

（26）舒而脫脫兮，無感我帨兮，無使尨也吠。（《詩·召南·野有死麕》）

（27）心之憂矣，我歌且謠。不知我者，謂我士也驕。（《詩·魏風·園有桃》）

（28）是故先王之教民也，不使此民也憂其身。（郭店簡《六德》簡40-41）﹝註15﹞

例（26）-（27）的「普通名詞＋也」都作兼語，都表定指。「也」前的普通名

﹝註15﹞此例取自張玉金（2011：561）。

詞因爲表定指，所以普通名詞前可以出現指示代詞「是／此」。例（28）就是如此，其中的「此民也」不是別的「民」，而指上文提到的「教民」的「民」，因此「民」前加上了指示代詞「此」。根據何樂士（2004：434），《左傳》也有類似的現象：即「普通名詞＋也」如果要指具體的一個，常有「是」、「此」、「其」等代詞作定語與「也」配合。

再看作賓語的例子：

（29）先君奉**此子也**而屬諸子，曰：「此子也才，吾受子之賜：不才，吾唯子之怨。」（《左傳》文公 7 年）

（30）故終**是物也**而有深焉者，可教也而不可疑也。（郭店簡《尊德義》簡 19）

（31）三子者，既得聞**此言也**於夫子，昭然若發蒙矣。（《禮記·仲尼燕居》）

例（29）的「先君奉此子也而屬諸子」是「S＋VP 而 VP」結構，是並列的述賓結構，其中 VP 都是 V＋O 的形式，第一個 VP 的賓語作「此子也」，那第一個賓語後邊有個停頓，恐怕很難這麼理解。例（30）是「VO 而 VO」結構，其中「是物也」是「終」的賓語，很難認爲「是物也」後邊有停頓。例（31）的「此言也」和「於夫子」中間也沒有停頓。這些例句中的「也」都不是語氣詞。

「普通名詞＋也」作兼語、賓語的時候，不能認爲「也」是語氣詞，那麼它處於主語位置上的時候，也不能認爲它是語氣詞。如：

（32）**夫也**不良，國人知之，知而不已，誰昔然矣。（《詩·陳風·墓門》）

（33）**伯也**執殳，爲王前驅。（《詩·衛風·伯兮》）

（34）**是夫也**將不唯衛國之敗，其必始於未亡人。（《左傳》成公 14 年）

例（32）的「夫也」指「那人」，〔註16〕例（33）的「伯也」是「周代婦女對丈

〔註16〕朱熹《集傳》：「夫，指所刺之人也。」牟庭《詩切》：「夫也，猶言此人也。」以上見向熹《詩經詞典》「夫」字條下的解說。

夫的稱呼」，[註17] 都指具體人物，「也」後無停頓，就是名詞標記。有時用「是」
「此」等代詞作定語與「也」配合，例（34）屬之。《論語》中還有一個例子比
較有意思，即：

> （35）魯人為長府。閔子騫曰：「仍舊貫，如之何？何必改作？」子
> 曰：「夫人不言，言必有中。」（《論語・先進》）

例（35）中的「夫人」，根據錢穆（2005：287）說「猶言彼人，指閔子」。此
「夫人不言」在定州本就寫作「夫人也不言」（簡277），可見「夫人也」專指
「閔子」，即定指。後代今本之所以刪去「也」，是因為「也」表定指的用法
較為古老，因此後代未必加「也」。《詩經》中人稱代詞一律不加「也」，[註18]
這跟人稱代詞本身表示定指有關。根據何樂士（2004：434），《左傳》中未見
在「吾」、「余」、「我」後加「也」的用法。

2.2.1.3 「NP／VP也者」

「NP／VP也者」中的「者」或認為是語氣詞，或認為是指示代詞；「也
者」或認為是語氣詞連用，或認為是「語氣詞＋指示代詞」。但根據朱德熙先
生《自指和轉指》的看法，「者」是一個名詞化標記。朱先生指出《論語・先
進》中「異乎三子者之撰」和「夫三子者之言何如」的「三子者」都在修飾
語的位置上，認為「這些『者』字顯然不能解釋為語氣詞。」他進一步把表
示自指的「VP也者」看作表示指稱的名詞性結構，說：「『VP也者』也可以
放到賓語位置上去。」然後引到了如下例子：

> （36）魯人有周豐也者。（《禮記・檀弓》）

> （37）見其可欲也，則必前後慮其可惡也者；見其可利也，則必前
> 後慮其可害也者。（《荀子・不苟》）

> （38）有始也者，有未始有始也者，有未始有夫未始有始也者，有
> 有也者，有無也者，有未始有無也者，有未始有夫未始有無
> 也者。（《莊子・齊物論》）

[註17] 《鄭箋》：「伯，君子字也。」朱熹《集傳》：「伯，婦人目其夫之字也。」以上見
向熹《詩經詞典》「伯」字條下的解說。

[註18] 《詩經》中「君也」（《終南》）的「君」不是人稱代詞，而是指具體的「君子」，「女
也」（《氓》）也不能理解為「人稱代詞『汝』＋也」，而指具體的女人。

朱先生說：「由此可見，『VP 也者 s』也是表示指稱的名詞性結構。這個『者』也不能看作語氣詞」。既然「者」是名詞化標記，那麼，「也者」中的「也」後就不可能有停頓，我們不能說它是語氣詞，「也」只能是名詞標記。這些「NP／VP 也者」，《詩經》不見，《左傳》僅有 1 例，《論語》僅有 4 例，它「總是包含著對上文已經提到的事情進行解釋的意味」，[註19] 並且這幾例都是口語材料。如：

（39）魏獻子使士景伯詰之曰：「悼公之喪，子西弔，子蟜送葬。今吾子無貳，何故？」對曰：「諸侯所以歸晉君，**禮也**。**禮也者**，小事大、大字小之謂。」（《左傳》昭公 30 年）

（40）子曰：「是**聞也**，非**達也**。夫**達也者**，質直而好義，察言而觀色，慮以下人。在邦必達，在家必達。夫**聞也者**，色取仁而行違，居之不疑。在邦必聞，在家必聞。」（《論語‧顏淵》）

（41）有子曰：「其爲人也**孝悌而好犯上者**，鮮矣！不好犯上而好作亂者，未之有也。君子務本，本立而道生。**孝悌也者**，其爲仁之本與！」（《論語‧學而》）

例（39）是「NP 也者」，例（40）-（41）是「VP 也者」，其中 NP 和 VP 都是上句已經提到過的，表示定指。例（39）中的「者」是名詞標記；例（40）和（41）雖然是 VP，但是名詞化後充當在「也者」結構中，「VP 也者」的「者」是名詞標記，因此「也」不可能是語氣詞，只能看作名詞標記。

　　除此之外，「主之謂」後面常常有「也」。「主之謂」的作用是名詞化，「也」的作用是名詞標記。[註20] 綜上，句中「也」，如果在專名等後加上且表示定指

〔註19〕這一解釋，見朱德熙（1999：47）。

〔註20〕對於「主之謂」的「之」的作用，魏培泉（2000：633）總結以往對此的學界意見，說：「『之 2』（筆者按：『之 2』指『主之謂』結構中的『之』）的功能一般說法有『名語化』（或『名物化』）、『仿語化』、『取消句子的獨立性』、『增加句子的黏連性』等等。這些主張要其凡不外如下兩點：其一，『之 2』標示主謂結構爲句子的一個成分；其二，『之 2』爲『名語化』記號。」把這個「之」看成是名詞化標記的學者有朱德熙和蒲立本等先生。朱德熙（1999：44）說：「『之』字的語法作用是聯繫修飾語和中心語。當我們在主謂結構的主語和謂語之間加上『之』字的時候，謂詞性的主謂結構就轉化爲名詞性的偏正結構了。就這一點而論，可以説『之』

或上文出現的對象，那麼它就是名詞標記。〔註21〕

2.2.2 區分名詞標記和語氣詞的標準

說到這裏，我們不能不談本書區分名詞標記和語氣詞的標準。我們是結合句式、停頓和定指來區分的。（一）「人名＋也」、「（此／是＋）普通名詞＋也」、「NP／VP也者」、「主之謂＋也」和「時間詞＋也」作主語、賓語、兼語、狀語或從句且表定指時，「也」是名詞標記。如果「人名＋也」等後面有語氣停頓的話，那是「人名＋也」所處的語法位置造成的，這時表達出來的是句式語氣，跟「也」字本身無關。（二）「NP／VP也」如果位於句末作謂語的話，「也」是語氣詞。下面請看具體內容：從第一到第五是區分名詞標記的標準，第六是區分語氣詞「也」的標準。

第一，「人名＋也」中的「也」作主語、賓語、兼語者，「也」就是名詞標記。例（42）是「人名＋也」作兼語、主語，「也」是名詞標記，不表任何語氣。例（43）是「人名＋也」作主語，「也」是名詞標記，不表語氣；但是整個「人名＋也」用在對比句中，表「〔＋對比〕」，這是句式語氣，跟「也」無關。例（44）是「人名＋也」作主語，「也」是名詞標記。不過這裏有個停頓，表「〔＋強調〕」，這一語氣也是句式語氣。

（42）季桓子使仲弓爲宰，仲弓以告孔子曰：「季氏使雍也從於宰夫之後。雍也憧愚，恐貽吾子羞，願因吾子而辭。」（上博簡《仲弓》簡1、4、26）

（43）回也聞一以知十，賜也聞一以知二。（《論語・公冶長》）

（44）子曰：「賜也，始可與言《詩》已矣！告諸往而知來者。」（《論

的作用是使主謂結構名詞化，因此我們把『之』字也看成一個名詞化標記。」蒲立本（2006：71）說：「在主語（如果主語出現的話）和動詞之間插入『之』便可使動詞結構從形式上轉化爲名詞性結構。」蒲立本（2006：181）還說：「被『之』字名詞化並且後隨『也』字的話題短語在語義上相當於一個表時間的短語。」魏培泉（2000：634）認爲「主之謂」的「之」的功能是「連結主語和謂語，使它成爲一個有標記的偏正結構，並使它成爲句子的一個成分。」

〔註21〕那麼，爲什麼有的加，有的不加？如名詞作主語的，不加「也」的也不少。對於這一問題，筆者目前還沒有確切的看法，目前只能說「還有待於研究」。

語‧學而》）

　　第二，「（此／是＋）普通名詞＋也」作主語、賓語、兼語且表定指時，「也」是名詞標記。例（45）的「此子也」前後各作賓語和主語且表定指，例（46）的「此民也」作兼語且表定指，「也」都是名詞標記，不表語氣。

　　（45）先君奉**此子也**而屬諸子，曰：「**此子也**才，吾受子之賜；不才，
　　　　　吾唯子之怨。」（《左傳》文公7年）

　　（46）是故先王之教民也，不使**此民也**憂其身。（郭店簡《六德》）
　　　　　〔註22〕

　　第三，「NP／VP 也者」作主語或賓語時，「也」是名詞標記。例（47）是「VP 也者」作賓語，「也」是名詞標記，不表語氣。例（48）是「NP／VP 也者」作主語，「也」是名詞標記，但是這三個小句是並列在一起，因此「NP／VP 也者」可表「〔＋對比〕」，後面有個停頓，這一語氣是句式語氣。例（49）是「VP 也者」作主語，「也」是名詞標記，但是「也者」後有停頓，因此可表「〔＋強調〕」，這一語氣也是句式語氣，跟「也」無關。

　　（47）魯人有周**豐也者**。（《禮記‧檀弓》）

　　（48）集大成**也者**，金聲而玉振之也。金聲**也者**，始條理也；玉振
　　　　　之**也者**，終條理也。（《孟子‧萬章下》）

　　（49）孝悌**也者**，其爲仁之本與！（《論語‧學而》）

　　第四，「主之謂＋也」作主語、賓語、從句時，「也」是名詞標記。例（50）是「主之謂＋也」作主語，「也」是名詞標記。例（51）是「主之謂＋也」作主語，「也」是名詞標記，不表語氣，但是這些句子是對比句，「也」後有停頓，表「〔＋對比〕」，但是這一語氣是句式語氣。例（52）是「主之謂＋也」作從句，「也」是名詞標記。但是「也」作從句，後邊有個停頓，表「〔＋強調〕」，不過這是句式語氣。

　　（50）子貢曰：「吾子之答**也**何如？」（上博簡《相邦之道》簡4）

　　（51）**古之狂也**肆，今之狂**也**蕩；**古之矜也**廉，今之矜**也**忿戾；古
　　　　　之愚**也**直，今之愚**也**詐而已矣。（《論語‧陽貨》）

〔註22〕此例取自張玉金（2011：561）。

（52）昔堯之享舜也，飯於土簋，歠於土鉶而撫有天下。（上博簡《曹
沫之陳》簡 2-3）

第五，「時間詞＋也」中的「也」是名詞標記。例（53）-（55）的「也」
都是名詞標記。其中例（55）的「是歲」用法，《左傳》裏共見 4 次，其中 3
次後頭有「也」字，1 次後頭沒有「也」字。

（53）昔先王受命，有如召公，日辟國百里；今也日蹙國百里。

（《詩・大雅・召旻》）

（54）仲尼曰：「古也有志：『克己復禮，仁也。』信善哉！楚靈王
若能如是，豈其辱於乾谿？」（《左傳》昭公 12 年）

（55）是歲也，鄭駟偃卒。（《左傳》昭公 19 年）

上述名詞標記「也」似乎都表定指或表特定對象、時間、事件。「今也」跟「今」
的不同點在於「今也」的「也」指的就是現在而不是過去。這一點類似於表
自指的「VP 者」的「者」有指示作用。朱德熙（1999：36）也指出過：「無
論是名詞性詞語還是時間詞語，加上『者 s』以後，所指都不變。這種位置上
的『者 s』似乎有一種指示作用。『此二人者』表示說到的是這兩個人，而不
是什麼別的兩個人；『莫春者』表示指的是暮春，而不是別的季節。」

第六，不屬於上述情況的「NP／VP 也」如果位於句末，那麼「也」是語
氣詞。〔註23〕上文 1.1.5 說過，語氣詞的功能是表達語氣的，但是有的語氣詞除
了表達語氣之外，還兼表其它語法功能。語氣詞「也」就是如此。「也」表「確
定」語氣，但是它也可以兼表「判斷」。嚴格地說，判斷不是一種語氣，所以李
佐豐先生不把「也」叫做語氣詞，而叫做決斷詞。本書認為有的語氣詞除了表
示語氣以外，還表示語氣以外的功能，就像「了」兼表既事相和決定語氣一樣，
「也」、「矣」、「已」皆是如此。（相關看法請看本書 1.1.5 註 12）「也」如果用
在判斷句「NP，NP 也」（也有「NP，VP 也」）結構中，「也」是兼表「〔＋判
斷〕〔＋確定〕」。前者是「也」的語法功能，表判斷；後者是「也」的語氣，表
對這種判斷的確定。但是當「NP，VP 也」不表判斷的時候，「也」是發展為單
表「〔＋確定〕」語氣的語氣詞了。這是語氣詞「也」到後來的發展。

〔註23〕語氣詞「也」和名詞標記「也」有什麼關係？這個問題有待於進一步研究。

2.3 「也」功能的演變

「也」在出土文獻，西周銅器銘文不見使用，春秋時期銅器銘文僅見一次，戰國時期就開始大量的使用，秦簡、楚簡都見使用；「也」在傳世文獻，《尚書》不見使用，《詩經》裏見 90 次，戰國時期傳世文獻就大量使用。可以說，根據現有材料，「也」不見於西周時期，始見於春秋時期，戰國時期以後用得很多，魏晉以後逐漸減少，晚唐五代就不多見了。

2.3.1 「也」在春秋時期

「也」在出土文獻中，最早見於春秋中期的欒書缶銘文裏，[註24]作：「正月季春，元日己丑，余畜孫書也擇其吉金，以作鑄缶」。欒書缶是「欒書」做的銅器，「書也」即「人名＋也」作主語，「也」是名詞標記。在傳世文獻中，「也」最早見於《詩經》。考察《詩經》裏的「也」，共有 90 例，[註25]按其功能區分的話，名詞標記有 35 例（38.9%），語氣詞有 55 例（61.1%）。

2.3.1.1 名詞標記

《詩經》中的「普通名詞＋也」、「時間詞＋也」作主語、兼語且表定指時，「也」是名詞標記。《詩經》的「普通名詞＋也」的 NP 一般都有固定的指稱對象，「也」表定指。

（一）「普通名詞＋也」作主語、兼語且表定指，「也」是名詞標記，不表語氣，例（56）至（62）就屬之。例（56）的「尨也」和（58）、（59）的「士也」都表定指，例（57）的「俾也」應為「俾之人也」的省略，「之人」也表示定指。

（56）舒而脫脫兮，無感我帨兮，無使尨也吠。（《詩·召南·野有死麕》）

〔註24〕西周時期大盂鼎銘文中有一個字寫作 ，一般把它釋作「巳」，讀作「祀」（見郭沫若（1999：34））；或讀作句首歎詞「已」（見張世超、金泰國等編（1996：3475））。後來黃德寬（1997）釋作「也」，趙平安（2008）也同意此說，認為他是最早的語氣詞「也」。（以上黃、趙意見參看趙平安（2008））本書同意前一種釋法，認為大盂鼎的此字應釋為「巳」，讀為歎詞「巳」。因為「也」字上部一般從「口」形，大盂鼎的「巳」上部不從「口」，而寫作 ，與「口」字上部寫法不同。

〔註25〕《大雅》見 3 次，《小雅》見 9 次，《頌》見 1 次，《國風》見 77 次。

（57）日居月諸，出自東方。乃如之人兮，德音無良。胡能有定？俾**也**可忘。（《詩・邶風・日月》）

（58）心之憂矣，我歌且謠。不知我者，謂我**士也**驕。（《詩・魏風・園有桃》）

（59）心之憂矣，聊以行國。不知我者，謂我**士也**罔極。（《詩・魏風・園有桃》）

例（60）至（62）的「母也」、「伯也」、「夫也」作主語且表定指，「也」是名詞標記，不表語氣。

（60）**母也**天只！不諒人只！（《詩・鄘風・柏舟》）

（61）**伯也**執殳，爲王前驅。（《詩・衛風・伯兮》）

（62）**夫也**不良，國人知之，知而不已，誰昔然矣。（《詩・陳風・墓門》）

例（64）的「女也」、「士也」的「也」是名詞標記，但是整個「NP 也」表「〔＋對比〕」，後面有停頓，這是句式語氣。例（64）的「之人也」作主語，「也」是名詞標記，但是整個「NP 也」表「〔＋強調〕」，後面有停頓，這也是句式語氣。

（63）**女也**不爽，士貳其行。**士也**罔極，二三其德。（《詩・衛風・氓》）

（64）乃如**之人也**，懷婚姻也。大無信也，不知命也。〔註26〕（《詩・鄘風・蝃蝀》）

（二）「時間詞＋也」作句首狀語，「也」表定指，「也」是名詞標記。整個「時間詞＋也」表「〔＋強調〕」是它的句式語氣，後面有停頓。下面例（65）-（66）的「今也」多少含有「以前是怎麼怎麼樣，現在**就是**怎麼怎麼樣」的意思。

（65）於我乎每食四簋，**今也**每食不飽。（《詩・秦風・權輿》）

〔註26〕王引之《經傳釋詞》卷六：「乃如，亦轉語詞也。」一說：提示之詞，相當於「若夫」。裴學海《古字虛字集釋》卷六：「乃如猶言若夫，亦提示之詞也。」試比較：兄及弟矣，式相好矣，無相猶矣。（《詩・小雅・斯干》）

（66）昔先王受命，有如召公，日辟國百里；今**也**日蹙國百里。（《詩·
　　大雅·召旻》）

2.3.1.2 語氣詞（靜態）

　　《詩經》中語氣詞「也」見 55 例。其中判斷句中「NP／VP 也」共有 8
例（14.5%），「也」是語氣詞，表「〔＋判斷〕〔＋確定〕」；不是判斷句的情況
下，「VP 也」的「也」是語氣詞，單表「〔＋確定〕」，共有 47 例（85.5%）。

　　（一）「NP 也」用在判斷句末，「也」是語氣詞，表「〔＋判斷〕〔＋確定〕」，
例（67）就屬之。「VP 也」用在判斷句末，「也」是語氣詞，表「〔＋判斷〕〔＋
確定〕」，例（68）就屬之。

　　（67）胡然而天**也**？胡然而帝**也**？（《詩·鄘風·君子偕老》）

　　（68）投我以木李，報之以瓊玖。匪報**也**，永以爲好**也**。〔註27〕
　　　　（《詩·衛風·木瓜》）

　　（二）非判斷句謂語位置的「VP 也」中的「也」是語氣詞，表「〔＋確
定〕」。例（69）的「也」表「〔＋確定〕」，例（70）-（72）是「不／無 VP 也」，
其中「也」都表「〔＋確定〕」。呂叔湘（1990：272）說：「單獨的肯定句用『也』
字的，不及單獨的否定句多。」呂叔湘（1990：273）還說：「否定句用『也』
字比肯定句多，也許是因爲否定句一般地比肯定句的語氣強，更多確認的作
用。」

　　（69）何其處**也**？必有與也！何其久**也**？必有以也！（《詩·邶風·
　　　　旄丘》）

　　（70）鬢髮如雲，不屑髢**也**。（《詩·鄘風·君子偕老》）

　　（71）叔于田，巷無居人。豈無居人？不如叔**也**。（《詩·鄭風·叔
　　　　于田》）

　　（72）乃如之人**也**，懷婚姻**也**。大無信**也**，不知命**也**！（《詩·鄘風·
　　　　蝃蝀》）

例（73）-（74）是「可 VP 也」，「也」是語氣詞，表「〔＋確定〕」。「可……

〔註27〕余冠英（1958：30）譯爲：「不是來報答，表示永遠愛著他。」筆者按：這不是來
　　　報答的，而是永以爲好的。余冠英（1958：30）：匪，就是非。好，相好、相愛。

也」句一般表達狀態。〔註28〕例（75）-（76）是「不可 VP 也」，「也」是語氣詞，表「〔＋確定〕」。

（73）仲可懷也，父母之言亦可畏也。（《詩‧鄭風‧將仲子》）

（74）白圭之玷，尚可磨也。斯言之玷，不可爲也！（《詩‧大雅‧抑》）

（75）我心匪石，不可轉也。（《詩‧邶風‧柏舟》）

（76）士之耽兮，猶可說也。女之耽兮，不可說也。（《詩‧衛風‧氓》）

2.3.2 「也」在戰國至西漢

在戰國晚期的平安君鼎裏出現「也」在句末的用法，即：「卅三年，單父上官冢子憙所受平安君者也」。本部分主要考察了上博簡、郭店簡等出土文獻以及《左傳》和《孟子》等傳世文獻。這一時期的竹簡文字上，「也」字出現頻率相當高。據筆者初步考察，僅在郭店簡和上博簡中出現 913 例的「也」，西漢出土文獻裏也見使用。這一時期的「也」，比前一時期減少了名詞標記的用法，增加了語氣詞的用法。《論語》中「也」的用法，名詞標記者有 157 例（29.5%），語氣詞者有 375 例（70.5%）；《孟子》中「也」，名詞標記者有 283 例（23.0%），語氣詞者有 947 例（77.0%）。跟春秋時期相比，名詞標記減少了：38.9%（《詩經》）→ 29.5%（《論語》）→ 23.0%（《孟子》）；語氣詞增多了：61.1%（《詩經》）→ 70.5%（《論語》）→ 77.0%（《孟子》）。

「也」名詞標記用法的減少、語氣詞用法的增多，我們從《緇衣》不同版本的對比中，也可管窺其現象。考察《緇衣》全部文例，〔註29〕郭店本的名詞

〔註28〕蒲立本（2006：24-25）指出過，「可」後邊的動詞是及物動詞的話，「可」的主語是動詞的賓語。他說：「人們可以根據動詞跟助動詞『可』（『可』本身是一個用作謂語的形容詞）共現時的不同特點來區分動詞的四個主要類別。只有及物動詞才能直接跟在『可』的後面。在這種情況下，這些及物動詞必須理解爲被動，也就是說，『可』的主語是動詞的賓語（或者說受事）。比如『人可殺』的字面意思是『這人有可能殺』，其實際意思是『這人可以被殺』。與此不同，表示主動意義的及物動詞或不及物動詞則須跟在『可以』的後面，而不是跟在『可』的後面。」

〔註29〕郭店簡《緇衣》有 23 次「也」，今本《緇衣》有 27 次「也」。其中郭店用「也」

標記「也」有 2 例，作：

> （77）子曰：上好仁，則下之爲仁<u>也</u>爭先。（郭店簡《緇衣》簡 10-11）

> （78）故君子之友<u>也</u>有向，其惡有方。（郭店簡《緇衣》簡 42-43）

例（77）和（78）都是「主之謂＋也」作主語，「也」是名詞標記。不過這兩個「也」在今本中都不見，只作「下之爲仁爭先人」和「君子之朋友有鄉」。但是語氣詞「也」在今本中就有增加，今本所見 8 例語氣詞「也」，在郭店本是不見的。即：

> （79）可言<u>也</u>不可行，君子弗言<u>也</u>；可行<u>也</u>不可言，君子弗行<u>也</u>。（今本）

> （80）言從而行之，則言不可飾<u>也</u>；行從而言之，則行不可飾<u>也</u>。（今本）

> （81）子曰：言有物而行有格<u>也</u>；是以生則不可奪志，死則不可奪名。（今本）

> （82）故君子之朋友有鄉，其惡有方；是故邇者不惑而遠者不疑<u>也</u>。（今本）

> （83）古之遺言與？龜筮猶不能知<u>也</u>，而況於人乎？（今本）

例（79）在郭店本各作「可言」、「弗言」、「可行」、「弗行」；例（80）作「行不可匿」；例（81）作「行有格」；例（82）作「邇者不惑而遠者不疑」；例（83）作「弗知」，例（79）-（83）都是「VP 也」，「也」是語氣詞，表「〔＋確定〕」。

2.3.2.1 名詞標記

「NP 也」充當主語、賓語、兼語且表定指時，「也」是名詞標記。這一時期的句中「VP 也」數量不多，VP 後的「也」如果表定指的話，「也」還是名詞標記。

（一）「NP 也」作主語、兼語、賓語，「也」是名詞標記，用於人名、專名後表示定指。例（84）-（86）是作主語，例（86）-（87）是作兼語，例（88）是作賓語。

而今本不用「也」的，共 6 例。

（84）丘也聞君子〔／〕（上博簡《季康子問於孔子》簡 18）

（85）王曰：「溺人必笑，吾將有問也。史黯何以得爲君子？」對曰：
「黯也進不見惡，退無謗言。」（《左傳》哀公 21 年）

（86）季桓子使仲弓爲宰，仲弓以告孔子曰：「季氏使雍也從於宰夫
之後。雍也憧愚，恐貽吾子羞，願因吾子而辭。」（上博簡《仲
弓》簡 1、4、26）

（87）烏呼！天禍衛國也夫！吾不獲鱄也使主社稷。（《左傳》成公
14 年）

（88）先君奉此子也而屬諸子，曰：「此子也才，吾受子之賜；不才，
吾唯子之怨。」（《左傳》文公 7 年）

「NP 之於 NP 也」作主語，「也」是名詞標記，整個「NP 之於 NP 也」用在對
並列句中，表「〔＋對比〕」，這是句式語氣。例（89）、（90）屬之。

（89）孟子曰：「口之於味也，目之於色也，耳之於聲也，鼻之於臭
也，四肢之於安佚也，性也，有命焉，君子不謂性也。仁之
於父子也，義之於君臣也，禮之於賓主也，知之於賢者也，
聖人之於天道也，命也，有性焉，君子不謂命也。」（《孟子·
告子下》）

（90）君子之於物也，愛之而弗仁；於民也，仁之而弗親。（《孟子·
盡心上》）

「NP 也者」作主語，「也」是名詞標記，整個「NP 也者」用在對比句中，表
「〔＋對比〕」，後面有停頓，這是句式語氣。例（91）屬之。

（91）集大成也者，金聲而玉振之也。金聲也者，始條理也；玉振
之也者，終條理也。（《孟子·萬章下》）

（二）「時間詞＋也」作句首狀語，「也」是名詞標記，整個「時間詞＋也」
表「〔＋強調〕」，後有停頓，這是句式語氣，例（92）-（93）屬之。

（92）今也制民之產，仰不足以事父母，俯不足以畜妻子；樂歲終
身苦，凶年不免於死亡。（《孟子·梁惠王上》）

（93）仲尼曰：「古也有志：『克己復禮，仁也。』信善哉！楚靈王

若能如是，豈其辱於乾谿？」（《左傳》昭公 12 年）

「（當）是＋時間詞＋也」作從句，「也」表定指，是名詞標記；整個「（當）是＋時間詞＋也」表「〔＋強調〕」，這是句式語氣，後有停頓，例（94）-（95）屬之。

（94）當是時也，內無怨女，外無曠夫。（《孟子·梁惠王下》）

（95）是歲也，鄭駟偃卒。（《左傳》昭公 19 年）

（三）「VP 也」作主語，「也」是名詞標記。例（96）-（97）是「主之謂＋也」作主語，「也」是名詞標記。

（96）子貢曰：「吾子之答也何如？」（上博簡《相邦之道》簡 4）

（97）君子所性，仁義禮智根於心，其生色也睟睟然，見於面，盎於背，施於四體，四體不言而喻。（《孟子·告子上》）

「VP 也者」在句中作主語，「也」是名詞標記，「VP 也者」表「〔＋對比〕」，後有停頓，這是句式語氣。如例（98）。

（98）集大成也者，金聲而玉振之也。金聲也者，始條理也；玉振之也者，終條理也。（《孟子·萬章下》）

（四）「VP 也」作從句且表定指，「也」是名詞標記。「VP 也」後有停頓，可以翻譯為「的時候」。句式有：「主之謂＋也」、「主之於賓＋也」、「及其 VP 也」、「比其 VP 也」、「此 VP 也」等。其中例（99）-（101）表「〔＋強調〕」，例（102）-（103）表「〔＋對比〕」，都有語音停頓，這一語氣都是句式語氣。

（99）武王之伐殷也，革車三百兩，虎賁三千人。（《孟子·告子下》）

（100）王之臣有託其妻子於其友而之楚遊者，比其反也，則凍餒其妻子，則如之何？（《孟子·梁惠王下》）

（101）此行也，晉師必敗。（《左傳》宣公 12 年）

（102）公問諸臧宣叔曰：「中行伯之於晉也，其位在三；孫子之於衛也，位為上卿，將誰先？」（《左傳》成公 3 年）

（103）孟子曰：「舜之飯糗茹草也，若將終身焉；及其為天子也，被袗衣，鼓琴，二女果，若固有之。」（《孟子·盡心下》）

2.3.2.2 語氣詞（靜態）

這一時期的語氣詞「也」主要表靜態語氣，「也」一般位於句末。語氣詞「也」，用在判斷句 NP／VP 後表「〔＋判斷〕〔＋確定〕」，用在判斷句外的 VP 後表「〔＋確定〕」。

（一）「NP 也」的「也」用在判斷句末，表「〔＋判斷〕〔＋確定〕」（含解釋），「也」是語氣詞。句式有：「NP 也」、「此／是 NP 也」、「名之名＋也」、「則以 NP 也」、「非 NP 也」、「VP 故也」等。除了「NP 也」，其它都是新見的句式。

例（104）-（116）都是判斷句，其中「也」都是語氣詞，表「〔＋判斷〕〔＋確定〕」。

（104）舜，人子也。（上博簡《子羔》簡 7）

（105）《頌》，平德也。多言後，其樂安而遲，其歌紳而易，其思深而遠，至矣！（上博簡《孔子詩論》簡 2）

（106）喜怒哀悲之氣，性也。（上博簡《性情論》簡 1）

（107）禮者，君子學也；盜者，小人之心也。（張家山漢簡《秦讞書》簡 178）

（108）孔子曰：善！而問之也。久矣，其莫〔／〕也，觀於伊而得之，娠三年而畫於背而生，生而能言，是禹也。契之母，有娀氏之女也，遊於央臺之上，……，是契也。后稷之母，有邰氏之女也，遊於玄咎之內，……，是后稷之母也。（上博簡《子羔》簡 9、11 上、10、11 下、12）

（109）闒然媚於世也者，是鄉原也。（《孟子・告子下》）

（110）蓋廬曰：「何胃（謂）天之時？」申胥曰：「九野為兵，九州為糧，四時五行，以更相攻。天地為方圓，水火為陰陽，日月為刑德，立為四時，分為五行，順者王，逆者亡，此天之時也。」（張家山漢簡《蓋廬》）

（111）孔子曰：此命也夫！文王雖欲已，得乎？此命也。（上博簡《孔子詩論》簡 7）

（112）人之所不學而能者，其良能也；所不慮而知者，其良知也。
（《孟子・告子上》）

（113）此十者，攻軍之道也。（張家山漢簡《蓋盧》）〔註30〕

（114）《樛木》之時，則以其祿也。（上博簡《孔子詩論》簡 11）

（115）《燕燕》之情，以其獨也。（上博簡《孔子詩論》簡 16）

（116）后稷之見貴也，則以文武之德也。（上博簡《孔子詩論》簡 24）

例（117）-（119）是「NP 是也」句，「也」表「〔＋判斷〕〔＋確定〕」，例（120）-（121）是「非 NP 也」，「也」表「〔＋判斷〕〔＋確定〕」。

（117）孟子曰：「聖人，百世之師也，伯夷、柳下惠是也。」（《孟子・告子下》）

（118）取之而燕民悅，則取之。古之人有行之者，武王是也。（《孟子・告子下》）

（119）居惡在？仁是也；路惡在？義是也。（《孟子・告子上》）

（120）盡其道而死者，正命也；桎梏死者，非正命也。（《孟子・告子上》）

（121）守者曰：「此非吾君也，何其聲之似我君也？」（《孟子・告子上》）

例（122）也是判斷句，「也」表「〔＋判斷〕〔＋確定〕」，其中的歷數語氣是句式語氣而不是「也」的虛詞語氣。例（123）-（124）是解釋句，表解釋。

（122）君子有三樂，而王天下不與存焉。父母俱存，兄弟無故，一樂也；仰不愧於天，俯不怍於人，二樂也；得天下英才而教育之，三樂也。（《孟子・告子上》）

（123）冬，公如晉，平丘之會故也。（《左傳》昭公 15 年）

（124）凡侯伯，救患、分災、討罪，禮也。（《左傳》僖公 1 年）

（二）謂語位置的「VP 也」的「也」用在判斷句末，表「〔＋判斷〕〔＋確定〕」（含解釋），「也」是語氣詞。句式有：「VP 也」、「非 VP 也」、「此／是

〔註30〕還有不加「之」的用法。即：「此十者，救民道也。」（張家山漢簡《蓋盧》）

／其 VP 也」、「以 VP 也」等。「也」表「〔＋判斷〕〔＋確定〕」者有例（125）
-（136）。

（125）《邦風》，其納物也。（上博簡《孔子詩論》簡 3）

（126）《小弁》、《巧言》，則言人之害也。（上博簡《孔子詩論》簡 8）

（127）《綠衣》之憂，思古人也。（上博簡《孔子詩論》簡 16）

（128）《雨無正》、《節南山》，皆言上之衰也。（上博簡《孔子詩論》
　　　　簡 8）

（129）《小旻》，多疑矣，言不中志者也。（上博簡《孔子詩論》簡 8）

（130）巡狩者，巡所守也。（《孟子‧梁惠王下》）

（131）《漢廣》之智，則知不可得也。（上博簡《孔子詩論》簡 11）

（132）《杕杜》，則情憙其至也。（上博簡《孔子詩論》簡 18）

（133）不可，直百步耳，是亦走也。（《孟子‧梁惠王上》）

（134）庖有肥肉，廄有肥馬，民有饑色，野有餓莩，此率獸而食人
　　　　也。（《孟子‧梁惠王上》）

（135）挾太山以超北海，語人曰：「我不能」，是誠不能也。爲長者
　　　　折枝，語人曰：「我不能」，是不爲也，非不能也。（《孟子‧
　　　　梁惠王上》）

（136）王曰：「無畏！寧爾也，非敵百姓也。」（《孟子‧告子下》）

解釋原因者有例（137）-（138）。例（137）是「以 VP 也」，「也」是解釋原
因的。呂叔湘（1990：389）云：「文言裏，後置的原因小句常結以『也』字，
表語氣之決斷。先置的原因小句也常常加一『也』字，表語氣之頓宕。」例
（138）「VP 故也」，「也」還是解釋原因。

（137）隰之役，而父死焉。以國之多難，未汝恤也。（《左傳》哀公
　　　　27 年）

（138）《天保》其得祿蔑疆矣，巽寡德故也。（上博簡《孔子詩論》
　　　　簡 9）

（三）非判斷句謂語位置的「VP 也」中「也」是語氣詞，表「〔＋確定〕」。

句式有：「VP 也」、「可 VP 也」、否定句、「不／未可 VP 也」、「則 VP 也」等。
例（139）-（144）是「VP 也」，「也」表「〔＋確定〕」。

> （139）昔者〔授〕而弗世也，善與善相授也。（上博簡《子羔》簡 1）

> （140）行在己而名在人，名難爭也。（上博簡《從政甲》簡 18）

> （141）仲弓曰：「雍也不敏，弗知舉也。敢問舉才如之何？」（上博簡《仲弓》簡 9）

> （142）律所以禁從諸侯來誘者，令它國毋得娶它國人也。（張家山漢簡《秦讞書》簡 12）

> （143）〔／〕（「帝謂文王，予〕懷爾明德」曷？誠謂之也。「有命自天，命此文王」，誠命之也，信矣。（上博簡《孔子詩論》簡 7）

> （144）昔三代之明王之有天下者，莫之舍也，而□取之，民皆以為義，夫是則守之以信，教之以義，行之以禮也。（上博簡《從政甲》簡 1-2）

例（145）是「可 VP 也」，「也」是表「〔＋確定〕」的語氣詞。

> （145）於是乎，競州、莒州始可處也。（上博簡《從政甲》簡 25）

例（146）-（152）是用在否定句，「也」表「〔＋確定〕」。例（152）取自呂叔湘（1990：308）。他說：「文言的正面祈使句雖然以不用句末語氣詞為常例，禁止句可是常用『也』字結。」

> （146）《將仲》之言，不可不畏也。（上博簡《孔子詩論》簡 17）

> （147）孔子曰：「三無」乎？無聲之樂，無體〔之〕禮，無服之喪，君子以此橫於天下。傾耳而聽之，不可得而聞也；明目而視之，不可得而見也，而德氣塞於四海矣。此之謂「三無」。（上博簡《民之父母》簡 5-7）

> （148）樂以天下，憂以天下，然而不王者，未之有也。（《孟子·梁惠王下》）

> （149）慎其塡（塵）埃，與其綏氣。日望其氣，夕望其埃，清以如云者，未可軍也。（張家山漢簡《蓋廬》）

（150）昔三代之明王之有天下者，莫之舍<u>也</u>，而□取之，民皆以爲
　　　義，夫是則守之以信，教之以義，行之以禮也。（上博簡《從
　　　政甲》簡 1-2）

（151）子路問事君。子曰：「勿欺<u>也</u>；而犯之。」（《論語・憲問》）

（152）爲爾哭也來者，拜之；知伯高而來者，<u>勿拜也</u>。（《禮記・檀
　　　弓上》）

2.3.3　「也」在東漢至南北朝

　　不少學者注意到了中古漢語時期「也」字使用率的減少。如王力（1989：301）根據《世說新語》很少用「也」字，主張「也」在中古以後在口語中很少使用。〔註31〕魏培泉（2003：91）也說：「中古的助詞『也』見頻顯然遠不如先秦，使用上也頗受局限，越口語化的材料使用越少，因此應當已不怎麼具有能產力了。」對其減少的原因，王力（1989：301）認爲，「主要原因之一就是大量使用了繫詞『是』字。」這一時期，「也」字的總使用率減少了很多。在這一使用率中，名詞標記「也」占得比例還減少了很多。《論衡》共有 4981 處「也」，其中名詞標記者才 310 次（6.2%），語氣詞者共有 4671 次（93.8%）。跟前一時期《孟子》相比，名詞標記減少了很多：23.0%（《孟子》）→ 6.2%（《論衡》）；語氣詞就增多了：77.0%（《孟子》）→ 93.8%（《論衡》）。顯而易見，「也」的名詞標記用法有大幅度地減少，與此同時，句末語氣詞占得比例增加了很多。這一時期的「也」的名詞標記功能已大大衰落。

　　「也」的名詞標記功能的衰落，我們可以從「人名＋也」、「VP／NP 也者」的消失得到其佐證。第一，「人名＋也」在《論語》中見很多，但用《論語》和後代文獻比較，顯然後代減少了。如《論衡》中除非《論語》、《史記》引文，我們一例也沒有找到「人名＋也」作主語的例子。第二，「NP／VP 也者」在《詩經》中不見，《左傳》（1 例）、《論語》（4 例）中有若干例子，「NP／VP 也者」都複指上文出現的內容，其中「也」是名詞標記。在戰國以後，它的使用率就增多了，即：《周禮》21 例，《禮記》67 例，《國語》見 7 例，《戰

〔註31〕王先生說：「『也』字的用法，（即：解釋、說明、判斷、命令、祈使、感歎、停頓
　　　等）似乎在中古以後沒有在口語中流傳下來。至少是少用了。《世說新語》接近口
　　　語，其中就很少用『也』字。」

國策》2 例，《孟子》9 例，《墨子》20 例，《莊子》25 例，《韓非子》25 例，《荀子》44 例，《呂氏春秋》50 例。這時候「NP／VP 也者」一般也都複指上文所出現的內容。到了西漢逐漸減少，《新書》見 11 次，《淮南子》見 2 次，《說苑》6 次，《新序》4 次，《史記》10 次。其中《史記》中的例子中 9 例見於《樂書》，都作主語，跟前一時期用法相同。東漢以後「NP／VP 也者」就不再使用了，《論衡》、《風俗通義》一例也不見，《漢書》僅見 1 例。可以說「也者」到西漢逐漸衰微，東漢以後就絕跡了，這也許跟名詞標記的消失有一定的關係。

那麼名詞標記為什麼消失了呢？這個問題我們現在還不知道該怎麼回答。不過也許從「主之謂」的「之」的消失能得到旁證。「主之謂」的「之」是名詞化標記，這一點朱德熙、蒲立本等先生都是承認的。根據王洪君（1987），「主之謂」結構在西漢初「已經大大衰落」，在南北朝初期「已在大眾口語中消失」。（具體論證參看王洪君 1987、魏培泉 2002）

2.3.3.1 名詞標記

這一時期的名詞標記「也」用例大大減少。《論衡》中一般都繼承著上古漢語的用法，「NP 也」名詞標記的用法僅見於《論衡》中，共見 310 例，不過不見於《洛陽伽藍記》和《世說新語》中。

（一）「NP 也」作主語者，只見於《論衡》中，僅有 1 例，「也」是名詞標記。即：

（153）調飯**也**殊筐而居，甘酒**也**異器而處，蟲墮一器，酒棄不飲；

鼠涉一筐，飯捐不食。（《論衡・幸偶》）

「其 NP 也」作主語者，也僅見於《論衡》中，（不見於《洛陽伽藍記》和《世說新語》），「也」是名詞標記。這是繼承前代用法的。

（154）**其物也**性與人殊，時見時匿，與龍不常見，無以異也。（《論衡・訂鬼》）

（二）「（且／夫）主之謂＋也」、「（是）時間詞＋也」作從句（例（155）-（156））或狀語（例（157）），「也」是名詞標記，整個句式表「〔強調〕」，後面有停頓。

（155）**且雷之擊也**，折木壞屋，時犯殺人，以為天怒。（《論衡・雷

虛》）

（156）夫人之生也，稟食飲之性，故形上有口齒，形下有孔竅。（《論
衡‧道虛》）

（157）是夕也，火星果徙三舍。（《論衡‧變虛》）

（三）「VP 也」在句中作主語，「也」是名詞標記，僅有 10 多例。句式
有：「VP 也」、「其 VP 也」、「主之謂＋也」，這都是繼承前代用法的。例（158）
-（162）就是。其中例（160）的「VP 也」表「〔＋強調〕」，例（161）和（162）
的「VP 也」表「〔＋對比〕」，這是句式語氣。

（158）蟬之未蛻也為復育，已蛻也去復育之體，更為蟬之形。（《論
衡‧論死》）

（159）水精氣渥盛，故其生物也眾多奇異。（《論衡‧別通》）

（160）是故《論衡》之造也，起眾書並失實，虛妄之言勝真美也。
（《論衡‧對作》）

（161）酒之成也，甘苦異味；飯之熟也，剛柔殊和。（《論衡‧幸偶》）

（162）山公曰：「嵇叔夜之為人也，岩岩若孤松之獨立；其醉也，傀
俄若玉山之將崩。」（《世說新語‧容止》）

（四）「VP 也」作從句，「也」是名詞標記，「VP 也」後面有停頓。《論
衡》裏，一般繼承前一時期的用法。到了南北朝時期，新產生了「自＋主之
謂＋也」，不過僅見 1 例（例（166））。

（163）當宋國乏糧之時也，盲人之家，豈獨富哉？（《論衡‧福虛》）

（164）及其死也，碑文墓誌，莫不窮天地之大德，盡生民之能事，
為君共堯舜連衡，為臣與伊皋等跡。（《洛陽伽藍記‧城東》）

（165）曹公之屠鄴也，令疾召甄，左右白：「五官中郎已將去。」
（《世說新語‧惑溺》）

（166）自我皇魏之有天下也，累聖開輔，重基衍業；奄有萬邦，光
宅四海。（《洛陽伽藍記‧城東》）

2.3.3.2 語氣詞（靜態）

這一時期的的句末「也」基本上繼承了前代的用法，「也」主要表「〔＋判

斷〕〔＋確定〕」或「〔＋確定〕」，「也」是語氣詞。

　　（一）謂語位置的「NP也」用在判斷句末，「也」是語氣詞，「也」表「〔＋判斷〕〔＋確定〕」（含解釋）。前一代的「NP，（則）以（NP）也」，這一時期不見。例（167）-（172）是「NP（者），NP也」、「小句，NP也」，「也」表「〔＋判斷〕〔＋確定〕」。

　　（167）桓石虔，司空豁之長孫也。（《世說新語・豪爽》）

　　（168）安固者，高柔也。（《世說新語・輕詆》）

　　（169）亂天下者，必此子也。（《世說新語・識鑒》）

　　（170）衛青霍去病，平陽之私人也。（《潛夫論・論榮》）

　　（171）永寧寺，熙平元年靈太后胡氏所立也。（《洛陽伽藍記・城內》）

　　（172）損有餘，補不足，天之道也。（《世說新語・德行》）

例（173）-（178）是「是NP也」的「也」表「〔＋判斷〕〔＋確定〕」。

　　（173）余是所嫁婦人之父也。（《論衡・死偽》）

　　（174）其謂隕之者皆是星也。（《論衡・說日》）

　　（175）此是我真女婿也。（《搜神記》卷十六）

　　（176）我是老蠍也。（《搜神記》卷十八）

　　（177）名價於是大重，咸云：「是公輔器也。」（《世說新語・雅量》）

　　（178）恭是莊帝從父兄也。（《洛陽伽藍記・城東》）

例（179）-（180）是「是NP是也」的「也」表「〔＋判斷〕〔＋確定〕」。「是NP是也」是這一時期新產生的句式。

　　（179）爾時世尊告諸比丘：「我聲聞中第一造偈弟子，所謂朋耆奢比丘是；所說無疑難，亦是朋耆奢比丘是也。」（竺法護譯《佛說受新歲經》）

　　（180）佛告諸比丘：「⋯⋯時繞四城毒蛇者，即是共殺酸陁利四臣是也。」（宋・求那跋陀羅譯《佛說大意經》）

　　（二）謂語位置的「VP也」用在判斷句末，「也」是語氣詞，表「〔＋判斷〕〔＋確定〕」（含解釋）。句式有：「是VP也」，「也」表「〔＋判斷〕〔＋確

定〕」，即例（181）。

（181）雖職之高，還附卑品；無績於官，而獲高敘；是爲抑功實而
隆盧名**也**。（《晉書・劉毅傳》）

例（182）的「此 NP 所以 VP 也」解釋後果。呂叔湘（1990：395）說，「原
因／理由，後果」句是紀效句，「這類句子，在白話裏最常用的關繫詞是『所
以』」，在文言用「此⋯⋯所以⋯⋯也」形式揭出後果。例（183）也是解釋後
果。

（182）親賢臣，遠小人，**此先漢所以興隆也**；親小人，遠賢臣，**此
後漢所以傾頹也**。（《三國志・諸葛亮傳》）

（183）尚書左僕射元順聞里內頻有怪異，遂改阜財里爲齊諧里**也**。
（《洛陽伽藍記・城西》）

（三）非判斷句謂語位置的「VP 也」中「也」表「〔＋確定〕」，「也」是
語氣詞。例（184）-（186）是「VP 也」的「也」表「〔＋確定〕」。

（184）司原喜，而自以獲白瑞珍禽**也**。（《潛夫論・賢難》）

（185）語縫曰：「汝可以大甕著▉角中，我當爲覓物**也**。」（《幽明
錄・鬼作幻》）

（186）又曰：「但復去，自當得**也**。」（《幽明錄・新鬼覓食》）

「可 VP 也」、「不可 VP 也」等句式中「也」表「〔＋確定〕」。例（187）-（188）
是「可 VP 也」中「也」表「〔＋確定〕」。〔註32〕

（187）操軍方連船艦，首尾相接，**可燒而走也**。（《三國志・吳書・
周瑜魯肅呂蒙傳》）

（188）公能命駕西出數里，得一柏樹，截如公長，置常寢處，災**可
消也**。（《幽明錄・郭景純》）

例（189）是否定句，「不 VP 也」的「也」表「〔＋確定〕」。

（189）桓玄詣殷荊州，殷在妾房晝眠，左右辭不之通。桓後言及此
事，殷云：「初不眠，縱有此，豈**不有賢賢易色也**！」（《世
說新語・言語》）

〔註32〕例（4）引自呂叔湘（1990：275），呂先生認爲「可⋯⋯也」是表「〔＋判斷〕」。

例（190）‐（191），「不可 VP 也」的「也」表「〔＋確定〕」。

（190）天地之道，神明之爲，**不可見也**。（《潛夫論·贊學》）

（191）桓玄素輕桓崖，崖在京下有好桃，玄連就求之，遂不得佳
者。玄與殷仲文書，以爲嗤笑曰：「德之休明，肅愼貢其楛
矢；如其不爾，籬壁間物，亦**不可得也**。」（《世說新語·排
調》）

2.3.3.3 語氣詞（動態）

「VP 也」中的「也」，表示動態，這是這一時期新產生的功能，「也」是
語氣詞。太田辰夫（1988：61）舉到了中古漢語時期「也」用爲動態用法的一
些例子。即：

（192）（孫敬）嘗入市，市人見之，皆曰：「閉户先生來**也**。」（晉，
張方，楚國先賢傳，蒙求注引）

（193）人曰：「石賢者來**也**，一別二十餘年。」（幽明錄，鈎沉 321）

（194）出處逃走，作如是言：我今敗**也**，我今壞**也**。（佛本行集經
50，大 3，886 中）

太田辰夫（1988：61）分析說：「（這個『也』是）『矣』變化了的詞，相當於
現代漢語的『了』。」魏培泉（2002：493-4）也指出，隋闍那崛多譯《佛本行
集經》至少有 5 例以上「也」的動態用法。

對此，陳前瑞（2008）指出「也」的動態用法，雖然爲數不多，不過上
古漢語時期也有見到。根據他的調查，中古漢語時期動態用法的「也」，東漢
時期的《論衡》中有 15 例以上，東晉時期的《搜神記》見 11 例。他說，「從
頻率來看，中古時期『也』的動態用法較上古時期有所增加，但仍然不多見，
沒有系統地出現。」

（195）天下已有主**也**。（《搜神記》卷八）

（196）自建義已後，京師頻有大兵，此戲遂隱**也**。（《洛陽伽藍記·
城内》）

（197）菩提達摩云：「得其眞相**也**。」（《洛陽伽藍記·城内》）

（198）雍爲尒朱榮所害**也**，捨宅以爲寺。（《洛陽伽藍記·城南》）

（199）孔子曰：「天下已有主**也**，爲赤劉。陳、項爲輔。五星入井，
從歲星。」（《搜神記·孔子夢》）

（200）及後愛子倉舒病困，太祖歎曰：「吾悔殺華佗，令此兒強死
也。」（《三國志·方技傳》）

2.3.4 「也」在晚唐五代

《祖堂集》共有 1287 處「也」，大部分都是語氣詞「也」，名詞標記的「也」非常罕見（才 7 例，不到 1%）。這一時期的「也」還出現了連用，作：「了也」、「也未」、「也無」等。魏培泉（2002：495）說：「《祖》（筆者按：《祖堂集》，下同）中的『也1』『也2』（筆者按：魏先生把用如『矣』的『也』寫作『也2』，下同）用例都不少。『也1』通常見於禪師生平行事的描述中，以前兩卷爲最多，因爲這兩卷主要是敘述禪學西來益智六祖的一段授受過程，體裁較文言化。……『也1』也出現在禪師解釋佛經的地方，大概跟傳統的經解有關。在禪師間的會話中，『也』幾乎都是『也2』。『也1』似乎只有在判斷句和否定句中使用，偶而也作爲特指問句的助詞，這些用法都承襲自上古漢語。」

據筆者初步考察，句中「也」在《祖堂集》中僅見如下 6 例。即：

（201）論其本**也**，唯一金龍尊佛；語其跡**也**，分四阿難弟子。《祖堂集·第一祖大迦葉尊者》

（202）與摩道**也**，未免招他諸方明眼人不肯。（《祖堂集·報慈和尚》）

（203）有人問：「心有**也**，曠劫而滯凡夫。心無**也**，刹那而登妙覺。」師答曰：「此乃梁武帝言。然心有者，是滯者，有既有矣，安可解脱？心無**也**，何人而登妙覺？」（《祖堂集·鵝湖和尚》）

例（201）至（203）是「VP 也」，這些「也」都不是名詞標記，而是語氣詞，可以說這時期「也」的名詞標記的用法完全絕跡了。

2.3.4.1 語氣詞（靜態）

《祖堂集》中的句末「也」，就像魏培泉先生所說，一般都是跟傳統的經

解有關，「在禪師間的會話中，『也』幾乎都是『也 2』」。

（一）「NP 也」用在判斷句中，「也」是語氣詞，表「〔＋判斷〕〔＋確定〕」。根據張美蘭（2003：51），它的句式有：「主語，是＋賓語＋也」、「是＋賓語＋也」、「是也」。如：

（204）問：「一切處覓不得，豈不是聖？」師云：「是聖<u>也</u>。」「牛頭
　　　　未見四祖，豈不是聖？」師云：「是<u>也</u>，聖境未亡。」

（205）逸士者，便是寒山子<u>也</u>。（《祖堂集·潙山和尚》）

（二）非判斷句的「VP 也」中「也」表「〔＋確定〕」語氣，「也」是語氣詞，即例（206）。

（206）顏曰：「還曾出不？」師曰：「不曾出<u>也</u>。」（《祖堂集·洞山
　　　　和尚》）

2.3.4.2 語氣詞（動態）

《祖堂集》中的大部分「也」都跟動態用法有關。魏培泉（2002：526）指出，「在中古時期，『矣』的用法已與上古有別，而『也 2』也開始替代上古的『矣』。文獻上『也 2』的使用並不以《祖》爲下限，在宋元白話中仍有不少例子，而且在現代也還有保存『也 2』的方言。」魏培泉（2002：495）還指出，唐代的禪宗語錄的會話部分中表達變化語氣時，「也」很常見，而幾乎不用「矣」或「了」。魏培泉（2002：497）說，「也」的動態用法《祖堂集》中見兩百多次。（含「了也」的「也」）動態用法中，也有表達已然、將然者，大約有 50 多次。不過比較多的例子是假設條件句中使用的「也 2」。值得注意的是，這一時期還產生了「了也」。請看下邊。

（一）假設條件句中表達「條件之下的完成／實現」者，大約有 100 多次（據魏培泉（2002：497）統計），多跟「若」、「則」、「即」等詞搭配使用。

（207）進曰：「誰人得聞？」師曰：「諸聖得聞。」禪客曰：「與摩即
　　　　眾生應無分<u>也</u>。」師曰：「我爲眾生說，不可爲他諸聖說，不
　　　　可爲他諸聖說。」（《祖堂集·慧忠國師》）

（208）佛日便歸堂，取柱杖拋下師前。師云：「莫從天台採得來不？」
　　　　對曰：「非五嶽之所生。」師曰：「莫從須彌頂上採得來不？」
　　　　對曰：「月宮不曾逢。」師曰：「與摩則從人得<u>也</u>。」對曰：「自

己尚怨家，從人得堪作什摩？」（《祖堂集・夾山和尚》）

（209）和尚便問：「從什摩處來？」對曰：「從曹溪來。」和尚拈起和癢子曰：「彼中還有這個也無？」對曰：「非但彼中，西天亦無。」和尚曰：「你應到西天也無？」對曰：「若到即有**也**。」（《祖堂集・石頭和尚》）

（二）「了也」，一共出現 42 次。劉承慧（2010）說：「唐宋時期句末『了』替換『也』的過程中曾有『了也』，動後『了』替換動後『已』的過程中也有『已了』，都是並列復合構成的過渡形式。」劉承慧（2010）認為「了也」是並列復合標記，「它是近代句末『了』替換中古句末『也』的過渡形式。」

（210）當時亦有紜紜者，如今盡會**了也**。（《祖堂集・禾山和尚》）

（211）雪峰見他來，問師：「教你去江西，那得與摩回速乎？」師對云：「到**了也**。」（《祖堂集・玄沙和尚》）〔註33〕

（212）因舉先洞山問雪峰：「入門須得語，不得道『早個入門**了也**。』」（《祖堂集・保福和尚》）

2.4 小　結

本書認為「也」有三種功能：（1）名詞標記（2）語氣詞（靜態）（3）語氣詞（動態）。「NP／VP＋也」作主語、賓語、兼語、狀語且表定指時「也」是名詞標記，作謂語時「也」是語氣詞。「也」作靜態語氣詞的時候，或是兼表「〔＋判斷〕〔＋確定〕」，或是單表「〔＋確定〕」，其中「〔＋判斷〕」是「也」的語法功能，「〔＋確定〕」是「也」的虛詞語氣。語氣詞「也」很早就有，名詞標記和語氣詞一直同時存在，只是數量的多少有變化而已：句中「也」的名詞標記功能東漢以後基本上絕跡；判斷句中的「也」也逐漸走上衰微，南北朝以後受「是」判斷句的影響逐漸退出了舞臺。「也」到了中古漢語階段，就產生了動態用法；在近代漢語階段，「了」替代「也」的動態功能前，「也」

〔註33〕根據魏培泉（2002），《祖堂集》中的部分「了也」的不是助詞，而是補語。即：師與紫（王舜）法師共論義次，各登坐了。法師曰：「請師立義，某甲則破。」師曰：「豈有與摩事？」法師曰：「便請立義。」師曰：「立義了也。」法師曰：「立是什摩義？」（《祖堂集・慧忠國師》）

在口語中多用作動態用法。綜上所說,「也」在早期的材料中不全是語氣詞,時間越往後它的名詞標記功能越減少,它的語氣詞功能越增多。

第三章　「矣」

3.1 已有研究

　　「矣」在傳世文獻寫作「矣」形，不過戰國時期出土文獻就寫作「矣」、「怣」、「𠔼」、「歆」、「𢱢」等多種形體，[註1] 西漢以後一般作「矣」。[註2] 下面以「矣」概括它。據張富海（2006），「矣」是「𠔼」的訛體，「𠔼」是「疑」

〔註 1〕原形各爲：（郭店簡《老子甲》簡 11）、（郭店簡《老子乙》簡 8）、（郭店簡《成之聞之》簡 38）、（郭店簡《語叢二》簡 50）、（郭店簡《語叢三》簡 62）、（上博簡《民之父母》簡 8）、（上博簡《弟子問》簡 11）、（郭店簡《老子丙》簡 12）。

〔註 2〕敦鄭本《論語》共有 46 處「矣」，其中 42 處作「矣」字，4 處作「意」字。這 4 處都見於《里仁》，文例各爲：「有能一日用其力於仁意乎？」「蓋有之意，我未之見。」「〔／〕道，夕死可意。」「夫子之道，忠恕而已意。」這到底是當時語言現象還是個人的用字習慣？我還是傾向於認爲這是個人的用字習慣。理由有二：第一，除了這 4 處之外，筆者目前還沒有找到西漢以後語氣詞「矣」寫作「意」的資料。第二，敦鄭本《論語》有較多的異體字，有的是借音字，如小人的「人」作「仁」；有的是簡體字，如「禮」作「礼」、當「誰」講的「孰」作「熟」等。通過這兩點，我們不妨可以設想，當時寫這一卷的人，對《論語》不甚瞭解，通過聽別人背誦寫或者自己背誦下筆的方式寫這一卷時，借用同音字去寫《論語》。

的初文。〔註3〕用來表示虛詞「矣」是「矣」這個字的假借用法。對於「矣」的性質，古今學者都有不同的看法。古人認爲「矣」在句末表「語已辭」、「決辭」和「斷句」等功能，在句中表「語已辭」、「僅可」、「起下文」等功能，甚至可以猶「已」或通「也」。〔註4〕馬建忠（1987：323、341-347）把「矣」稱爲「傳信助字」，認爲「惟以助敘說之辭氣，助已然者，俗間所謂『了』字也」，用法上助句、助讀、助靜字。

迄今爲止，今人對「矣」的性質有不同的看法。傳統的看法認爲「矣」是表動態的多功能語氣詞，可以表多種語氣。後來郭錫良先生主張「矣」是

〔註3〕 出土文獻當中，疑惑的「疑」和語氣詞「矣」或是都從「心」作「𢟛」。至於「疑」和「矣」上古音是否同音，有待進一步研究。（兩字的上古音同不同音的問題，感謝魏培泉老師的提醒。）

〔註4〕 （一）句末「矣」的功能，古人用「語已辭」、「決辭」和「斷句之助」等詞語來解釋它。根據現有記載，對這一功能，東漢、南北朝、唐朝、清朝的學者都有一致的認識。即許慎在《說文・矢部》曰：「矣，語已辭也。從矢，以聲。」南朝梁顧野王在《玉篇・矢部》云：「矣，已語詞也。」唐朝劉知幾說「矣」是「斷句之助」。他在《史通・浮詞》中云：「焉、哉、矣、兮，斷句之助也。」清朝王引之在《經傳釋詞》卷四云：「矣，語已詞也。」清朝劉淇在《助字辨略》卷三：「《論語》：『吾必謂之學矣』、『是知津矣。』此『矣』字，辭氣定，柳子厚所謂決辭者也。」《說文・矢部》清朝段玉裁注：「其意『止』，其言曰『矣』，是爲意內言外。《論語》或單言『矣』，或言『已矣』。」（二）句中「矣」的功能，古人用「語已辭」、「僅可」、「起下文」等詞來解釋它。這一意見最早見於清朝文獻材料中。清朝王引之在《經傳釋詞》卷四云：「矣，語已詞也。亦有在句中者。若《書・牧》：『旣日邊矣，西土之人。』《詩・雄雉》曰：『展矣君子』之屬是也，皆常語。」《論語》：「忠矣；清矣。」清朝劉淇在《助字辨略》卷三按：「此『矣』字，辭氣未定，有僅可之意。」清朝王引之《經傳釋詞》卷四云：「『矣』在句末有爲起下之詞者。若《詩・漢廣》曰：『漢之廣矣，不可泳思；江之永矣，不可方思。』『矣』皆起下之辭。」《論語・里仁》「其爲仁矣，不使不仁者加乎其身。」清朝劉寶楠《正義》云：「『矣』者，起下之辭。」（三）猶「已」。魏張揖《廣雅・釋詁三》「矣，止也。」清朝吳昌瑩說「矣」猶「已」。他在《經詞衍釋》卷四云：「『矣』，猶『已』也。『而矣』，猶『而已』也。」（四）通「也」。清朝王引之說「也」、「矣」是一聲之轉。他在《經傳釋詞》卷四云：「『矣』，猶『也』也。『也』、『矣』一聲之轉，故『也』可訓爲『矣』，『矣』亦可訓爲『也』。」（五）猶「耳」、「乎」。這一意見請看王引之《經傳釋詞》卷四「矣」字條下。

表「把說到的事物作為新情況報導出來」的單功能語氣詞後，不少學者同意他的意見。也有學者是在同意「矣」是多功能語氣詞的基礎上，進一步談「矣」的演變發展軌跡的。另外，也有學者是認為「矣」是表句子的「體」的。

3.1.1 「矣」是語氣詞

今人一般把「矣」稱為「語氣詞」，李佐豐（2004：229）認為「矣」是「表示動態的說明」的「決斷詞」。對於「矣」的功能，傳統的看法認為它是多功能語氣詞；郭錫良先生後不少學者贊同郭先生意見認為它是單功能語氣詞。

（一）「矣」是多功能語氣詞。這一意見通常認為「矣」是兼表傳信和傳疑的語氣詞，不過重點還是放在「矣」的傳信語氣，把它的功能歸為已然或將然等動態用法上，如呂叔湘、楊伯峻、王力等先生屬之。楊伯峻（1981）認為語氣詞「矣」可表示既成事實、將來可以這樣做、必然會發生的結果或事實、一定會發生的結果、肯定、命令語氣、感歎，可用在疑問句，並且作提示用時，通「也」。王力（1989：302-307）認為語氣詞「矣」的詞彙意義大致等於現代漢語的「了」，「實際上，『矣』字表示的是一個確定語氣。凡已經發生的情況，已經存在的狀態，必然發生的結果，可以引出的結論，都可以用『矣』字煞字。」還說「矣」可以表示感歎語氣。王力還在《王力古漢語字典》（802-3 頁）總結說，「矣」是表示動態的句尾語氣詞，可以表已然、將然，用在描寫句中表事物發展過程中出現的新情況，用於疑問句中幫助表示疑問語氣，用在祈使句中表示祈使語氣，用於複句中前一分句之後，表停頓。呂叔湘（1990：270-271）把「矣」看作直陳語氣詞，「矣」主要作用是表決定，「而且和『了』字相當，可以用於既成之事，也可以用於未來之事」，它可以陳說已然、將然、估計的必然、假設的必然結果。呂叔湘（1990：303）說，「矣」用於祈使句，就「敦促勸勉之意甚重，相當於白話裏拉長了說的『罷』和『啊』。」

（二）「矣」是單功能語氣詞。郭錫良（1989：75-76）認為「矣」是單功能語氣詞，它的基本作用是「把說到的事物作為新情況報導出來，是陳述該事物得到了實現」，主要用在敘述句，也用在描寫句、疑問句、祈使句、感歎句中。

　　（三）「矣」的後續發展。劉承慧（2008：19）提出了「矣」功能演變的假設：「既成體＞論斷＞評價」。對於「矣」功能的分化，劉承慧（2007）認為基於如下三種引申機制：「一是『時間到因果』的映像關係，二是『實然到非實然因果』的隱喻聯想，第三是『主觀化』。」劉承慧（2007：759）說「矣」的「感知與評價」是主觀化的產物。她說：「『矣』的功能意義，有以實存現象為依據的，有以設想中的因果事理為依據的，還有些憑言說者內在的知覺感受。以『主觀化』來說，這些功能意義自有發展先後之分，感知與評價是主觀化的極致。總之『既成』、『因果／推論』、『感知與評價』表面上無甚相干，而統攝同一個功能標記『矣』之下，各種緣由是可以合理解釋的。」劉先生認為「矣」的這三項主要的功能（「既成體、論斷、評價」），戰國初年已經普遍存在（劉承慧（2007：19）），西漢前後「矣」略顯出跟「也」混用的現象，混用以後就轉趨沒落了（劉承慧（2008：759-762））。

3.1.2　「矣」是體標記

　　漢語體標記問題的研究，根據陳前瑞書（2008：35），「早期的研究主要是概括和區分體標記的意義，近期研究的突出標誌是將動詞的語義特徵與體標記結合起來，拓寬了研究視野。」「體（aspect）」或「體貌（aspectuality）」是動詞主要的時間範疇之一，只是前一術語側重高度虛化的語法形式，而後一術語涵蓋表達體貌意義的各種形式。〔註5〕以往對這些問題的研究，一般都是跟現代漢語的完成體有關。〔註6〕研究者把研究對象從現代漢語擴展到上古漢語領域，是上個世紀 80 年代以後的事情。如梅祖麟（1981、1999）、曹廣順（1986）、太田辰夫（1987）、李訥、石毓智（1997）、楊永龍（2001）等皆是。

　　不過把體貌跟語氣詞結合研究的學者僅有蒲立本（Pulleyblank，1994、1995、2006）。Pulleyblank（1994）主張「矣」是既成體（PERFECT aspect）標記。〔註7〕他還指出古代的「矣」和現代的「了（le）」作為完成態或狀態改變的標誌有一致之處。如《孟子》的「不為不多矣」，表示說話人心中已有新

〔註5〕有關體貌的前人研究成果，請看陳前瑞（2005、2008）。

〔註6〕具體研究成果參看陳前瑞（2008：35-47）。

〔註7〕轉引自劉承慧（2007）。

的情況。再如《孟子》中的「則苗勃然興之矣」，生動地表示由於雨而帶來的突然變化。（蒲立本 1995）蒲立本（2006：130）還說：「漢語中的句末小品詞在傳統上是被歸入語氣詞的，而『體』通常卻被看成是動詞的屬性。」然後蒲立本先生在《古漢語語法綱要》一書中把「體」分成「動詞的體」和「句子的體」。「動詞的體」，講動詞前的小品詞，「既」、「未」、「已」；「句子的體」，講句末小品詞，「矣」、「已」、「也」。

3.2 本書對「矣」的認識

以往對「矣」的分析，能把虛詞語氣和句式語氣分清楚的不多，多半主張「矣」擁有「多功能」。就拿《王力古漢語字典》（802-3 頁，以下簡稱《字典》）中所列的功能來說，「矣」有如下五種功能：

（一）表示動態的句尾語氣詞，可以表已然或將然。

（213）余病矣。（《左傳》成公 2 年）

（214）諾，我將仕矣。（《論語・陽貨》）

（二）用在描寫句中，表示事物發展過程中出現的新情況。

（215）國危矣。（《左傳》僖公 30 年）

（三）用於疑問句中，幫助表示疑問語氣。

（216）德何如則可以王矣？（《孟子・梁惠王上》）

（四）用在祈使句中，表示祈使的語氣。

（217）先生休矣！（《戰國策・齊策》）

（五）用在複句中前一分句之後，表示停頓。

（218）漢之廣矣，不可泳思。（《詩・周南・漢廣》）

《字典》認為「矣」是多功能語氣詞，除了已然、將然、事物發展過程中出現的新情況外，還可以表達疑問、祈使等語氣以及停頓。郭錫良（1988、1989）對這些傳統看法提出質疑，進一步進行論證，認為「矣」是表「陳述該事物得到了實現」的單功能語氣詞。他（1989：75）說，「矣」的疑問或祈使、感歎語氣是「由句中其它詞語的內涵和整個句式表達的。」這一意見是很有見地的。上舉的例（213）至（217）都是跟變化有關，表 VP 或 AP 的「〔＋完

成／實現〕」。例（213）是從「沒病」到「病」（VP 已經完成），例（214）是從「不做仕」到「做仕」（VP 將來完成），例（215）是從「不危」到「危」（AP 已經完成），〔註8〕例（216）是提問要有怎樣的「德」將來才能「做（統一天下的）王」（條件下的 VP 完成），〔註9〕例（217）是從「不休」到「休」（VP 將來完成）。其中例（216）的疑問語氣其實是由「何如」表達的，跟「矣」無關。試比較：

（219）古之君子何如則仕？（《孟子・盡心上》）

例（219）就不用「矣」，不過同樣表達疑問語氣，但是這句不表變化，只講一般性的道理，跟例（216）表變化（條件之下的動作將然）不同。例（217）的祈使語氣也是由祈使句句式表達的。朱德熙（1982：205）說過：「祈使句的謂語只能是表示動作或行爲的動詞或動詞性結構，主語往往是第二人稱代詞『你、您、你們』。」上古漢語「休矣」的主語都指對方，即第二人稱，〔註10〕「先生休矣」無疑是祈使句。因此上舉（三）和（四），其實跟（一）和（二）一樣，都跟變化有關，表動作或狀態的「〔＋完成／實現〕」。

　　郭錫良先生能夠明確的把虛詞語氣從句式語氣中分離出來，這是他最大的貢獻。本書也認爲「矣」的虛詞語氣跟句式帶來的語氣是兩回事，應該要分清楚。但是郭先生的單功能說，其實是不能涵蓋所有的「矣」功能的。本書認爲「矣」是除了表達語氣功能之外，還兼有語法功能的語氣詞。上文 1.1.5 也提到過，呂叔湘先生在《中國文法要略》指出，現代漢語的「了」兼表動相和語氣。「矣」也是一樣，它既表動作或狀態的「完成／實現」，這是它的語法功能；也表「決定」，這是它的語氣。在它兼表的語法功能中，「矣」的基本功能雖然是跟變化有關——表「〔＋完成／實現〕」，不過有的「矣」確實是不能納入爲基本

〔註 8〕 此句上下文爲：「九月甲午，晉侯、秦伯圍鄭，以其無禮於晉、且貳於楚也。晉軍函陵，秦軍氾南。佚之狐言於鄭伯曰：『國危矣，若使燭之武見秦君，師必退。』」

〔註 9〕 此句是齊宣王對孟子問，「王」用作動詞，「統治、成就王業」之義。《王力古漢語字典》709 頁「王」字條下。

〔註10〕 如《史記・越王句踐世家》有楚王對莊生說的一句話，說：「生休矣！寡人將行之。」這句的「矣」也是表達「動作將然」，從下句「寡人將行之」的「將」也可以知道這句就是表達將然。再如《史記・曹相國世家》有高帝看「相國年老，素恭謹，入，徒跣謝」，就對相國說：「相國休矣！」。

功能裏頭——本書把它歸入於「其它功能」，即「〔＋判斷〕」、「〔＋結篇〕」等。當然，這些都兼表語氣：表「〔＋完成／實現〕」的時候，兼表「〔＋決定〕」語氣；表「〔＋判斷〕」或「〔＋結篇〕」的時候，兼表「〔＋確定〕」語氣。

「矣」的基本功能是每個時期都有的，而其它功能則各個時期有不同的表現。本書分四個階段來考察「矣」的功能，即春秋以前、戰國至西漢、東漢至南北朝和晚唐五代。結果發現，「矣」的基本功能從春秋到唐朝多多少少的都在使用；「矣」的其它功能中「〔＋判斷〕〔＋確定〕」產生最早，「〔＋結篇〕〔＋確定〕」產生最晚。

3.2.1 「矣」的基本功能

呂叔湘（1990：274）談到「也」跟「矣」的區別時說過：「無論已然或將然，都是變化，都是有時間性的；無論固然或當然，都是無變化，無時間性的。因此，我們可以說：『矣』字表變動性的事實，『也』字表靜止性的事實。」本書也認為「矣」的基本功能是跟時間有關，表達事件或狀態在某一時點或時段裏的客觀變化以及對變化的主觀認識。因此「矣」常跟「已、既、嘗、將」等時間副詞搭配出現。這一變化，用在 V／VP 後表達「動作完成／實現」，用在 A／AP 後表達「狀態完成／實現」。「動作完成／實現」還包含「動作已然」和「動作將然」，而這些用在複句中還可表「某種條件之下的動作完成／實現」；「狀態完成／實現」包含「狀態已然」和「狀態如此」，而這些用在複句中還可表「某種條件之下的狀態完成／實現」。請看下圖。

〔圖 1〕「矣」的基本功能

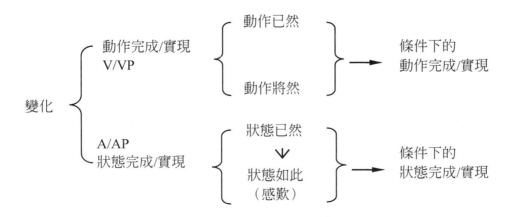

其中「已然」、「將然」等都是跟時間有關的概念。〔註11〕「動作已然」指，從現在這個時間點看，某個事件的動作過去發生變化後已經完成／實現。「動作將然」指，從現在這個時間點看，某個事件的動作將要發生變化後將來完成／實現。「狀態已然」指，從現在這個時間點看，某個狀態過去發生變化後已經完成／實現，著重於變化的客觀過程。「狀態如此」指，變化以後呈現出來的狀況，著重於人們對變化後出現的狀態的主觀認識。「狀態如此」是從「狀態已然」演變出來的，「狀態已然」的重點就在於客觀變化的過程，「狀態如此」的重點就在於對某個狀態變化之後的對它的主觀認識。這些都表達動作或狀態的完成／實現，所以我們說「矣」字表達「〔＋完成／實現〕」，但是這些都是兼表「〔＋決定〕」的語氣，因此我們說「矣」是兼表「〔＋完成／實現〕〔＋決定〕」。不過表「狀態如此」的「矣」都是表達到了很高程度的狀態，從說話者（敘述者）的角度來說，都是表感歎，因此它往往同時兼表「〔＋感歎〕」語氣。但是這一「狀態如此」後來有進一步的發展，不再表示完成／實現，這時它開始單表「〔＋感歎〕」。〔註12〕

〔圖2〕「矣」的基本功能跟時間的關係

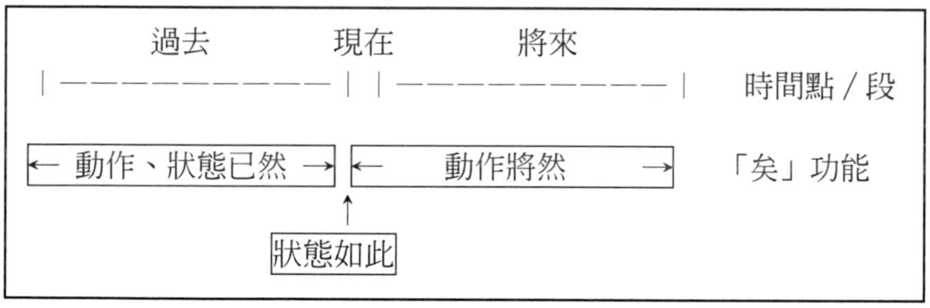

下面舉例說明一下這幾個功能的差別。如：

〔註11〕 「已然」、「將然」都用「矣」來表，這有點類似於 aspect。但是，上古漢語的「矣」到底是不是 aspect，筆者目前還不敢肯定，也沒有確切的思路，因此暫且不談 aspect 跟「矣」的關係。

〔註12〕 對語氣詞功能的演變發展，楊永龍（2001：127）說過：「『了』的語氣意義是由含有體意義的『了』處於句尾而逐漸衍生出來的，純語氣詞『了』又是由兼表體意義和語氣意義的『了』進一步發展、喪失了體意義而變成的。其間仍看出聯繫：表實現的『了』反映了一個現實的變化過程，而表語氣的『了』則反映的是一個心理上的變化過程，即預想中沒有這麼高的程度，實際結果高於預想結果。在預想結果與實際結果間有一個變化過程。」

（220）魯莊公將為大鐘，型既成<u>矣</u>，曹沫入見，曰。（上博簡《曹沫之陳》簡1）

（221）盆成括仕於齊。孟子曰：「死<u>矣</u>，盆成括！」（《孟子・盡心下》）

（222）歟，思之方也。其聲變，<u>則</u>心從之<u>矣</u>。（上博簡《性情論》簡20）

（223）自齊獻書於燕王曰：「燕齊之惡也久<u>矣</u>。臣處於燕齊之交，固知必將不信。」（《戰國縱橫家書・蘇秦自齊獻書於燕王》）

（224）子曰：「上好此物也，<u>下必有甚汝者矣</u>。」（郭店簡《緇衣》簡14-15）

（225）易牙，人之歟？煮而食人，其為不仁厚<u>矣</u>！（上博簡《鮑叔牙與隰朋之諫》簡5-6）

這些例子都表「〔＋完成／實現〕〔＋決定〕」。例（220）是大鐘已經成型了，跟「既」搭配出現，「矣」就表「動作已然」。例（221）是孟子覺得盆成括將要死了，表「動作將然」。例（222）是表「條件下的動作完成／實現」，一般跟「則」等詞搭配出現。例（223）是「燕齊之惡」已經久了，這是客觀狀態從未然到已然的過程，所以屬於「狀態已然」。例（224）是屬於「條件下的狀態完成／實現」。這些例子都同時表達「〔＋決定〕」語氣。例（225）是「易牙為不仁」「厚矣」，是發話者對「（不仁）厚」這種狀態的現狀的主觀認識，因此屬於「狀態如此」，它是兼表「〔＋感歎〕」語氣的。

3.2.2 「矣」的其它功能

不過「矣」的有些功能跟變化無關，就不表達「〔＋完成／實現〕」。「〔＋停頓〕」、「〔＋判斷〕」、「〔＋結篇〕」就屬之。「〔＋停頓〕」只見於《詩經》材料中，並且只限於「NP 矣」結構中出現，具體論證請看本書3.3.1.2。「〔＋判斷〕」始見於西漢，「〔＋結篇〕」主要見於唐朝材料中，用於篇章的最後幫助表達整篇的結束。

先看對「〔＋判斷〕」的說明。如：

（226）兒出抱父，戰慄涕泣，呼號且言：「彼是鬼也，非梵志<u>矣</u>。」

　　　　《六度集經》）〔註13〕

（227）有天下之美聲色於此，不義則不聽弗視<u>也</u>；有天下之美臭味
　　　　於此，不義則弗求弗食<u>也</u>；居而不間尊長者，不義則弗爲之
　　　　<u>矣</u>。（《五行・說》）

例（226）是判斷句，「矣」具有「〔＋判斷〕」功能，也兼表「〔＋確定〕」語氣。
例（227）的「矣」單表「〔＋確定〕」語氣，這是例（226）「〔＋判斷〕〔＋確定〕」
的演變。

　　再看「〔＋結篇〕」功能。

（228）第二十八祖菩提達摩和尚，南天竺國香至大王第三太子
　　　　<u>也</u>。……自魏丙辰之歲遷北，迄今壬子歲，得四百一十三年
　　　　<u>矣</u>。淨修禪師贊曰：
　　　　菩提達摩，化道無爲。
　　　　九年少室，六葉宗師。
　　　　示滅熊耳，只履西歸。
　　　　梁天不薦，惠可傳衣。■〔註14〕（《祖堂集・第二十八祖菩提
　　　　達摩和尚》）

例（228）是講第一組大迦葉尊的故事，講完故事後，寫詩讚美它，就結束這位
和尚的故事。並且講完故事後、詠詩之前就用「矣」來「結篇」。這一功能也可
以認爲兼表「〔＋確定〕」語氣。

3.3　「矣」功能的演變

　　「矣」在出土文獻，最早見於戰國中期的銅器銘文中，〔註15〕楚簡、秦簡
都見大量的使用；「矣」在傳世文獻，見於《尚書》和《詩經》，戰國至西漢就
大量使用。到了魏晉南北朝，「矣」的使用大大減少，唐以後就不多見了。可以
說，根據現有材料，「矣」始見於《尚書》，不過很少見；春秋戰國就大量的使
用；魏晉南北朝逐漸減少；唐以後就不多見。下面請看「矣」的功能演變。

〔註13〕例子取自魏培泉（2002）。

〔註14〕文中「■」表整篇的結束，下同。

〔註15〕據張富海（2006），出土文獻當中的虛詞「矣」，最早用例見於戰國時代。

3.3.1　「矣」在春秋以前

　　春秋以前的「矣」，在《尚書》見 7 次，《詩經》見 210 次。〔註 16〕考察結果發現，春秋以前的「矣」的功能主要見「基本功能」，一般都跟變化有關，用在 VP／AP 後兼表「〔＋完成／實現〕」功能和「〔＋決定〕」語氣；用在部分 AP 後表「〔＋感歎〕」語氣；也有極少數的「矣」是表「〔＋停頓〕」語氣的，不過都用在「NP 矣」結構中。根據向熹（1997）的統計，《詩經》210例「矣」中，表已然或將然語氣的有 140 例；表感歎語氣的有 9 例；表疑問語氣的有 6 例；表停頓語氣的有 51 例。根據本書的統計，表「〔＋完成／實現〕」者有 180 多例（含「心理動詞＋矣」36 例），占絕大多數。本書認為「矣」不表疑問語氣。

3.3.1.1　基本功能

　　「矣」的基本功能：用在 V／VP 後表達動作已然、動作將然、某種條件之下的動作完成；用在 A／AP 後表達狀態已然、某種條件之下的狀態實現，即表「〔＋完成／實現〕」，這時兼表「〔＋決定〕」語氣。但是狀態如此一般表達比較強烈的感情，所以它可表「〔＋感歎〕」。

　　（一）V／VP 後表達「動作已然」，表「〔＋完成／實現〕〔＋決定〕」。《尚書》見 3 例，《詩經》中的「動作已然」見 70 多例，或跟「既」搭配使用。下面例（229）的「王」是 VP，這一句意為「我至親的好小子已親政為王了」，〔註 17〕表動作已然。《尚書》還有見 2 例的「孺子王矣」，也都表動作已然。〔註 18〕

　　　（229）今文子文孫，孺子王矣。（《尚書・周書・立政》）

例（230）至（232）的「於」、「涉」、「望」都是 VP，「矣」表動作已然。〔註 19〕

〔註 16〕　《尚書》中見 7 例「矣」，用例僅見於《牧誓》（1 例）、《立政》（6 例）兩篇。這兩篇都屬《今文尚書》。關於偽古文尚書問題，請看丁鼎（2010）。

〔註 17〕　以上翻譯請參看顧頡剛、劉起釪（2005：1704 頁）。

〔註 18〕　其餘 2 例都見於《尚書・周書・立政》：（1）「予旦已受人之微言咸告孺子王矣。」意為：「我本人旦已將聽到的有關禹、湯、先王任用賢人的逸聞美談，都已告知我親暱的好小子王了。」（2）「嗚呼！孺子王矣！」

〔註 19〕　向熹（1997：794）解釋「矣」說：「語氣詞。用在句末表示已然或將然，大致相當於現代漢語的『了』。」這跟本書的分析相符合。

（230）我出我車，于彼郊<u>矣</u>！（《詩・小雅・出車》）

（231）有豕白蹢，烝涉波<u>矣</u>。（《詩・小雅・漸漸之石》）〔註20〕

（232）升彼虛<u>矣</u>，以望楚<u>矣</u>。（《詩・鄘風・定之方中》）

例（233）和（234）用於複句的前一分句中，表「鳴」這個動作開始之後就結束了，例（234）就跟「既」搭配使用。〔註21〕

（233）嚶其鳴<u>矣</u>，求其友聲。（《詩・小雅・伐木》）〔註22〕

（234）雞既鳴<u>矣</u>，朝既盈<u>矣</u>。（《詩・齊風・雞鳴》）

例（235）和（236）也用在複句的前一分句，並且有上下文照應：例（235）是前後出現時間詞「昔」和「今」，例（236）是「未落」跟「落矣」前後對應，都表達動作已經完成。

（235）昔我往<u>矣</u>，楊柳依依。今我來思，雨雪霏霏。（《詩・小雅・采薇》）〔註23〕

（236）桑之未落，其葉沃若。桑之落<u>矣</u>，其黃而隕。（《詩・衛風・氓》）

（237）雞棲於塒，日之夕<u>矣</u>，羊牛下來。（《詩・王風・君子于役》）

例（237）的「之」的功能，向熹（1997：897）認為是「助詞。放在主語和謂語之間，取消句子的獨立性」，可見把「夕」看作動詞。〔註24〕但是，筆者認為

〔註20〕《鄭箋》：「烝，眾也。」

〔註21〕《詩經》中表「動作已然」者出現在複句中前一分句者，共有15例，占較多比例。即「宛其死<u>矣</u>，他人是愉。」「宛其死<u>矣</u>，他人是保。」「宛其死<u>矣</u>，他人入室。」（以上見於《詩・唐風・山有樞》）「昔我往<u>矣</u>，黍稷方華；今我來思，雨雪載塗。」（《詩・小雅・出車》）「昔我往<u>矣</u>，日月方除。」「昔我往<u>矣</u>，日月方奧。」（以上見於《詩・小雅・小明》）「觱之罄<u>矣</u>，維罍之恥。」（《詩・小雅・蓼莪》）「我僕痡<u>矣</u>，云何籲<u>矣</u>！」（《詩・周南・卷耳》）「亂離瘼<u>矣</u>，奚其適歸。」（《詩・小雅・四月》）「桑之落<u>矣</u>，其黃而隕。」（《詩・衛風・氓》）「神之弔<u>矣</u>，詒爾多福；民之質<u>矣</u>，日用飲食。」（《詩・小雅・天保》）「彼作<u>矣</u>，文王康之。」「彼徂<u>矣</u>，岐有夷之行。子孫保之。」（以上見於《詩・周頌・天作》）

〔註22〕意為：「鳥兒嚶嚶叫了，是為尋求朋友聲。」可以跟「鳥鳴嚶嚶」比較。

〔註23〕向熹《詩經譯注》167頁解此篇說：「戍邊戰士在返鄉途中回憶舊戍邊防不歸的愁苦，疆場奔走戰鬥的辛勞，以及慶幸生還而產生的哀傷。」

〔註24〕鄭箋云：「雞之將棲，日則夕<u>矣</u>，羊牛從下牧地而來。言畜產出入，尚使有期節，

這裏的「之」是動詞，即「到」。因此「矣」還是表達動作已然，「日之夕矣」意為：「天到晚上了」。

　　「VP 矣」表「動作已然」，有一個比較特殊的句式，即「心理動詞＋矣」，《詩經》共見 36 例。

　　（238）心之憂<u>矣</u>，云如之何！（《詩·小雅·小弁》）

　　（239）我不見兮，云何盱<u>矣</u>！（《詩·小雅·都人士》）〔註 25〕

　　（240）心乎愛<u>矣</u>，遐不謂矣？（《詩·小雅·隰桑》）〔註 26〕

例（238）-（239）見於向熹（1997：794），向先生認為這三者都是語氣詞，表「停頓」，譯為「啊」。本書的作者認為例（238）至（240）的「憂」「盱」「愛」都是心理動詞（盱，憂也），就是《馬氏文通》所謂的「記內情所發之行者」，也就是呂叔湘（1990：16）所謂的表「心理活動」的動詞。〔註 27〕按道理來講，「VP 矣」是跟變化有關，表「〔＋動作完成／實現〕」，所以「心之憂矣」也像例（236）的「桑之落矣」一樣表達動作已然。但是「憂矣」、「愛矣」、「盱矣」從表面上看都不表變化，但是這些心理動詞加「矣」，也許多少帶有心理發生了變化之義，跟「憂心忡忡」或「憂心如醉」等表狀態還是不一樣。不過這種變化成分，從「心之憂矣」結構中沒有顯現出來，這也許像呂叔湘（1990：56）所說，「動作完成就變成狀態」了，所以從表面上看不出變化。不管怎樣，「心之憂矣」跟「憂心忡忡」還是有區別，因此本書還是把它放在「動作已然」條下處理。〔註 28〕

　　　至於行役者，乃反不也。」

〔註 25〕《傳疏》：「《卷耳》傳：『盱，憂也。』言憂傷之深也。」向熹《詩經譯注》259 頁解《都人士》說：「詩人懷念京都人物。著重讚美男士的才德儀容，女子的嫻雅美麗。」

〔註 26〕向熹《詩經譯注》263 頁譯為：「深深愛他在心上，為啥不肯對他講？」

〔註 27〕呂先生按意義和作用把動詞分為如下四類：活動（來、去、飛、跳、說、笑、吃、喝等）、心理活動（想、憶、愛、恨、怨、悔、感激、害怕等）、不很活動的活動（生、死、睡、等候、盼望、忍耐、遺失等）、簡直算不上活動（為、是、有、無、似、類、值（值一千）、加（二加二）等）。他雖然沒有把本書中的這三個動詞書中羅列出來，但是按照他的分類，這三者應屬於心理活動動詞。

〔註 28〕「Traugott and Dasher 指出，當實義的（contentful）成份朝著表示抽象流程的（procedural）成份演變，可能伴隨著功能範圍的改變，從句內延伸至句間或文篇。」

（二）V／VP 後表達「動作將然」，表「〔＋完成／實現〕〔＋決定〕」，見 10 例左右。下面例（241）和（242）是周公跟「王」、「後」談自己意見之前的「拜手稽首」，可以理解爲「我拜手磕頭警告繼天子位的王了，……」和「我拜手磕頭君主了，……」。

（241）拜手稽首，告嗣天子王<u>矣</u>。（《尚書・周書・立政》）

（242）拜手稽首後<u>矣</u>。（《尚書・周書・立政》）

（243）死喪之威，兄弟孔懷。原隰裒<u>矣</u>，兄弟求<u>矣</u>。（《詩・小雅・常棣》）

例（243）向熹《詩經譯注》161 頁譯爲：「世間死喪很可怕，惟有兄弟最記掛。屍骨聚葬野地裏，兄弟也會來尋他。」《集傳》「裒，聚也。……至於積屍裒聚於原野之間，亦惟兄弟爲相求也。」意應爲「將來遇到喪事了，要兄弟來尋求了」，表「動作將然」。

（三）用在假設條件句的 V／VP 後表達「某種條件之下的動作完成」，這是由（二）發展出來的，表「〔＋完成／實現〕〔＋決定〕」。這種句式非常罕見，筆者只找到了如下 3 例。下面例（244）的「茲惟後矣」，意爲：「做好這『三宅』，就成爲好君主了。」〔註29〕

（244）宅乃事，宅乃牧，宅乃準，茲惟後<u>矣</u>。（《尚書・周書・立政》）

（245）爾之遠<u>矣</u>，民胥然<u>矣</u>。（《詩・小雅・角弓》）

（Traugott, Elizabeth, and Richard Dasher. Regularity in Semantic Change. Cambridge: Cambridge University Press, 2005：40. 轉引自劉承慧《先秦條件句標記「苟」、「若」、「使」的功能》，《清華學報》2010 年第二期。）「矣」很可能也經歷了由「〔＋完成／實現〕」到「〔－完成／實現〕」的發展。其中例（238）的「心之憂矣」在《詩經》裏很常見，共見 26 例。其中 25 例都出現在複句中的前一句，只有 1 例見於複句中的後一句。如「心之憂<u>矣</u>，其毒大苦。」（《詩・小雅・小明》）「心之憂<u>矣</u>，曷維其亡？」（《詩・邶風・綠衣》）「心之憂<u>矣</u>，之子無裳。」（《詩・衛風・有狐》）「心之憂<u>矣</u>，我歌且謠。」「心之憂<u>矣</u>，其誰知之？」（以上見於《詩・魏風・園有桃》）「心之憂<u>矣</u>，不可弭忘。」（《詩・小雅・沔水》）「心之憂<u>矣</u>，寧莫之知！」「心之憂<u>矣</u>，涕既隕之。」（以上見於《詩・小雅・小弁》）「人之云亡，心之憂<u>矣</u>。」（《詩・大雅・瞻卬》）

〔註29〕以上翻譯請參看顧頡剛、劉起釪（2005：1703）。

（246）爾之教矣，民胥效矣。（《詩・小雅・角弓》）

例（245）-（246）朱熹《詩集傳》：「此刺王不親九族，而好讒佞，使家族相怨之詩。」《鄭箋》：「胥，相也。」例（245）-（246）各意爲：「如果你和兄弟相疏遠，人民就都照樣辦」，「如果你教人民做好事，大家也會跟著幹」。〔註30〕兩句都表「條件下的動作完成／實現」。

（四）A／AP 後表達「狀態已然」，著重於客觀變化的過程，表「〔＋完成／實現〕〔＋決定〕」。《詩經》共見 30 多例。其中例（248）《集傳》：「襛，盛也，猶曰戎戎也。」「矣」表狀態已然，意爲：「這個何時盛了？唐棣的花。」

（247）東方明矣，朝既昌矣。（《詩・齊風・雞鳴》）

（248）何彼襛矣？唐棣之華。（《詩・召南・何彼襛矣》）

（249）物其多矣，維其嘉矣。（《詩・小雅・魚麗》）

（250）雞既鳴矣，朝既盈矣。（《詩・齊風・雞鳴》）

（251）苕之華，芸其黃矣。（《詩・小雅・苕之華》）

（252）山川悠遠，維其勞矣。（《詩・小雅・漸漸之石》）

例（251）《集傳》：「苕，陵苕也。《本草》云：即今之紫葳，蔓生，附於喬木之上，其華黃赤色，亦名淩霄。」王引之《經義述聞》卷六：「芸其黃矣，言其盛，非言其衰。……詩人之起興，往往感物之盛而歎人之哀。」向熹《詩經譯注》269 頁：「青青，盛貌。」筆者按：「苕之華黃了」，表變化，屬狀態已然。

（五）用在假設條件句的 A／AP 後表達「某種條件之下的狀態實現」，這是由（四）發展出來的，表「〔＋完成／實現〕〔＋決定〕」。《詩經》很少見用例，筆者僅找到了 2 例。

（253）辭之輯矣，民之洽矣。（《詩・大雅・板》）

（254）辭之懌矣，民之莫矣。（《詩・大雅・板》）

其中例（253），鄭箋：「辭，辭氣，謂政教也。王者政教和說，順於民，則民心合定。」輯，和睦，形容詞。《詩・大雅・江漢》：「矢其文德，洽此四國。」例（253）意爲：「如果王者政教和說，順於民，則民心合定了」。例（254）也屬同樣的情況。

〔註30〕翻譯請參考向熹《詩經譯注》256-7 頁。

（六）A／AP 後表「狀態如此」，表「〔＋感歎〕」。這一功能主要見於《詩經》，不到 10 例。上邊說過，這跟「狀態已然」的差別在於：「狀態已然」著重於變化的客觀過程，「狀態如此」著重於人們對變化後出現的狀態的主觀認識。例（255）-（256）都是對變化後出現的某種狀態的主觀認識，兼表「〔＋感歎〕」。例（257）向熹（1997：794）認爲表感歎。

（255）巧言如簧，顏之厚<u>矣</u>！（《詩·小雅·巧言》）

（256）物其多矣，維其嘉<u>矣</u>！（《詩·小雅·魚麗》）

（257）休<u>矣</u>皇考，以保明其身！（《詩·周頌·訪落》）〔註31〕

也有單表「〔＋感歎〕」的例句，這一類一般見於「AP 矣 NP」句式中，《詩經》中共見 6 例。如：

（258）皇<u>矣</u>上帝，臨下有赫；監觀四方，求民之莫！（《詩·大雅·皇矣》）〔註32〕

（259）展<u>矣</u>君子，實勞我心！（《詩·邶風·雄雉》）〔註33〕

（260）允<u>矣</u>君子，展也大成！（《詩·小雅·車攻》）

（261）哿<u>矣</u>富人，哀此惸獨！（《詩·小雅·正月》）〔註34〕

（262）逖<u>矣</u>，西土之人！（《尚書·周書·牧誓》）〔註35〕

〔註31〕《鄭箋》：「休，美也。」

〔註32〕《毛傳》「皇，大也。」陳奐《傳疏》：「皇訓大，美大之稱。」

〔註33〕《毛傳》「展，誠也。」向熹《詩經詞典》877 頁：「展，誠實；可信。……一說：困難；勞苦。俞樾《平議》卷九：『《方言》曰：「寋、展，難也。齊、晉曰寋，山之東西，凡難貌曰展，荊吳之人相難謂之展。」……「展矣君子」與「自詒伊阻」文義正相承。故曰：難矣哉我之君子，實使我心爲之憂勞也。』」筆者認爲「展，難也。」是對的。難，困難、不好，是形容詞。

〔註34〕王引之《經義述聞》卷六「哿與哀爲對文，哀者憂悲，哿者快樂也。」惸，向熹《詩經譯注》203 頁：孤獨。《廣韻·清韻》：「惸，無兄弟也。」向熹《詩經譯注》202 頁「佌佌彼有屋，蔌蔌方有穀。民今之無祿，天天是椓。哿矣富人，哀此惸獨！」譯爲：「卑微小子有屋住，醜惡之徒多俸祿。如今人民無幸福，天降災難害人苦。有錢闊老多快樂，可憐窮漢太孤獨。」

〔註35〕顧頡剛、劉起釪（2005：1094-5）把「逖」改作「遏」，「遏矣」是說「大家走了遠路了，辛苦了，表示對部隊的勞問」。1105 頁把這句翻譯爲：「大家遠來辛苦了，

其中例（262）孔傳：「逷，遠也。」「遠」是形容詞，「逷矣」意爲「遠來辛苦了」。這都是「NP＋AP矣」的倒裝。「矣」單表〔＋感歎〕。

3.3.1.2 其它功能

《詩經》中的「矣」還可以表達〔＋停頓〕語氣，不過只出現在「NP矣」中。「NP矣」表〔＋停頓〕語氣的這一用法，《詩經》幾乎都出現在《桑中》篇中，下面例（263）-（265）就是如此。

（263）爰採唐矣，沬之鄉矣。云誰之思？美孟姜矣。（《詩·鄘風·桑中》）

（264）爰採麥矣，沬之北矣。云誰之思？美孟弋矣。（《詩·鄘風·桑中》）

（265）爰採葑矣，沬之東矣。云誰之思，美孟庸矣。（《詩·鄘風·桑中》）

例（263）至（265），向熹《詩經譯注》46頁解《桑中》說：「一位男子和情人幽會並送別。」《毛傳》：「唐，蒙。菜名。」聞一多《詩經新義》：「爰，於焉之合音，猶言在何處也。」《集傳》：「桑中、上宮、淇上，又沬鄉之中小地名也。」沬，衛邑名，在今河南淇縣南。〔註36〕上述結構都是「NP矣」，怎麼也看不出它的變化。「矣」只能理解爲表〔＋停頓〕語氣。

（266）兄及弟矣，式相好矣，無相猶矣。（《詩·小雅·斯干》）〔註37〕

我西方的人們！」。

〔註36〕孔穎達《正義》曰：「人欲採唐者於何採唐菜乎？必之沬之鄉矣。以興人欲淫亂者於何處淫亂乎？必之衛之都。言沬鄉，唐所生；衛都，淫所主故也。又言衛之淫亂甚矣。故雖世族在位之人，相竊妻妾，與之期於幽遠而行淫。乃云我誰思乎，乃思美好之孟姜，與之爲淫亂，所以思孟姜者，以孟姜愛厚於我，與我期往於桑中之野，要見我於上宮之地，又送我於淇水之上，愛厚於我如此，故思之也。世族在位，猶尚如此，致使淫風大行，民流政散，故陳其餚以刺之。」向熹《詩經譯注》46頁譯爲：「要採蒙菜去哪方，就在衛國沬邑鄉。心中想念哪一個？漂亮姜家大姑娘。約我桑中去相會，邀我樓裏訴衷腸，送我送到淇水上。」

〔註37〕向熹《詩經譯注》193頁解《斯干》說：「歌頌周宣王宮室落成，安居美夢，能生貴男淑女。」《通釋》：「《廣雅》：『猶，欺也。』詩蓋謂兄弟相愛以誠，無相欺詐。」

例（266）是「N 及 N 矣」結構，「及」在《詩經》已經有並列連詞的用法。孔穎達《正義》曰：「其兄與弟矣，用能相好樂矣，無相責以道矣。」孔氏認為「及」就是並列連詞。如果「及」是並列連詞的話，「矣」只能表「〔＋停頓〕」。

3.3.2 「矣」在戰國至西漢

出土文獻中，戰國中期的中山王昔鼎見「矣」，作：「昔者，……閉於天下之物矣，猶迷惑於子之而亡其邦。」上博簡和郭店簡部分文獻中共有 94 例「矣」。[註38] 馬王堆漢墓帛書《戰國縱橫家書》共有 95 例「矣」，其中本書分析了 64 例「矣」；《五行・說》共有 25 例「矣」，一律見於《說》，不見於《經》，本書分析了其中 22 例。「矣」在傳世文獻中《左傳》見 832 例，《孟子》見 253 例，《孫子》見 13 例，使用率很高。這一時期「矣」的基本功能是表「〔＋完成／實現〕〔＋決定〕」或表「〔＋感歎〕」；西漢以後它也可表「〔＋判斷〕〔＋確定〕」或單表「〔＋確定〕」。

3.3.2.1 基本功能

基本功能：「矣」表「〔＋完成／實現〕〔＋決定〕」和「〔＋感歎〕」。西漢以後，還出現了「NP 矣」表「〔＋完成／實現〕〔＋決定〕」的例子。

（一）V／VP 後表達「動作已然」，兼表「〔＋決定〕」語氣。它可以跟「既」、「嘗」等詞搭配出現。其中例（272）-（273）是對比句，「……既／嘗 VP 矣，……未 VP 也」是常見句式。

（267）昔先君客王，天不現害，地不生蘗，則祈諸鬼神曰：「天地明棄我矣。」（上博簡《競建內之》簡 2、7）

向熹《詩經譯注》194 頁譯為：「哥哥弟弟手足情，相親相愛心相連，不要奸謀不相騙。」

[註38] 有些例句上下文殘缺，沒法進行判斷；有些例句雖然上下文不缺，但是對個別字詞的考釋有分歧，因此沒法判定「矣」表達的功能到底是什麼，因此本書只選擇其中 64 例來進行分析。上博簡主要用《孔子詩論》、《子羔》、《魯邦大旱》、《民之父母》、《仲弓》、《相邦之道》、《季康子問於孔子》、《弟子問》、《緇衣》、《孔子詩論》、《曹沫之陳》、《性情論》、《從政》等；郭店簡主要用《成之聞之》、《尊德義》、《性自命出》、《六德》、《老子》、《唐虞之道》、《窮達以時》等。

（268）彭祖曰：「……。既躋於天，或墜於淵，夫子之德登<u>矣</u>，何其崇？」（上博簡《彭祖》簡4）

（269）「文王在上，於昭於天，此之謂也。」言大德備成<u>矣</u>。（《五行·說》）

（270）使子路反見之，至則行<u>矣</u>。（《論語·微子》）

（271）不幸短命死<u>矣</u>。（《論語·雍也》）

（272）成孫弋曰：「噫！善哉，言乎！夫爲其君之故殺其身者，嘗有之<u>矣</u>；恒稱其君之惡者，未之有也。」（郭店簡《魯穆公問子思》簡4-6）

（273）子曰：「貧賤而不約者，吾見之<u>矣</u>：富貴而不驕者，吾聞而〔未之有也。……〕士，吾見之<u>矣</u>；事而弗受者，吾聞而未之見也。」（上博簡《弟子問》簡6、9）

也有用在複句的前一分句的，此時「矣」常跟「既」、「嘗」等副詞搭配出現，即例（274）-（278）。

（274）魯莊公將爲大鐘，型<u>既</u>成<u>矣</u>，曹沫入見，曰。（上博簡《曹沫之陳》簡1）

（275）子夏曰：「五至，<u>既</u>聞之<u>矣</u>，敢問何謂『三無』？」（上博簡《民之父母》簡5）

（276）仲弓曰：「若夫老老慈幼，<u>既</u>聞命<u>矣</u>，夫先有司爲之如何？」（上博簡《仲弓》簡8）

（277）莊公曰：「<u>既</u>承教<u>矣</u>，出師有忌乎？」（上博簡《曹沫之陳》簡40）

（278）「行而敬之，禮也。」<u>既</u>行之<u>矣</u>，又愀愀然敬之者，禮氣也。（《五行·說》）

（二）V／VP後表達「動作將然」，兼表「〔＋決定〕」語氣，它常跟「將」、「足」搭配出現。例（279）-（281）都是孔子、孟子的評論。〔註39〕

_____

〔註39〕這一將然用法，多少帶有說話者的評論，不過這是句式語氣，「矣」依然表達「〔＋完成／實現〕」。

（279）孔子曰：「善哉，商也！<u>將</u>可教《詩》<u>矣</u>。『成王不敢康，夙
　　　夜基命有密』，無聲之樂；『威儀遲遲，……』」（上博簡《民
　　　之父母》簡 8）

（280）孔子曰：「善哉！問乎！<u>足</u>以教<u>矣</u>。君子所竭其情，盡其慎者
　　　三，蓋近務<u>矣</u>。」（上博簡《仲弓》簡 15、20 下）

（281）盆成括仕於齊。孟子曰：「死<u>矣</u>，盆成括！」（《孟子・盡心下》）

（三）用在假設條件句的 V／VP 後表達「某種條件之下的動作完成」，這
是由（二）發展出來的，它兼表「〔＋決定〕」語氣。這種句式占較多的比例。
如例（282）-（291）

（282）是以知而求之不疾，其去人弗遠<u>矣</u>。（郭店簡《成之聞之》簡
　　　21）

（283）形於中，發於色，其誠也固<u>矣</u>。民孰弗信？（郭店簡《成之
　　　聞之》簡 24）

（284）不求諸其本，而攻諸其末，弗得<u>矣</u>。（郭店簡《成之聞之》簡
　　　10-11）

（285）教其政，不教其人，政弗行<u>矣</u>。（郭店簡《尊德義》簡 18-19）

（286）求其心有爲也，弗得之<u>矣</u>。（郭店簡《性自命出》簡 37）

（287）智也者，夫德也。能與之齊，終身弗改之<u>矣</u>。（郭店簡《六德》
　　　簡 19）

（288）弗大笑，不足以爲道<u>矣</u>。（郭店簡《老子乙》簡 9-10）

（289）必正其身，然後正世，聖道備<u>矣</u>。（郭店簡《唐虞之道》簡 3）

（290）王足之，臣不事王<u>矣</u>。（《戰國縱橫家書・蘇秦謂燕王》）

（291）南方之事齊者，欲得燕與天下之師，而入之秦與宋以謀齊，
　　　臣爭之於燕王，燕王必弗聽<u>矣</u>。（《戰國縱橫家書・蘇秦謂齊
　　　王》）

「矣」也跟「則／而」等搭配出現。如例（292）-（296）。

（292）外齊於和，必不合齊秦以謀燕，<u>則</u>臣請爲免於齊而歸<u>矣</u>。

（《戰國縱橫家書‧蘇秦使盛慶獻書於燕王》）

（293）有天有人，天人有分。察天人之分，而知所行矣。（郭店簡《窮
達以時》簡1）

（294）故君之所以患於軍者三：不知軍之不可以進而謂之進，不知
軍之不可以退而謂之退，是謂縻軍；不知三軍之事，而同三
軍之政者，則軍士惑矣；不知三軍之權而同三軍之任，則軍
士疑矣。三軍既惑且疑，則諸侯之難至矣，是謂亂軍引勝。（《孫
子‧謀攻》）

（295）歡，思之方也。其聲變，則心從之矣。（上博簡《性情論》簡
20）

（296）孔子曰：「『三無』乎？無聲之樂，無體之禮，無服之喪。君
子以此橫於天下，傾耳而聽之，不可得而聞也；明目而視之，
不可得而見也；而德氣〔註40〕塞於四海矣。此之謂『三無』。」
（上博簡《民之父母》簡5-6）

「矣」也可以跟「苟」、「必／可謂」等搭配出現。下面請看例句。

（297）康子曰：「……邦家之術曰：『……。大罪殺之，藏罪刑之，
小罪罰之。苟能固守而行之，民必服矣。』故子以此言為奚
如？」孔子曰：「由丘觀之，則美言也已。」（上博簡《季康
子問於孔子》簡22上、13）

（298）是故亡乎其身而存乎其詞，雖厚其命，民弗從之矣。（郭店簡
《成之聞之》簡4-5）

〔註40〕「德氣」原作「得既」。對此，或讀為是「德氣」，或讀為是「志氣」，或讀為「得
既」。具體參看劉洪濤（2008：13 注〔23〕）此句在《禮記‧孔子間居》作「明
目而視之，不可得而見也；傾耳而聽之，不可得而聞也；志氣塞乎天地。」此句
開頭，子夏問孔子：「何謂民之父母」，孔子答曰：「民之父母乎？必達於禮樂之
原，以致『五至』，以行『三無』，以橫於天下，四方有敗，必先知之，其可謂民
之父母矣。」孔子說，民之父母必達於「禮樂之原」，然後以「五至三無」來「橫
於天下」，才四方有敗。「禮樂」跟「德」是孔子所貴者也。因此，筆者把此句讀
為「德氣」。「德氣」，還見於《漢書》、《春秋繁露》等書。

（299）苟有其情，雖未之爲，斯人信之矣。（郭店簡《性自命出》簡
　　　　51）

（300）不知己者不怨人，苟有其情，雖未之爲，斯人信之矣。（上博
　　　　簡《性情論》簡25）

（301）上苟倡之，則民鮮不從矣。（郭店簡《成之聞之》簡9）

（302）有其人，亡（無）其世，雖賢弗行矣。（郭店簡《窮達以時》
　　　　簡2）

（303）子思曰：「恒稱其君之惡者，可謂忠臣矣。」（郭店簡《魯穆
　　　　公問子思》簡1-2）

（四）A／AP後表達「狀態已然」，兼表「〔＋決定〕」語氣。這種「深」、
「厚」、「久」、「甚」等詞，都帶有程度很深、時間很長，表變化的客觀過程，
例（304）-（306）屬之。

（304）隰朋與鮑叔牙皆拜起而言曰：……今豎刁匹夫而欲知萬乘之
　　　　邦而潰脬，其爲災也深矣；易牙，人之歟？煮而食人，其爲
　　　　不仁厚矣。公弗圖，必害公身。（上博簡《鮑叔牙與隰朋之諫》
　　　　簡5-6）

（305）左師觸龍言，願見。太后盛氣而胥之。入而徐趨，至而自謝
　　　　曰：老臣病足，曾不能疾走。不得見久矣。（《戰國縱橫家書・
　　　　觸龍見趙太后》）

（306）自齊獻書於燕王曰：「燕齊之惡也久矣。臣處於燕齊之交，固
　　　　知必將不信。」（《戰國縱橫家書・蘇秦自齊獻書於燕王》）

上舉「A／AP矣」看起來，可以表達感歎，但是其中「矣」還是表客觀變化。
有些時候這種感歎語氣是主謂倒裝感歎句帶給句式的，請看例（307）。〔註41〕

（307）甚矣，吾衰也！久矣，吾不復夢見周公！（《論語・述而》）

（五）用在假設條件句的A／AP後表達「某種條件之下的狀態實現」，
這是由（四）發展出來的，它兼表「〔＋決定〕」語氣。例（308）的兩個「矣」
緊接在A／AP後，表「〔＋完成／實現〕」。「矣」可與「斯／此」等詞搭配出

_____

〔註41〕這種倒裝句到了中古漢語階段就退出舞臺了。參看魏培泉（2003：91-92）。

現。

（308）農夫務食，不強耕，糧弗足矣。（郭店簡《成之聞之》簡 13）

（309）知足之為足，此恒足矣。（郭店簡《老子甲》簡 6）

（310）子曰：「予，汝能慎始與終，斯善矣，為君子乎？」（上博簡
　　　　《弟子問》簡 11）

（311）凡人偽為可惡也。偽，斯隱矣；隱，斯慮矣；慮，斯莫與之結
　　　　矣。（郭店簡《性自命出》簡 48-49）

「矣」也跟「必／則／而」等詞搭配出現。其中例（316）也是假設條件句，
「其存也不厚」是條件，「其重也弗多」是結果，這跟例（315）是一樣的句
式，只不過例（315）用「則」，例（315）不用「則」而已。例（315）的「深」
如果用在單句，可以表達「狀態已然」，可見這一「某種條件之下的狀態實現」
跟「狀態已然」功能有關。

（312）上下交征利，而國危矣。（《孟子・梁惠王上》）

（313）子曰：上好此物也，下必有甚汝者矣。（郭店簡《緇衣》簡
　　　　14-15）

（314）今臣欲以齊大惡趙而去趙，謂齊王，趙之和也，陰外齊、謀
　　　　齊，齊趙必大惡矣。（《戰國縱橫家書・蘇秦自趙獻書燕王》）

（315）君子之於教也，其導民也不浸，則其淳也弗深矣。（郭店簡
　　　　《成之聞之》簡 4）

（316）雖然，其存也不厚，其重也弗多矣。（郭店簡《成之聞之》簡
　　　　9-10）

（六）A／AP 後表「狀態如此」，都表「〔＋感歎〕」。其中例（317）-（318）
是兼表「〔＋感歎〕」，例（319）-（321）是單表「〔＋感歎〕」。

（317）《清廟》，王德也。至矣！敬宗廟之禮，以為其本。（上博簡
　　　　《孔子詩論》簡 5）

（318）《大雅》，盛德也，多言也。多言難而怨懟者也。衰矣！少矣！
　　　　（上博簡《孔子詩論》簡 2-3）

（319）周納言：燕趙循善<u>矣</u>！皆不任子以事。（《戰國縱橫家書・蘇
　　　秦使盛慶獻書於燕王》)

（320）「有命自天，命此文王」，成命之也。信<u>矣</u>！（上博簡《孔子
　　　詩論》簡 7)

（321）子夏曰：「異哉，語也！美<u>矣</u>！宏<u>矣</u>！大<u>矣</u>！」（上博簡《民
　　　之父母》簡 9）〔註42〕

（七）「矣」到西漢以後就可以出現在 NP 後邊，用在判斷句中，表達「由變而
成的事實」，兼表「〔＋完成／實現〕」和「〔＋決定〕」語氣。如：

（322）嗟呼！此真將軍<u>矣</u>。曩者霸上、棘門軍，若兒戲耳，其將固
　　　可襲而虜也。

呂叔湘（1990：274）說，如果靜止性的判斷句含有變化之義就用「矣」，然後
解釋例（322）說，「真將軍也」表原來如此，「真將軍矣」表示「以前不是如此，
現在才是如此」，「從霸上棘門的兒戲到細柳軍營的壁壘森嚴」是一種變化，「所
以用『矣』字來表示由變而成的事實。」

3.3.2.2 其它功能

其它功能指「矣」不表「〔＋完成／實現〕」，而單表其它功能的。這一時期
「矣」或是表「〔＋判斷〕〔＋確定〕」，或是表「〔＋確定〕」。

（一）「矣」到了西漢，就有了新的功能，即表「〔＋判斷〕〔＋確定〕」。

（323）「聖之思也輕」。思也者，思天也；輕者，尚<u>矣</u>。（《五行・說》)

（324）湯武雖賢，不當桀紂，不王天下。三王者皆賢<u>矣</u>，不遭時不
　　　王。（《戰國縱橫家書・秦客卿造謂穰侯》)

例（323）的「輕者，尚矣」是解說《五行》的「輕」之義的判斷句。呂叔湘
（1990）說「判斷句有兩個用處：一是解釋事物的涵義，二是申辯事物的是
非。」古書的注疏文字屬於前者。《五行・說》是解釋《五行》經文的注疏文
字。「矣」是表「〔＋判斷〕」，「矣」用如「也」。這樣一個「矣」用如「也」
的用法，從《史記》中也可得到佐證。劉承慧（2007）曾經舉到過如下例子。
即：

〔註42〕此句為子夏讚美孔子言語的句子，釋文從劉洪濤（2008：18）。

（325）取國有五難：有寵而無人，一<u>也</u>；有人而無主，二<u>也</u>；有主而無謀，三<u>也</u>；有謀而無民，四<u>也</u>；有民而無德，五<u>也</u>。（《左傳》昭公 13 年）

（326）馮亭垂涕不見使者，曰：「吾不處三不義也：爲主守地，不能死固，不義一<u>矣</u>；入之秦，不聽主令，不義二<u>矣</u>；賣主地而食之，不義三<u>矣</u>。」（《史記·趙世家》）

（327）范睢曰：「汝罪有三耳。昔者楚昭王時而申包胥爲楚卻吳軍，楚王封之以荊五千户，包胥辭不受，爲丘墓之寄於荊也。今睢之先人丘墓亦在魏，公前以睢爲有外心於齊而惡睢於魏齊，公之罪一<u>也</u>。當魏齊辱我於廁中，公不止，罪二<u>也</u>。更醉而溺我，公其何忍乎？罪三<u>矣</u>。然公之所以得無死者，以綈袍戀戀，有故人之意，故釋公。」（《史記·范睢蔡澤列傳》）

呂叔湘（1990：89）說判斷句還有判斷繁句。上舉例子都屬於判斷繁句。呂先生指出，「西漢前後『矣』略顯出跟『也』混用的現象。」然後說，例（325）的「也」是早先形式，例（326）、（327）「矣」是後起形式，「矣」相當於「也」。上文指出過，這一時期的「矣」可以表「〔＋判斷〕〔＋確定〕」，用如「也」，例（326）、（327）就屬之。類似的例子，還見於《史記·留侯世家》。即：

（328）漢王曰：「何哉？」張良對曰：「臣請藉前箸爲大王籌之。」曰：「昔者湯伐桀而封其後於杞者，度能制桀之死命也。今陛下能制項籍之死命乎？」曰：「未能也。」「其不可一<u>也</u>。武王伐紂封其後於宋者，度能得紂之頭也。今陛下能得項籍之頭乎？」曰：「未能也。」「其不可二<u>也</u>。武王入殷，表商容之閭，釋箕子之拘，封比干之墓。今陛下能封聖人之墓，表賢者之閭，式智者之門乎？」曰：「未能也。」「其不可三<u>也</u>。發巨橋之粟，散鹿臺之錢，以賜貧窮。今陛下能散府庫以賜貧窮乎？」曰：「未能也。」「其不可四<u>矣</u>。殷事已畢，偃革爲軒，倒置干戈，覆以虎皮，以示天下不復用兵。今陛下能偃武行文，不復用兵乎？」曰：「未能也。」「其不可五<u>矣</u>。休馬華山之陽，示以無所爲。今陛下能休馬無所用乎？」曰：

「未能也。」「其不可六<u>矣</u>。放牛桃林之陰，以示不復輸積。
今陛下能放牛不復輸積乎？」曰：「未能也。」「其不可七<u>矣</u>。
且天下遊士離其親戚，棄墳墓，去故舊，從陛下游者，徒欲
日夜望咫尺之地。今復六國，立韓、魏、燕、趙、齊、楚之
後，天下遊士各歸事其主，從其親戚，反其故舊墳墓，陛下
與誰取天下乎？其不可八<u>矣</u>。且夫楚唯無強，六國立者復橈
而從之，陛下焉得而臣之？誠用客之謀，陛下事去<u>矣</u>。」漢
王輟食吐哺，罵曰：「豎儒，幾敗而公事！」令趣銷印。(《史
記‧留侯世家》)

例(328)從「一」至「三」是用「也」，從「四」至「八」是用「矣」，句式和
表達的語氣都相同。

(二)「矣」用在 V／VP 和 A／AP 後，也可以單表「〔＋確定〕」。這是由
(一)的擴展。例(330)「也」和「矣」共用，三者都單表「〔＋確定〕」。

(329)「心曰深，莫敢不深；心曰淺，莫敢不淺」，深者甚也，淺者
不甚也，深淺有道<u>矣</u>。(《五行‧說》)

(330) 有天下之美聲色於此，不義則不聽弗視也；有天下之美臭味
於此，不義則弗求弗食也；居而不間尊長者，不義則弗爲之
<u>矣</u>。(《五行‧說》)

3.3.3 「矣」在東漢至南北朝

本節使用《論衡》、《世說新語》以及《洛陽伽藍記》材料，《論衡》共見
789 處「矣」，《世說新語》見 36 處，《洛陽伽藍記》見 15 處。分析結果發現，
這一時期的「矣」有承前的作用。但是東漢以後，「矣」的使用減少了很多。
這一現象也反映在佛經材料中。胡敕瑞先生在《漢譯佛典所反映的漢魏時期
的文言與白話——兼論中古漢語口語語料的鑒定》(2012)指出，「支謙譯經
大量用『矣』、支讖譯經『矣』僅 1 例，這說明漢魏時期「矣」已退出了實際
口語，只保存在文言語體中。」

3.3.3.1 基本功能

「矣」的基本功能見：動作已然、動作將然、某種條件下的動作完成、狀

態已然、狀態如此、某種條件下的狀態實現，表「〔＋完成／實現〕〔＋決定〕」。

（一）用在 V／VP 後表達「動作已然」，表「〔＋完成／實現〕〔＋決定〕」。

（331）臧倉之毀，未嘗絕也；公伯寮之愬，未嘗滅也。垤成丘山，污爲江河**矣**。夫如是市虎之訛，投杼之誤不足怪，則玉變爲石，珠化爲礫，不足詭也。（《論衡・累害》）

（332）凡人受命，在父母施氣之時，已得吉凶**矣**。（《論衡・命義》）

（333）周子居常云：「吾時月不見黃叔度，則鄙吝之心已復生**矣**。」（《世說新語・德行》）

（334）祖仁一門刺史，皆是徽之將校，少有舊恩，故往投之，祖仁謂子弟等曰：「時聞尒朱兆募城陽王甚重，擒獲者千戶侯。今日富貴至**矣**！」遂斬送之。（《洛陽伽藍記・城西》）

（335）郗超與謝玄不善。符堅將問晉鼎，既已狼噬梁、岐，又虎視淮陰**矣**。（《世說新語・識鑒》）

（336）老翁還入，元寶不復見其門巷。但見高岸對水，淥波東傾。唯見一童子可年十五，新溺死，鼻中出血。方知所飲酒，是其血也。及還彭城，子淵已失**矣**。元寶與子淵同戍三年，不知是洛水之神也。（《洛陽伽藍記・城南》）

（二）用在 V／VP 後表達「動作將然」，表「〔＋完成／實現〕〔＋決定〕」。

（337）元慎退還，告人曰：「廣陽死**矣**！槐字是木傍鬼，死後當得三公。」廣陽果爲葛榮所煞，追贈司徒公，終如其言。（《洛陽伽藍記・城東》）

（338）荀巨伯遠看友人疾，值胡賊攻郡，友人語巨伯曰：「吾今死**矣**，子可去！」（《世說新語・德行》）

（339）劉璵兄弟少時爲王愷所憎，嘗召二人宿，欲默除之。令作坑，坑畢，垂加害**矣**。石崇素與璵、琨善，聞就愷宿，知當有變，便夜往詣愷，問二劉所在？愷卒迫不得諱，答云：「在後齋中眠。」石便逕入，自牽出，同車而去。語曰：「少年，何以輕就人宿？」（《世說新語・仇隙》）

（340）鄭玄在馬融門下，三年不得相見，高足弟子傳授而已。嘗算
渾天不合，諸弟子莫能解；或言玄能者，融召令算，一轉便
決，眾咸駭服。及玄業成辭歸，既而融有「禮樂皆東」之歎，
恐玄擅名而心忌焉。玄亦疑有追，乃坐橋下，在水上據屐。
融果轉式逐之，告左右曰：「玄在土下水上而據木，此必死矣。」
遂罷追。玄竟以得免。（《世說新語・文學》）

（三）用在假設條件句的 V／VP 後表達「某種條件之下的動作完成」，表
「〔＋完成／實現〕〔＋決定〕」。

（341）精學不求貴，貴自至矣：力作不求富，富自到矣。（《論衡・
命祿》）

（342）夫物不求而自生，則人亦有不求貴而貴者矣。人情有不教而
自善者，有教而終不善者矣。（《論衡・命祿》）

（343）樂令善於清言，而不長於手筆。將讓河南尹，請潘岳爲表。
潘云：「可作耳，要當得君意。」樂爲述己所以爲讓，標位二
百許語，潘直取錯綜，便成名筆。時人咸云：「若樂不假潘之
文，潘不取樂之旨，則無以成斯矣。」（《世說新語・文學》）

（344）唯黃門侍郎徐紇曰：「尒朱榮馬邑小胡，人才凡鄙，不度德量
力，長戟指闕，所謂窮轍拒輪，積薪候燎。今宿衛文武，足
得一戰。但守河橋，觀其意趣。榮懸軍千里，兵老師弊。以
逸待勞，破之必矣。」後然紇言，即遣都督李神軌、鄭季明
等領眾五千鎮河橋。（《洛陽伽藍記・城內》）

（345）器受一升，以一升則平，受之如過一升，則滿溢也；手舉一
鈞，以一鈞則平，舉之過一鈞，則躓僕矣。（《論衡・命祿》）

（四）用在 A／AP 後表達「狀態已然」，表「〔＋完成／實現〕〔＋決定〕」。

（346）嵇康被誅後，山公舉康子紹爲秘書丞。紹咨公出處，公曰：
「爲君思之久矣。天地四時，猶有消息，而況人乎？」（《世
說新語・政事》）

（347）慶之伏枕曰：「楊君見辱深矣。」自此後，吳兒更不敢解語。
（《洛陽伽藍記・城東》）

（348）及太后賜百官負絹，任意自取，朝臣莫不稱力而去。唯融與
陳留侯李崇負絹過任，蹶倒傷踝。太后即不與之，令其空出，
時人笑焉。侍中崔光止取兩匹，太后問：「侍中何少？」對曰：
「臣有兩手，唯堪兩疋，所獲多<u>矣</u>。」朝貴服其清廉。（《洛
陽伽藍記·城西》）

（349）夫鄉里有三累，朝廷有三害。累生於鄉里，害發於朝廷，古
今才洪行淑之人遇此多<u>矣</u>。（《論衡·累害》）

（五）用在假設條件句的 A／AP 後表達「某種條件之下的狀態實現」，表
「〔＋完成／實現〕〔＋決定〕」。

（350）命當貧賤，雖富貴之，猶涉禍患<u>矣</u>。命當富貴，雖貧賤之，
猶逢福善<u>矣</u>。（《論衡·命祿》）

（351）孔子曰：「人之生也直，罔之生也幸。」則夫順道而觸者爲不
幸<u>矣</u>。（《論衡·幸偶》）

（352）以聖人之才，猶不幸偶，庸人之中，被不幸偶，禍必眾多<u>矣</u>。
（《論衡·幸偶》）

（六）用在 A／AP 後，單表「〔＋感歎〕」。

（353）任重，其取進疾速，難<u>矣</u>！（《論衡·狀留》）

例（353）的「難矣」，在《論衡》的感歎句中都作「難哉」：「夫人有不善，則
乃性命之疾也，無其教治，而欲令變更，豈不難哉！（《率性》）」

（354）世稱子路無恒之庸人，未入孔門時，戴雞佩豚，勇猛無禮，
聞誦讀之聲，搖雞奮豚，揚唇吻之音，聒賢聖之耳，惡至甚
<u>矣</u>。（《論衡·率性》）

上舉例（354）的「矣」是單表「〔＋感歎〕」的，「至甚矣」在《論衡·卜筮》
作「至甚」，即：「人道，相問則對，不問不應。無求，空扣人之門；無問，虛
辨人之前：則主人笑而不應，或怒而不對。試使卜筮之人空鑽龜而卜，虛揲蓍
而筮，戲弄天地，亦得兆數，天地妄應乎？又試使人罵天而卜，驅地而筮，無
道<u>至甚</u>，亦得兆數。」

（355）又云：「自永嘉以來，二百餘年，建國稱王者十有六君，皆遊

其都邑，目見其事。國滅之後，觀其史書，皆非實錄。莫不推過於人，引善自向。苻生雖好勇嗜酒，亦仁而不然。觀其治典，未爲兇暴，及詳其史，天下之惡皆歸焉。苻堅自是賢主，賊君取位，妄書生惡。凡諸史官，皆是類也。人皆貴遠賤近，以爲信然。當今之人，亦生愚死智，惑<u>已甚矣</u>！」（《洛陽伽藍記·城東》）

例（355）的「已甚矣」在《洛陽伽藍記》或作「已甚」。如：「按澄之等並生在江表，未遊中土，假因徵役，暫來經過；至於舊事，多非親覽，聞諸道路，便爲穿鑿，誤我後學，日月<u>已甚</u>！」（《城東》）

用在「V／VP」後也可以單表「〔＋感歎〕」。

（356）譽手毀足，孰謂之慧<u>矣</u>！（《論衡·別通》）

（357）聖人之好學也，且死不休，念在經書，不以臨死之故，棄忘道藝，其爲百世之聖，師法祖修，蓋不虛<u>矣</u>！（《論衡·別通》）

（358）春秋之時，可謂衰<u>矣</u>！（《論衡·譏日》）

3.3.3.2 其它功能

這一時期的其它功能表「〔＋判斷〕〔＋確定〕」或「〔＋確定〕」。

（一）《論衡》裏有「矣」用如「也」，表「〔＋判斷〕〔＋確定〕」。例（359）的「猶」字句，呂叔湘（1990）認爲是準判斷句。例（360）「矣」「也」對句，「矣」用如「也」較爲明顯。

（359）人稟元氣於天，各受壽夭之命，以立長短之形，猶陶者用土爲簋廉，冶者用銅爲<u>矣</u>。（《論衡·無形》）

（360）由此言之，衍呼而降霜，虛<u>矣</u>。則杞梁之妻哭而崩城，妄<u>也</u>。（《論衡·變動》）

魏培泉（2002：523-5）認爲「矣」的功能有變化可能要到中古漢語才看得出來，那時的「矣」有時用如「也」。〔註43〕魏先生舉到了三國吳康僧會《六度集經》中的如下例子。這幾例「矣」的功能，魏先生認爲都相當上古的「也」。有意思

〔註43〕魏先生認爲中古以後「矣」因爲音變而音同「也」，因此有時也寫作「也」。至於音變問題，筆者還沒有確切的看法，有待研究。

的是，如下材料都是口語材料。

（361）兒出抱父，戰慄涕泣，呼號且言：「彼是鬼也，非梵志<u>矣</u>。」

（362）兆民識焉，僉曰：「斯太子兒也，大王孫<u>矣</u>。」

（363）理家又曰：「夫身，地水火風<u>矣</u>。強爲地，軟爲水，熱爲火，
息爲風。命盡神去，四大各離，無能保全，故云非身<u>矣</u>。」

（364）宰人承命，默行殺人，以供王欲，臣民嗷嗷，表聞尋賊，王
口宜然，密告宰人曰：「愼之哉！」有司獲之。賊曰：「王命
爾<u>矣</u>。」

（365）妻淫無避，與罪人通，謀殺其婿，曰：「子殺之，吾與子居。」
罪人曰：「彼賢者<u>矣</u>，奈何殺之？」妻辭如前。罪人曰：「吾
無手足，不能殺也。」妻曰：「子坐，吾自有計<u>矣</u>。」

（二）單表〔＋確定〕。其中例（366），「在天如何？」是提問，「天有
百官，有眾星。天施氣，而眾星布精，天所施氣，眾星之氣在其中矣」是回
答，「矣」單表〔＋確定〕。

（366）在天如何？天有百官，有眾星。天施氣，而眾星布精，天所
施氣，眾星之氣在其中<u>矣</u>。（《論衡・命義》）

（367）及長，置以賢師良傅，教君臣父子之道，賢不肖在此時<u>矣</u>。
（《論衡・命義》）

3.3.4 「矣」在晚唐五代

本部分使用《祖堂集》。《祖堂集》共見 165 處「矣」。分析結果發現，《祖
堂集》中的「矣」，基本功能表〔＋完成／實現〕〔＋決定〕或表〔＋感歎〕」，
但不多見。「矣」的其它功能，除了「〔＋判斷〕〔＋確定〕」、「〔＋確定〕」外，
還有「〔＋結篇〕〔＋確定〕」功能且見不少例。

3.3.4.1 基本功能

基本功能僅見於對話體中，表〔＋完成／實現〕〔＋決定〕。不過數量不
多，筆者懷疑大部分用例是仿古用法。

（一）用在 V／VP 後表達「動作已然」，表〔＋完成／實現〕〔＋決定〕。

（368）師臨順世時，鼯鼠叫，師告眾曰：「即此物非他物。汝等諸人善護持，吾今逝矣。」師言已掩室，來辰化<u>矣</u>。括州刺史江積撰碑文。（《祖堂集·大梅和尚》）

（369）師臨遷化時，先遍處辭人，人皆泣戀謂言「他去。」來晨令修齋，食畢聲鍾，集眾梵香，緇素擁遶。師跏趺坐，香煙盡，師端然遷化<u>矣</u>。（《祖堂集·溈山和尚》）

（二）用在 V／VP 後表達「動作將然」，表「〔＋完成／實現〕〔＋決定〕」。

（370）楊衍作禮：「唯願和尚久住世間，化導群品！」師曰：「吾則去<u>矣</u>，不宜久停。人多致患，常疾於我。」（《祖堂集·第二十八祖菩提達摩和尚》）

（371）叉手白太子言：「時可去<u>矣</u>。」太子聞此偈已，心生歡喜。
（《祖堂集·第七釋迦牟尼佛》）

（三）用在 A／AP 或數字後表達「狀態已然」，表「〔＋完成／實現〕〔＋決定〕」。

（372）師又去碓坊，便問行者：「不易行者，米還熟也未？」對曰：「米熟久<u>矣</u>，只是未有人簸。」（《祖堂集·第三十二祖弘忍和尚》）

（373）長慶之初入唐，到佛爽寺問道，如滿印可於江西之印，而應對有慚色曰：「吾聞人多<u>矣</u>，罕有如是東國人，他日中國失禪之時，將問之東夷焉。」（《祖堂集·嵩嚴山聖住寺故兩朝國師》）

（374）尚於山舍假寐如夢，見吾身與六祖同乘一龜，游泳深池之內，覺而詳曰：「龜是靈智也；池，性海也。吾與師同乘靈智，遊於性海久<u>矣</u>。」（《祖堂集·石頭和尚》）

（375）僧便送本處已，再來問：「如何是本身盧舍那佛？」師云：「古佛也過去久<u>矣</u>。」（《祖堂集·鹽官和尚》）

（四）用在假設條件句的 V／VP 或 A／AP 後表達「某種條件之下的動作完成」，表「〔＋完成／實現〕〔＋決定〕」。

（376）大師既投針而久親於丈室，臨歧而回。承方外之機，則能事將備，道可行<u>矣</u>。（《祖堂集·石頭和尚》）

（377）時有僧出來對云：「饑則吃草，渴則飲水。」師云：「道則亦不教多，但卻兩字，則可行<u>矣</u>。豈不聞古人整理洞山禮興平？」（《祖堂集·禾山和尚》）

3.3.4.2 其它功能

這一時期的其它功能除了「〔＋判斷〕〔＋確定〕」、「〔＋確定〕」外，還有「〔＋結篇〕〔＋確定〕」。「〔＋結篇〕」的「矣」一般出現在整個篇章的最後。這一時期「〔＋結篇〕」功能用得不少。

（一）表「〔＋判斷〕〔＋確定〕」。例（379）的「是爲無舌土也」和「是名有舌土矣」都是判斷句，前句用「也」，後句用「矣」。

（378）師云：「待和尚觀五百眾，安則休也。」不久之間，僧眾果至五百。師乃勞心頓擺，或坐房廊，凝如株杌；或入靈洞，月十不歸，如癡似狂。三十餘祀，夜在第二第三座間。有同流私觀其身，焰爾通光，眾人僉曰：「定光佛<u>矣</u>。」（《祖堂集·福州西院和尚》）

（379）師亦不餒，是爲無舌土<u>也</u>。應實求法之人，用假名言之說，是名有舌土<u>矣</u>。然則文孝康王，以爲事師，然後定康大王即位，皆承前規奉迎，然而年當九十，不能上闕。（《祖堂集·嵩嚴山聖住寺故兩朝國師》）

這種判斷用法爲數不多，一般都由「也」或其它句式來承擔。如例（378）的「佛矣」，在《祖堂集》中一般作「佛也」。如：

（380）母氏令禮，禮已曰：「斯佛<u>也</u>。」（《祖堂集·石頭和尚》）

（381）有人舉似雪峰，雪峰云：「溈山是古佛<u>也</u>。」（《祖堂集·福州西院和尚》）

（二）單表「〔＋確定〕」。

（382）梵語阿難，此翻無染。阿者無也，難者染也。論此無染，亦分爲二。一者斷除煩惱，名爲無染。二者出離修證，名爲無

染。斷除煩惱無染是名傳教阿難，出離修證無染是名傳禪阿難<u>矣</u>。(《祖堂集・第一祖大迦葉尊者》)

（三）用在整篇的最後，表「〔＋結篇〕〔＋確定〕」。這一功能是唐朝獨有的功能。有意思的是，這樣一個「〔＋結篇〕」功能，《祖堂集》中已不乏用例。例（383）是講第一組大迦葉尊的故事，講完故事後，寫詩讚美它，就結束這位和尚的故事。並且講完故事後、詠詩之前就用「矣」來「結篇」。念完詩了，就是另外一篇的開頭。例（383），就緊接著開始「第二祖阿難尊」的故事。例（384）是詩念完了就開始講另外一篇「第二十九祖師慧可禪師」。所以本書把這一功能叫做「結篇」。

（383）第一祖大迦葉尊者，摩竭國人也。……師入滅時，當此土周
第八主孝王五年丙辰歲<u>矣</u>。淨修禪師贊曰：

偉哉迦葉，密傳佛心。

身衣一納，口海千尋。

威儀庠序，化導幽深。

未逢慈氏，且定雞岑。■（《祖堂集・第一祖大迦葉尊》）

（384）第二十八祖菩提達摩和尚，南天竺國香至大王第三太子
也。……自魏丙辰之歲遷北，迄今壬子歲，得四百一十三年
<u>矣</u>。淨修禪師贊曰：

菩提達摩，化道無爲。

九年少室，六葉宗師。

示滅熊耳，只履西歸。

梁天不薦，惠可傳衣。■（《祖堂集・第二十八祖菩提達摩和
尚》）

（385）第三十二祖弘忍和尚，即唐土五祖也。……自上元壬申歲遷
化，迄今唐保大十年壬子歲，得二百八十年<u>矣</u>。淨修禪師贊
曰：

五祖七歲，洞達言前。

石牛吐霧，木馬含煙。

身心恒寂，理事俱玄。

無情無種，千年萬年。■（《祖堂集・第三十二祖弘忍和尚》）

例（383）收入於卷一，例（384）-（385）收入於卷二，有意思的是，《祖堂集》卷一和卷二在講從第 1 祖到第 33 祖故事的時候，都用同樣的形式：在整篇的結束前詠詩，詠詩前幾乎都以「矣」殺篇。33 處中除了第 13、31 祖外，其餘 31 位始祖的篇章皆是如此。〔註44〕這種「矣」的「結篇」用法，在唐朝譯經裏也可見到。如唐玄奘譯的《大般若波羅蜜多經》有 7 處序言是以「矣」殺篇的。如《大般若經初會序》：「大般若經者，……其有大心茂器、久聞歷奉者，自致不驚不怖，爰諮爰度<u>矣</u>。」這是序言，序言的末尾就用「矣」。序言結束後，正文就開始了。第 5、8、9、10、11、14 會都同樣遵守這一形式——以「矣」煞序文。

3.4 小　結

　　本書探討「矣」的功能以及它從先秦到唐朝的演變。本書認爲「矣」的基本功能是跟變化有關，表「〔＋完成／實現〕〔＋決定〕」和「〔＋感歎〕」；不過還可以表達「〔＋判斷〕〔＋確定〕」、「〔＋結篇〕〔＋確定〕」、「〔＋確定〕」、「〔＋停頓〕」。「矣」的基本功能是每個時期都有的，而其它功能則各個時期有不同的表現。（一）春秋以前：「矣」一般都表「〔＋完成／實現〕〔＋決定〕」

〔註44〕有意思的是，這種「結篇」功能是一般出現在比較正規的場合裏頭。《祖堂集》卷二以前講的都是「祖師」，《祖堂集》卷三以後講的就是普通和尚，然後卷三以後就不遵守這一形式，整篇的最後也不一定加「矣」。加「矣」的有：（1）三平和尚嗣大顛，在漳州。……師咸通十三年壬辰歲十一月六日遷化，春秋九十二。吏部侍郎王諷製塔銘<u>矣</u>。■（卷五）（2）龍牙和尚嗣洞山，在潭州妙濟。……師出世近四十年，凡歌行偈頌，並廣行於世，此不盡彰。至龍德三年癸未歲九月十三日歸寂<u>矣</u>。■（卷八）（3）師於甲戌歲四月六日跏趺端坐，俄然順化。春秋九十六，僧夏七十六<u>矣</u>。■（卷六）（4）招提和尚嗣石頭。……至元和十五年庚子歲正月二十二日遷化，春秋八十三，僧夏六十四<u>矣</u>。■（卷四）例（1）和（2）的篇末不念詩，不過「矣」也是位於篇章的最後，緊接著開始另外一篇：例（1）結束講「石室和尚」，例（2）結束講「幽棲和尚」。不過也有很多是篇章最後也不加「矣」。如例（4）的「春秋……，僧夏……矣。」也有不加「矣」的。如：（5）「師至現慶二年丁巳歲潤正月二十三日，於建初寺終，春秋六十四，僧夏四十一。」（卷十四）（6）春秋八十四，僧夏六十五。勅諡見性大師，沙門元會撰碑文。淨修禪師贊曰：「德山朗州，剛骨無儔。尚祛祖佛，豈立證修？釋天杲日，苦海慈舟。誰攀眞躅？雪峰崖頭。■」（卷五）。

或「〔＋感歎〕」，不過也有表「〔＋停頓〕」語氣的。（二）戰國至西漢：主要功能依然是「〔＋完成／實現〕〔＋決定〕」或「〔＋感歎〕」，不過西漢以後「矣」也可表「〔＋判斷〕〔＋確定〕」或「〔＋確定〕」。（三）東漢到南北朝：「矣」有承前的作用，跟（二）同。（四）唐朝：基本功能還是表「〔＋完成／實現〕〔＋決定〕」，不過不多見。另外除了可表「〔＋判斷〕〔＋確定〕」或「〔＋確定〕」外，還有了「〔＋結篇〕〔＋確定〕」功能。

第四章 「已」

4.1 已有研究

　　「已」在傳世文獻寫作「已」形，不過先秦出土文獻就寫作「巳」，[註1]它寫作「已」是西漢以後的事情。下面還是以「已」概括它。古人曾對「已」有所論述，認爲句中「已」有「助句」功能，句末「已」有「辭」、「語詞」、「語助詞」、「助詞」、「助聲」和「語終辭」等功能，甚至通「矣」。[註2] 古

〔註1〕關於「已」、「巳」的關係，參看楊明明（2010）的《「己」「巳」「已」關係探源》一文。他說：「已」「巳」古本一字，而「已」「己」之訛混於秦簡已有之，且以其爲偏旁之字亦有因語音之演變而替換之例，如「起」「改」二字古皆從「巳」，而今從「己」。他還說：「巳」與「已」至少在漢代以前是形音相同的一個字，《說文·示部》：「祀，祀無巳也，從示巳聲。」此亦漢人祀讀若巳之明證。後來「巳」專用作「辰巳」之「巳」，而另造「已」字。從現有材料看唐代徐鉉《說文解字注箋》已分出「已」字，但後來由於刊刻等原因二字字形仍有混同。現代漢語中，這兩個字已經嚴格區分開。漢字中沒有從「已」之字，有的學者已經注意到了這個現象。

〔註2〕（一）句中「已」的功能，古人用「助句」來解釋它。《枚乘〈七發〉》：「病已，請事此言。」呂延濟注：「已，助句也。」（二）句末「已」的功能，古人用「辭」、「語詞」、「語助詞」、「助詞」、「助聲」、「語終辭」來解釋它。《禮記·檀弓下》：「生事畢而鬼事始已。」鄭玄注：「已，辭也。」《漢書·揚雄傳上》：「越不可載已。」顏師古注：「已，辭也。」《禮記·祭統》「餕其是已。」孔穎達疏：「已，語詞也。」

人的這些認識，雖然是大部分都是隨文釋義的，不過他們的觀察還是挺有見地的。尤其是「語終辭」、通「矣」等，現在研究「已」的學者都認同的功能。馬建忠（1983：347）認為「已」為「語終辭」，「蓋已、矣兩字通，合之則少異，分之則相通矣。」《馬氏文通》以後，今人對語氣詞「已」有各自不同的看法：對於「已」的來源，或認為是從動詞演變過來，或認為是跟動詞無關；對於「已」的性質，或認為是跟「矣」相同，或認為是跟「矣」有別，或認為「已」是兼具「也」「矣」功能的語氣詞。

4.1.1 「已」的來源

「已」主要有動詞、副詞、歎詞和語氣詞四種用法，其中與我們的討論相關的則是語氣詞「已」。〔註3〕位於句末的語氣詞「已」的來源，學界或認為是從「已」的動詞義演變過來的。郭錫良（1989：76）說：「語氣詞『已』是從動詞虛化而來的。」李宗江（2005：143）也認為語氣詞「已」是來源於表示「停止、結束」的動詞意義：即「停止、結束」義→「而已」義（表限止語氣）。孫錫信（1999：14）也說：「『已』本是動詞，意為『停止』『結束』，作副詞用時表示『已經』意，作語氣詞用時也帶有『完了』『結束』的意味。」

《禮記・仲尼燕居》：「事之聖人已。」孔穎達疏：「已，謂語辭。」《禮記・祭統》：「弗可得已。」孔穎達疏：「已是語辭。」《孟子・梁惠王上》：「則王之所大欲可知已。」朱熹集注：「已，語助詞。」《公孫丑上》：「是以不屑就已。」朱熹集注「已，語助詞。」《史記・太史公自序》：「強弱之原云以世。」司馬貞《索隱》：「云、已、也，皆助語之辭也。」《文選・張衡〈思玄賦〉》：「嗟孰可以為言已。」劉良注：「已，助句也。」《莊子・駢拇》「而離朱是已」成玄英疏「已，助聲也」。《漢書・宣帝紀》：「其德弗可及已。」顏師古注云：「已，語終辭。」《漢書・張良傳》：「濟北谷城山下黃石即我已。」顏師古注云：「已，語終之辭。」《史記・太史公自序》：「皆失其本已。」司馬貞《索隱》：「已者，語終之辭也。」《爾雅・釋詁上》：「卒，已也。」郝懿行《疏證》：「止、已，又皆語詞之終也。」（三）通「矣」。《說文・己部》朱駿聲《通訓定聲》：「已，假借為『矣』。」《禮記・檀弓上》：「斯已矣。」孔穎達疏：「已，猶了」。《經傳釋詞》卷一：「《書・洛誥》曰：『公定予往已。』《禮記・檀弓》曰：『生事畢而鬼事始已。』『已』為語終之詞，則與『矣』同義。」

〔註3〕歎詞，如《尚書・大誥》：「已！予惟小子。」

　　早期呂叔湘先生在《中國文法要略》中指出，「而已」的「已」是動詞，處於句末的「已」是語氣詞，兩者是無法等同的兩個詞。他說：「和『矣』字的語氣相同的還有一個『已』字。例如：雖有他樂，吾不敢請已。（左・襄二九）……這個『已』字和『而已』的『已』不同，那個『已』字是個動詞，要和『而』合成『而已』才有一個語氣詞的效用。」這一觀點也是臺灣和西方學者的普遍看法。周法高（1950：201）指出，「而已」的「已」是具有動詞作用，不過處於句末的「已」是語氣詞，跟「矣」一樣表達語氣。蒲立本（2006：151）認爲「『而已』的字面意思是『然後停下來』，表示限定；而「已」是具有「也」和「矣」的功能的。蒲立本（2006：20）還說：「『已』字的這種用法似乎源於『也矣』的合音。因此，一定要把這個『已』跟用於動詞前面、意思是『已經』的小品詞『已』區分開來，跟位於動詞性謂語後面的小品詞連用形式『而已』也要區分開來。這後兩個『已』均來自實義動詞『已』。」

4.1.2 「已」跟「矣」的功能是相同的

　　今人一般把位於句末的「已」看作「語氣詞」，而把它的功能基本鎖定在與「矣」相同這一點上。如王力、呂叔湘、何樂士、陳永正、張世超、孫錫信等先生皆是如此。《王力古漢語字典》說，「已」作語氣詞，略等於「矣」。呂叔湘（1982：271）說：「和『矣』字的語氣相同的還有一個『已』字。」何樂士等（1985：689）說：「『已』字用在句末，表示對所述事實的確信不疑。可譯爲『了』。」陳永正（1992：565）、張世超等（1996：3475）認爲春秋戰國時期的出土文獻所見句末語氣詞「已」，相當於「矣」。孫錫信（1999：14）云：「用『已』往往表示某種情況發生了變化或者某種新情況的產生，與『矣』類似。」

　　其中還主張「已」「矣」二字同音的學者有：楊樹達、裴學海、潘允中、陳永正等先生。楊樹達（1978：359）謂：作歎詞的「已」，「古音當讀如『唉』。」陳永正（1992）進一步認爲「唉」字從「矣」得聲，與「已」同屬「之」部，主要元音爲「e」。裴學海（1954：39）說：「『已』與『矣』同音故同義」。潘允中（1982：172）云：「『矣』也作『已』，這是同音異形字。」

4.1.3 「已」跟「矣」的功能是有別的

　　「已」的語氣雖同「矣」近，但是「已」還是表達限止語氣的學者有郭錫良先生。郭錫良（1989：76）說：「『已』表示的語氣同『矣』近似，都是對事物進行描述；但是兩者不僅古音不完全相同，表示的語氣也有明顯差異。『矣』是把所說的事物當作新情況來報導，『已』則是表示所說的事物不過如此，是一種限止的語氣。」

　　周法高（1950：201）指出，語氣詞「已」是跟「矣」一樣表達語氣，不過兩者不能完全等同，「已」是「啦（了＋啊）」，「矣」是「了」。他說：「至於他們實質的差別，據我看來，『已』字所表現的是帶有一點情感的語氣，而『矣』字所表現的則為普通的直陳語氣。……『已』字有點近似白話的『啦』（『了』＋『啊』）而『矣』字則和白話的『了』相當。（周法高1950：202）」周法高（1950：195）還說，「已」和「矣」的現代方言的讀音是相同的，可是古代卻不同音。並且從它們各自的用法來看，它們還是有形式上的差別的。就像馬建忠「雖然說『已』『矣』兩字相通，可是他還承認他們『合之則少異』」一樣。

4.1.4 「已」是兼具「也」「矣」功能的

　　魏培泉先生主張「已」是兼具「也」「矣」功能的語氣詞：即「已＝也＋矣」。魏培泉（1982：380-381）說，「已、也已、已矣」等都是「也已矣」較為緊湊的形式，而「『也已矣』實際上包含了『也』和『矣』兩種功能」，並且「也」和「已」是同聲母，「已」和「矣」是同韻母，「已」是從「也」到「矣」的一個過渡音。

　　Pulleyblank（1994：340-352）也認為「已」兼具「也」和「矣」兩種功能，同時也指出「已」應是「也矣」的合音形式。李宗江（2005：143）也說，「已」的語氣詞用法是受到「也已矣」結構的影響的，因此它兼表「也」「矣」語氣。〔註4〕蒲立本（2006：132）說，句尾的「矣」是表達說話者「所言及

〔註4〕李宗江（2005：143）的原話是這麼表述的：「作為動詞，『已』本是表示『停止、結束』的意思，……繼續虛化就有了『而已』的意思，表示限止的語氣，……上文的（31）至（36）例子，其中的『已』已有限止的語氣，但虛化的程度還不高，不等同於語氣詞『也』或『矣』，還有明顯的『罷了、算了、就是了』等等的意思，

的某一動作的結束，一種新的狀況出現了（或者，如果說這句話時涉及到過去或未來，那麼這是指曾經出現過或者將要出現的一種新狀況）。」蒲立本（2006：19）還說：「表完成體的小品詞『矣』通常跟動詞性謂語一起出現，它從不出現在『也』的後面。但是，『已』（有時擴大為『也已』或『也已矣』）的確可以出現在名詞謂語後面的位置上，這個位置亦可由『也』佔據，這清楚地表明『已』綜合了『也』和『矣』的功能。」他還指出：「句末小品詞『已』顯示出一種站在說話者立場上的新的確認，而不是一種客觀上的新情況。（蒲立本 2006：134）」，「『已』並不暗含事物的具體變化，而只涉及人們對於事物認識的改變。（蒲立本 2006：19）」

　　李佐豐（2004：246-247）認為，「已」可以用在論斷句、複句句末，作用分別跟「也」和「矣」相當。

4.2 本書對「已」的認識

　　位於句末的「已」的性質，有三種可能：動詞、「而已」的「已」、語氣詞「已」。「而已」的「已」是從動詞演變過來的，這一點是學界共同的認識。但是對語氣詞「已」，或認為是從「而已」的「已」演變過來，或認為是跟「而已」的「已」無關。（見本書 4.1.1）在我們見到的十分有限的材料中，單用語氣詞「已」的功能一般都跟「而已」無關。

　　本書主張「VP／AP 已」的「已」是跟變化有關，語氣詞「已」的語法功能是表「〔＋完成／實現〕」；「NP 已」的「已」也是語氣詞，它的語法功能或是表「〔＋完成／實現〕〔＋判斷〕」，或是表「〔＋判斷〕」。其中「已」在 VP／AP 後表「〔＋完成／實現〕」是跟「矣」相同的。那麼為什麼同時存在相同功能的不同語氣詞呢？筆者認為從歷時演變的角度看，兩個不同的詞是可以表達同樣的功能的。就拿「亡」和「無」來說，這兩個詞在秦漢以前曾經共存，作否定副詞的時候它們倆可以是交叉的，不過「無」後來逐漸取代了「亡」的否

還是過濾狀態。這些句子（筆者按：例（31）-（36）包括『已、已矣、也已矣』各兩個句子）可以概括為以下的格式：『X（也）已（矣）』。（筆者按：李先生補充說，加括號的詞不是必有的）其中的 X 已是一個句子形式，『已』已經處在了一個語氣詞的語法位置上。就是在這個位置上，『已』受到前面『也』的影響而演變出了相當於『也』的語氣，受到後面『矣』的影響而演變成了相當於『矣』的語氣。」

定詞功能。根據徐丹（2005：69）統計，否定副詞「亡」和「無」在西周金文裏並存，[註5]到戰國中晚期一般用「亡」但是偶而也用「無」，西漢初的《戰國縱橫家書》就不見「亡」作否定副詞的用例了。[註6]語氣詞「已」跟「矣」的關係，也許類似於「亡」跟「無」。至於「亡」的隱退，徐丹（2005：69）說，「可能與其功能過多有關」，即「亡」既可以表達逃亡、死亡、失去、被毀滅等意義，[註7]也可以用作否定副詞。這時「無」正好也表達同樣的功能，結果讓「亡」完全退出舞臺。「已」跟「矣」的情況也有可能類似於「無」跟「亡」的情況。「已」在戰國末，除了語氣詞功能外，還承擔著動詞、副詞、「而已」功能，並且「矣」在西漢已經可以表達「判斷」功能，「已」跟「矣」已經沒有什麼功能上的差別，導致語氣詞「已」最後退出舞臺。有意思的是，「已」隱退之後，有些「已」在後代版本中還直接改成「矣」。如：

（386）吾夕（亦）無死已。（銀雀山漢墓竹簡《晏子春秋》592號簡）

（387）天下皆知美之為美也，亞已；皆知善，此其不善已。（郭店簡《老子甲》簡15，今本2章）

（388）故曰：秦必不伐楚與趙矣。有（又）不攻燕與齊矣。韓亡之後，兵出之日，非魏無攻已。（《戰國縱橫家書・朱己謂魏王章》156-157）

例（386）的「吾夕無死已」在明本《晏子・內篇雜上》第二章作「吾亦無死矣」。[註8]例（387）的「此其不善已」在帛書甲《老子》作「此不善矣」。例（388）的「非魏無攻已」在今本《戰國策》作「非魏無攻矣」。「已」通「矣」的現象，古人曾經也注意到過。如朱駿聲《說文通訓定聲》在《說文・己部》下說，「『已』，假借為『矣』」。《經傳釋詞》卷一：「《書・洛誥》曰：『公定予往已。』《禮記・檀弓》曰：『生事畢而鬼事始已。』已為語終之詞，則與『矣』同義。」

[註5] 《史牆盤》和《毛公鼎》各見2次的「亡」和1次的「無」，都作否定副詞。

[註6] 徐丹（2005：67）曾經說過「無」替代「亡」大概是公元前3世紀左右發生的。

[註7] 根據徐丹（2005：69），《戰國策》中「亡」，當逃跑講者有23例，當死亡講者有7例，當失去講者有32例，當被毀滅講者有138例，當沒有講者只有1例。

[註8] 此例取自汝鳴（2006：164-166）。

4.3　「已」功能的演變

　　語氣詞「已」主要見於戰國時期，西漢逐漸衰落，東漢後絕跡。語氣詞「已」具有在 VP／AP 後表「〔＋完成／實現〕」的功能，但在 NP 後表「〔＋判斷〕〔＋完成／實現〕」或單表「〔＋判斷〕」。並且，表「〔＋判斷〕」時兼表「〔＋確定〕」語氣；「〔＋完成／實現〕」時兼表「〔＋決定〕」語氣。「已」沒有單表「〔＋確定〕」或「〔＋決定〕」語氣的功能。

4.3.1　「已」在春秋以前

　　李宗江（2005：139）根據傳世文獻，認爲古代漢語裏的語氣詞「已」主要見於春秋晚期和戰國時代，至漢代衰落，東漢後不見。〔註9〕這一認識基本上是正確的。殷商甲骨文見若干句末的「已」，西周銅器銘文見 1 例「已」，但這些例子中的「已」是不是語氣詞還不敢肯定。語氣詞「已」，《尚書》中見 1 例，《詩經》中不見使用。春秋晚期銅器銘文中僅見若干例。可見，春秋以前的材料中語氣詞「已」是非常罕見的。

4.3.1.1　殷　商

　　據周法高（1950：198），語氣詞「已」最早見於甲骨文當中，寫作「㠯」：

　　（389）其曰徉人㠯。其曰毋叟㠯。戌雋執㠯。（《粹》1160）

例（389）中的三個「㠯」字，郭沫若、于省吾都認爲虛詞「已」，其功能相當於「矣」。〔註10〕周先生說，「已」、「㠯」在《廣韻》同屬羊己切，隸止韻喻以

〔註9〕李宗江（2005）在注①裏說「《尚書》、《易經》和《詩經》中基本不見，只有《尚書》中有一例。東漢已較少見，如《淮南子》、《新論》、《論衡》、《風俗通義》、《太平經》等書都已基本不見，除非引先秦人說話時有個別用例。」據李宗江統計，句末語氣詞「已」《尚書》1 見，《左傳》6，《易經》0，《詩經》0，《儀禮》0，《周禮》0，《論語》0，《國語》2，《老子》3，《禮記》14，《墨子》6，《孟子》8，《莊子》27，《商君書》2，《荀子》18，《韓非子》4，《晏子春秋》6，《呂氏春秋》15，《戰國策》19，《戰國縱橫家書》12，《公羊傳》1，《穀梁傳》0。

〔註10〕郭、于兩位先生意見見於周法高（1950：198-199）。周法高（1950：198）云：「郭氏釋『徉人』爲『遊屍』，謂『「遊屍」殆即猶與，猶豫。「毋叟」即毋擾。三㠯字均著於辭末，當是虛詞，即典籍中所常見之「已」若「矣」。』（《殷契萃編考釋》頁 149）于省吾曰：『郭氏謂「㠯」即『已』若『矣』，是也。釋「徉人」爲「遊屍」，失之。』（《殷契駢枝續編》頁 39）」

紐。裘錫圭（1992：106）曾經指出，「㠯」和「以」是一個字的不同書寫形式，一個是繁、一個是簡而已。周法高（1950：202）舉例證明「『已』字或作『以』」。不過周先生舉的例句是取自《戰國策・楚策》和《文選・詠懷詩》注引句，〔註11〕這都是戰國以後的材料。戰國末以後「已」和「以」是可以通用的。曹銀晶（2012）指出，漢朝「已」和「以」可以通用。證據有三：第一、《論語・雍也》「中人以上，可以語上也；中人以下，不可以語上也。」《漢書・東方朔傳》引用作：「吳王曰：何爲其然也？中人已上，可以語上也。」第二、《經典釋文》引《論語・先進》云：「吾以，鄭本作『已』。」第三、西漢時期的帛書《老子》「以」或作「已」。〔註12〕但是在金文、《詩經》都不見語氣詞「已」的情況下，甲骨文的「㠯（以）」到底能不能直接理解爲「已」，還是有待進一步研究的問題。

4.3.1.2 西周

據筆者考察，西周時期銅器銘文材料中，「已」都寫作「巳」。「巳」在金文一般用作「祀」、地支名、「終止」義、句首歎詞和語氣詞。〔註13〕西周早期《大盂鼎》有一處出現「巳」，文例爲：

> （390）我聞殷述（墜）令，唯殷邊侯、甸雪（與）殷正百辟，率肆於酉（酒），故喪師巳汝眛晨有大服。余唯即朕小學，汝勿⬛余乃辟一人，今我唯即型禀於文王正德，若文王令二三正。（《大盂鼎》）

其中「故喪師巳汝眛晨有大服」，有兩種讀法。《殷周金文集成引得》1426頁讀作「古（故）喪師巳（矣）」，把「巳」視爲語氣詞；張世超等（1996：3475頁）讀作「巳！汝眛晨有大服」，把「巳」視爲句首歎詞。筆者認爲後一種讀法合乎

〔註11〕周法高（1950：202）説：「黃雀因是以。（《楚策》）《文選・詠懷詩》注引作『因是已』。步驟馳騁廣騖，不外是以。（《史記・禮書》）《荀子・禮論》作『不外是矣』。」

〔註12〕如王弼《老子注》（《諸子集成（三）》，中華書局）的「其致之，天無以清將恐裂，地無以寧將恐發，神無以靈將恐歇，谷無以盈將恐竭，萬物無以生將恐滅，侯王無以貴高將恐蹶」當中的「以」，在西漢時期出土文獻帛書甲、帛書乙（原文參看高明（1996））寫作「已」。

〔註13〕參看張世超等編（1996：3474-5）

《大盂鼎》文例。「已」在西周金文中用爲句首歎詞是常見用法，《尙書》也有一些例子，作：「已！汝惟小子，乃服惟宏。(〈康誥〉)」，意思是「咳！你雖然是小子，你的事業宏大。」〔註14〕因此，暫時不認爲《大盂鼎》的「已」是語氣詞。

這一時期的傳世文獻中，《周易》不見語氣詞「已」，《尙書》僅見一次，〔註15〕作：

（391）公定，予往已！(《尙書·洛誥》)

對此，郭錫良（1989：76）說，用在描寫句中的句尾語氣詞，表示所說的事物不過如此，是一種限止的語氣。屈萬里（1997：137）把這句翻譯爲：「公留住吧，我要回去了。」郭錫良（1997：131）指出「于」和「往」的差別時說過：「『于』和『往』義近，都表示從甲地到乙地的行爲，『往』重在表明離開甲地要去乙地的意向，『於』重在表明從甲地到達乙地的進程。『往』一般不帶賓語，也就是不要說明到達的地點；『于』必須帶賓語，表明到達的地點。」可見，「往」和「于」有點類似於現代漢語的「走」和「去」：「去」要帶賓語，表明到達的地點；「走」不帶賓語，重點就放在「走」這個行爲。因此「往已」可以理解爲「走了」，其中「已」表變化，即「動作將然」。

4.3.1.3 春 秋

在《詩經》中，語氣詞「已」不見使用。春秋晚期銅器銘文中的文例都是「往已」，作：

（392）唯王五月，既字白期，吉日初庚，吳王光擇其吉金，玄銑白銑，以作叔姬寺籲宗彝薦鑒，用享用孝，眉壽無疆。往已，叔姬，虔敬乃後，子孫勿忘。(《吳王光鑒》)

（393）唯王正仲初吉乙巳，……王□復師擇吉金，自作龢鍾，以樂賓客，志勞尃諸侯。往已。余之客畬畬孔協，萬世之後，無疾自下，允位，同汝之利。臺孫皆永寶。(《吳王鍾》)

〔註14〕取自楊伯峻（1981：254）翻譯。

〔註15〕周法高（1950：199）也指出，「《詩經》中無語末助詞『已』字，《書經》中有一條。先秦諸書大都有語末助詞『已』字。」

例（392）是春秋晚期《吳王光鑒》的例子，見 2 次，文例相同。例（393）是戰國早期《吳王鍾》中的文例，〔註16〕也作「往已」。這一文例跟《尚書》中的文例是相同的。對例（392），張振林（1982：294）說，這裏的「已」是作句末語氣詞，把它標點為：「往已，叔姬！」陳永正（1992：575）說：「在春秋金文中，『已』開始用為句末語氣詞，當即後世的『矣』。」，把它標點為：「往已，叔姬」。張世超等（1996：3475）說：「句末語辭，典籍作『已』，亦作『矣』。吳王光鑒：『往已（已）弔（叔）姬，虔敬乃後，子孫勿忘。』」可見，陳永正、張世超等先生認為《吳王光鑒》的「已」功能相當於「矣」。〔註17〕

吳王光鑒是「蔡昭侯五年（公元前 514 年），吳王光『禮尚往來』嫁女於蔡，以續婚姻之好」時，為嫁叔姬寺籲作的銅器。〔註18〕曹兆蘭（2004：225）翻譯此篇說：「在王的五月，已近（將女兒叔姬寺籲）許嫁而字，吉期已近，吉日為五月的第一個庚日。吳王光挑選了銅和錫，來製作叔姬寺籲的宗彝薦鑒，作為祭獻、孝敬時用，長壽無疆。<u>去吧，叔姬</u>，要虔誠尊敬地侍奉你的夫君，子子孫孫都不要忘記。」曹兆蘭先生把「往已」譯成「去吧」。不過上文指出過，「往已」應該理解為「走了」。「往已，叔姬」相當於「走了，叔姬」，其中的「已」表達「變化」，即「動作將然」。

4.3.2 「已」在戰國

Harbsmeier（1989：475）指出，漢以前的材料中語氣詞「已」的使用並不均勻。〔註19〕根據本書的初步考察，傳世文獻中，單用的語氣詞「已」不多見，不到 100 例──《公羊傳》1 例，《左傳》5 例，《國語》2 例，《孟子》7 例，《墨子》6 例，《莊子》26 例，《荀子》17 例，《呂氏春秋》12 例，《老子》2 例，《管子》2 例，《晏子》5 例，《韓非子》1 例，《禮記》10 例。《論語》見

〔註16〕文例參看曾憲通（1989：120）。曾憲通稱之為「吳王鍾」。

〔註17〕張振林（1982：289）還舉出了信陽楚竹書中的一些例子。如：「一享否巳，二享憂巳」，「聞之於先王之法巳」，「……立日貢於布巳」，「……其欲，能有棄巳」，「……聞之巳」等。

〔註18〕有關吳王光鑒的情況，請看曹兆蘭（2004）。

〔註19〕Harbsmeier（1989：475）原話是這麼說的：「Modal *yi* 已 turns out to be very unevenly distributed in pre-Han literature.」

23 例語氣詞「已」，不過都是連用形式。語氣詞「已」在這一時期的出土文獻中，就寫作「巳」，數量不多，才 10 例左右，都見於戰國竹簡。戰國時期的語氣詞「已」，一般出現在 VP 和 NP 後邊，也有出現在 AP 後邊的。

4.3.2.1 「VP／AP 已」

「已」表「〔＋完成／實現〕〔＋決定〕」的句式有：「V／VP＋已」和「A／AP＋已」。其中也有用在「S1 已，S2」句式中的例句。

（一）「V／VP 已」位於句末，表「〔＋完成／實現〕〔＋決定〕」。

（394）卒哭而諱，生事畢而鬼事始已。（《禮記・檀弓》）

（395）公孫龍問於魏牟曰：「龍少學先王之道，長而明仁義之行，合同異，離堅白，然不然，可不可，困百家之知，窮眾口之辯。吾自以為至達已。」（《莊子・秋水》）〔註20〕

（396）吾生也有涯，而知也無涯。以有涯隨無涯，殆已！（《莊子・養生主》）〔註21〕

（397）使者還反，審之。復來求之，則不得已。（《莊子・讓王》）

（398）昔者容成氏、大庭氏、伯皇氏、中央氏、栗陸氏、驪畜氏、軒轅氏、赫胥氏、尊盧氏、祝融氏、伏犧氏、神農氏，當是時也，民結繩而用之，甘其食，美其服，樂其俗，安其居，鄰國相望，雞狗之音相聞，民至老死，而不相往來。若此之時，則至治已。（《莊子・胠篋》）〔註22〕

「已」也可用於假設條件複句的後分句，作用亦與「矣」接近，跟變化有關，表「〔＋完成／實現〕〔＋決定〕」。

（399）所以異於父，君臣不相戴也，則可已。（郭店簡《語叢三》4號簡）

〔註20〕魏培泉（1982：382）說，此例「加上既有之意」。
〔註21〕此例取自郭錫良（1989）、魏培泉（1982：381）。魏培泉（1982：381）云：「這個『已』也許是個謂詞，被『殆』修飾。」
〔註22〕周法高（1950：199）認為此句為判斷句，魏培泉（1982：381）認為「已」兼表「也」、「矣」。

（400）苟無恒心，放辟邪侈，無不爲<u>已</u>。（《孟子・梁惠王上》）〔註23〕

（401）見舞《韶箾》者，曰：「德至矣哉，大矣！如天之無不幬也，
　　　　如地之無不載也。雖甚盛德，其蔑以加於此矣，觀止矣。若
　　　　有他樂，吾不敢請<u>已</u>。」（《左傳》襄公 29 年）

（402）利則行之，害則舍之，疑則少嘗之。雖堯、舜、禹、湯復生，
　　　　弗能改<u>已</u>。（《戰國策・秦策三》）

例（402）楊伯峻（1981：254）翻譯說：「有利的事就實行，有害的事就放棄，有疑的事情就先少少試一試。縱是堯、舜、禹、湯再生，也不能更改了。」

「已」還可以用於「此 / 是 VP 已」句式。這時候功能還是相當於「矣」，可以翻譯爲「就是 / 也是……了」。

（403）孟子曰：「伯夷非其君不事，非其友不友。不立於惡人之朝，
　　　　不與惡人言；立於惡人之朝，與惡人言，如以朝衣朝冠坐於
　　　　塗炭。推惡惡之心，思與鄉人立，其冠不正，望望然去之，
　　　　若將浼焉。是故諸侯雖有善其辭命而至者，不受也。不受也
　　　　者，是亦不屑就<u>已</u>。柳下惠不羞污君，不卑小官。進不隱賢，
　　　　必以其道。遺佚而不怨，厄窮而不憫。故曰：『爾爲爾，我爲
　　　　我；雖袒裼裸裎於我側，爾焉能浼我哉！』故由由然與之偕
　　　　而不自失焉，援而止之而止。援而止之而止者，是亦不屑去
　　　　<u>已</u>。」孟子曰：「伯夷隘，柳下惠不恭。隘與不恭，君子不由
　　　　也。」（《孟子・公孫丑上》）

「已」還可用在「可 V / VP 已」句式，「已」表「〔＋完成 / 實現〕〔＋決定〕」。它也可用在「S1 已，S2」句式。下面例（404）是莊公跟曹沫的對話，「魯莊公將爲大鐘。型既成矣，曹沫入見」（簡 1）跟莊公講「昔周室之邦魯，東西七百，南北五百，非山非擇，無有不民。今邦彌小而鍾大，君其圖之。」（簡 1-2）曹沫接著舉「昔堯之享舜」等故事說服莊公。例（404）就是莊公的回答。「今天下之君子既可知己」的「知」的賓語應爲「天下之君子」。其中「可」表示動作可能實現，而「已」是表「〔＋完成 / 實現〕〔＋決定〕」的。

〔註23〕此例取自李佐豐（2004：247）、郭錫良（1989）。

（404）莊公曰：「今天下之君子既可知已，孰能併兼人哉？」（上博
簡《曹沫之陳》41、4、5 號簡）

這種「可 VP 已」，還可以用在句末。「已」表「〔＋完成／實現〕〔＋決定〕」。
例（405）的對象是「王之所大欲」。

（405）曰：「然則王之所大欲可知已。欲闢土地，朝秦、楚，莅中國
而撫四夷也。以若所爲，求若所欲，猶緣木而求魚也。」（《孟
子·梁惠王上》）

「可 VP 已」，還可以用在假設條件複句中。「已」依然跟變化有關，表「〔＋完
成／實現〕〔＋決定〕」。例（406）表「今天下之君有好仁者」的話，「雖欲無王」
但是「不可得了」，「已」表「〔＋完成／實現〕〔＋決定〕」。

（406）今天下之君有好仁者，則諸侯皆爲之驅矣；雖欲無王，不可
得已。（《孟子·離婁上》）

（二）「A／AP＋已」的「已」都跟變化有關，表「〔＋完成／實現〕〔＋決
定〕」。

（407）自姑、尤以西，聊、攝以東，其人數多已。（上博簡《景公瘧》
10 號簡）

（408）天下皆知美爲美也，惡已；皆知善，此其不善已。（郭店簡《老
子甲》15 號簡）

例（407）的「其人數多已」在《左傳》、《晏子春秋·外篇上》作「其爲人也多
矣」，《晏子春秋·內篇諫上》作「此其人民眾矣」。〔註24〕例（408）的「不善
已」在帛書甲、乙都作「不善矣」，不過今本依然作「不善已」。

4.3.2.2 「NP 已」

「NP 已」，有表判斷而且無變化的，也有表判斷而且有變化的。前者數量
比後者多。句式有：「此／是 NP 已」、「NP 是已」等。「已」可以用在「N／NP
＋已」結構中，所以學者們曾經指出「已」可以用在判斷句。部分學者據此進
一步指出「已」是兼具「也＋矣」功能的語氣詞。（見本書 4.1.4）

（一）「已」用於判斷句，句式是：「NP 已」、「此／是 NP 已」，表「〔＋判

〔註24〕此例取自劉建民（2009：18）。

斷〕〔＋確定〕」。

（409）伯禽將歸於魯。周公謂伯禽之傅曰：「汝將行，盍志而子美德
乎？」對曰：「其爲人寬、好自用、以愼。此三者，其美德已。」
周公曰：「嗚呼！以人惡爲美德乎？」（《荀子‧堯曰》）

（410）許由曰：「噫！未可知也。我爲汝言其大略。吾師乎！吾師
乎！<u>釐萬物而不爲義，澤及萬世而不爲仁，長於上古而不爲
老，覆載天地刻雕眾形而不爲巧</u>。此<u>所遊</u>已。」（《莊子‧大
宗師》）

（411）老子曰：「衛生之經，能抱一乎？能勿失乎？能無卜筮而知吉
凶乎？能止乎？能已乎？能舍諸人而求諸己乎？能翛然乎？
能侗然乎？能兒子乎？<u>兒子終日嘷而嗌不嗄，和之至也；終
日握而手不掜其德也；終日視而目不瞚，偏不在外也。行不
知所之，居不知所爲，與物委蛇，而同其波</u>。是<u>衛生之經</u>已。」
（《莊子‧庚桑楚》）

例（409）和（410）都是「此 NP 已」。例（409）的「其美德」的內容出現在
上文，即：「寬、好自用、以愼」。例（410）的「所遊」出現在上文，即畫底線
的地方。〔註25〕也有「是 NP 已」句式。例（411）的「是」指代上文。〔註26〕
這些「已」都用在判斷句，表「〔＋判斷〕〔＋確定〕」。這一「此 / 是 NP 已」
的「已」跟「此 / 是 NP 也」的「也」都表「〔＋判斷〕〔＋確定〕」。如：

（412）孟子曰：「<u>仁義忠信，樂善不倦</u>，此天爵也；<u>公卿大夫</u>，此人
爵也。」（《孟子‧告子上》）

（413）公曰：「<u>吾不能早用子，今急而求子</u>，是寡人之過也。」（《左
傳》僖公 30 年）

例（412）、（413）的「此 / 是」分別指代上文中畫底線的部分，「也」都表「〔＋
判斷〕〔＋確定〕」。

〔註25〕例（410）魏培泉（1982：381-2）翻譯說：「這就是優遊之處了」，周法高（1950：
199）認爲此句爲判斷句。

〔註26〕例（411）周法高（1950：200）認爲判斷句。

（二）「NP 已」也可兼表「〔＋判斷〕〔＋完成／實現〕」，同時表達「〔＋確定〕〔＋決定〕」語氣，但罕見，表「人們對事物認識的改變」。如：

（414）觀國之治亂臧否，至於疆易而端已見矣。<u>其候儌支繚，其竟關之政盡察，是亂國已。入其境，其田疇穢，都邑露，是貪主已</u>。觀其朝廷，則其貴者不賢；觀其官職，則其治者不能；觀其便嬖，則其信者不愨，是闇主已。（《荀子·富國》）

例（414）楊伯峻（1981：253）翻譯說：「進入國境，那田地蕪穢，都市城邑里破破爛爛，這是貪財之主哩。觀察他朝廷，那在高位的人不賢良；觀察他官吏，主管者不能任職；觀察他寵愛使喚者，那他信任的人不老實，這是昏主哩。」蒲立本（2006：19-20）理解爲：「荀子說一旦進入某國國境，便可根據邊境守衛者履行其職責的方式以及田野荒蕪與否這些表象而判斷出該國政治的好壞。與現代漢語大部分用『了』的句子情況相似，此處的『已』並不暗含事物的具體變化，而只涉及人們對於事物認識的改變。」

（三）「句子／篇章，NP 是已」。「NP 是已」用例不多，[註27] 可以理解爲「NP 就是這樣（的）」。「已」表「〔＋判斷〕〔＋確定〕」。[註28] 例（416）楊伯峻（1981：253-4）翻譯說：「所以眼睛過於明的，搞亂各種顏色，過多作出各種文采，繪畫刺繡的光亮華麗不是嗎，離朱是這種人。耳朵過於聰的，搞亂音階，濫用曲調，鍾磬琴瑟簫笙的樂聲不是嗎，師曠就是這種人。」「NP 是已」也可以指代下文，例（418）-（419）就是。

（415）《詩》其猶平門與？賤民而豫之，其用心也將何如？曰：《邦風》<u>是已</u>。民之有戚患也，上下之不和者，其用心也將何如？〔／〕<u>是已</u>。有功成者何如？曰：《頌》<u>是已</u>。（上博簡《孔子詩論》簡 4-5）

（416）是故駢於明者，亂五色，淫文章，青黃黼黻之煌煌非乎，而離朱<u>是已</u>。多於聰者，亂五聲，淫六律，金石絲竹黃鐘大呂之聲非乎，而師曠<u>是已</u>。（《莊子·駢拇》）

（417）子綦曰：「夫大塊噫氣，其名爲風。是唯無作，作則萬竅怒呺。

[註27]　《十三經》中只有 1 例，見於《禮記》。《國語》也不見。

[註28]　魏培泉（1982：382）說，「是已」相當「就是這樣了」或「就是了」。

而獨不聞之嘹乎？山林之畏佳，大木百圍之竅穴，似鼻，似
口，似耳，似逃，似圈，似臼，似窪者，似污者；激者，謞
者，叱者，吸者，叫者，譹者，宎者，咬者，前者唱於而隨
者唱喁。泠風則小和，飄風則大和，厲風濟則眾竅爲虛。而
獨不見之調調，之刁刁乎？」地籟則眾竅<u>是已</u>，人籟則比竹
<u>是已</u>。敢問天籟？（《莊子·齊物論》）〔註29〕

（418）自三代以下者<u>是已</u>：舍夫種種之民，而悅夫役役之佞；釋夫
恬淡無爲，而悅夫啍啍之意。啍啍已亂天下矣！（《莊子·胠
篋》）

（419）湯之問棘也<u>是已</u>：窮髮之北有冥海者，天池也。有魚焉，其
廣數千里，未有知其修者，其名爲鯤。有鳥焉，其名爲鵬，
背若太山，翼若垂天之雲，摶扶搖羊角而上者九萬里，絕雲
氣，負青天，然後圖南，且適南冥也。（《莊子·逍遙遊》）

魏培泉（1982：413 注 24）云：「先秦『是也』較常見，相當『就是這樣』。
不過『也』『已』的使用多少也有點兒自由，難免有通用處。」周法高（1950：
200）說：「『是已』連用，其實也是一種判斷句式。『是』字不應解作『是否』
的『是』，或『對不對』的『對』。（或者如《論語·陽貨》:『偃之言是也。』）
『是』字在這兒和『此』字相同。在上古，『是』字沒有繫詞的用法。」周說
甚確。筆者認爲「是已」跟「是也」還是有細微的差別。第一，「是也」的「是」
還有「是非」的「是」之義，不過「是已」的「是」沒有這種用法。如：「曾
子曰：吾過矣，吾過矣，夫夫是也。」（《禮記·檀弓上》）此句的「是」就當
『是非』的『是』講。第二，「是已」可以指上文內容，也可以指下文內容。
如例（415）-（417）指上文內容，例（418）和（419）指下文內容。不過「是
也」通常指上文。

4.3.3 「已」在西漢

Harbsmeier（1989：499）根據「已」在《韓非子》不見使用，認爲西漢以

〔註29〕 此例魏培泉（1982：382）說，用較完全的譯法可譯成「說到地籟，那麼眾竅就是
（地籟）了」。其中「是」複指地籟。

後《韓詩外傳》、《史記》等書的「已」已經是仿古用法。〔註30〕本書查看西漢出土文獻，「已」的使用率仍然不高，不到 10 例。傳世文獻中，《戰國策》見 23 例，《史記》見 19 例，〔註31〕用例也不多。西漢時期出土、傳世文獻材料中，「A／AP＋已」很少見，「V／VP＋已」、「N／NP＋已」的用例也不多見，它們用例都有明顯的衰落。

4.3.3.1 「VP／AP 已」

「已」表「〔＋完成／實現〕〔＋決定〕」的句式只有：「V／VP＋已」、「A／AP＋已」，沒有見「S1 已，S2」句式中的例句。這些都跟變化有關，表「〔＋完成／實現〕〔＋決定〕」。其中「A／AP＋已」的例子都是這一時期出土文獻《論語》《老子》中的例句。

（一）「VP＋已」位於句末，功能跟變化有關，表「〔＋完成／實現〕〔＋決定〕」。

（420）吾夕（亦）無死已。（銀雀山漢墓竹簡《晏子春秋》592 號簡）

（421）將欲取〔天下而爲之，吾見其弗〕得已。（帛書乙《老子》）

〔註32〕

〔註30〕Harbsmeier（1989：499）是這麼説的：「It is my impression that our modal *yi* 已 is an early colloquialism which, like the exclamation mark which one so often is tempted to use in translating *yi* 已, we are more likely to find in dialogue than in other kinds of texts. Modal *yi* 已 has tended to disappear from Literary Chinese around the time of *Han Fei Tz*. From our point of view the text of *Jan Guo Tse* draws on sources representing an earlier stage of Chinese grammar than the *Han Fei Tz*. However, there are a few archaizing examples, like those in *Han Shr Wai Juan* which must not be overlooked. Moreover, Sz-Ma Chian writes in his postface to the *Shr Ji*：（171）察其所以，皆失其本也。When we investigate the reasons for this, it is definitely all because they lost sight of what is essential.（*Shr Ji* 130, ed. Takigawa p.24.）There is no question of Sz-ma Chian quoting an earlier source here. He just occasionally uses a particle which has gone out of colloquial use by his time. Such modal *yi* 已 are, I think, best seen as archaisms.」

〔註31〕梅祖麟（1999：289）說：「《史記》約在公元前 104-前 91 年撰成，《戰國策》在西漢末由劉向（約前 77-前 6 年）編訂爲三十三篇，《漢書》的作者是班固（公元 32-92 年）。」

〔註32〕這段文字帛書乙《老子》殘缺，「〔　〕」裏的文字據帛書甲文字補上。

（422）入二寸益之即大數已。（張家山漢簡《算數》158 號簡）〔註33〕

（423）古布衣之俠，靡得而聞已。（《史記·游俠傳》）

（424）夫神農以前，吾不知已。（《史記·貨殖傳》）

（425）子曰：「起予商也！始可與言《詩》已。」（定州本《論語·八佾》）

（426）夫以衛夫人有一婢，衣敝衣，使臥席，臥席碎者麗衣，以爲夫人炊，而欲蔡母入飯中，不可得已。（張家山漢簡《秦讞書》168-169 號簡）

例（420）「吾夕無死已」在明本《晏子·內篇雜上》第二章作「吾亦無死矣。」〔註34〕例（421）「弗得已」，蘇轍說：「不可得矣」。〔註35〕例（423）楊伯峻（1981：254）譯爲：「古代平民而爲俠義之士的，不能聽到了。」例（425）「始可與言《詩》已」的「已」在今本一般作「已矣」。注疏文字中沒有對「已矣」二字甚解，可見這裏「已」在古人看來其功能跟「矣」近似的語氣詞。〔註36〕

「VP＋已」也可用於假設複句的後分句，功能跟變化有關，表「〔＋完成／實現〕〔＋決定〕」。

（427）若初欲分吳國半予我，我不受已。（《史記·越世家》）

（428）雖舜禹復生，弗能改已。（《史記·范睢傳》）

（429）雖堯舜禹湯復生，弗能改已。（《戰國策·秦策》）

（430）臣聞治之其未亂，爲之其未有也；患至而後憂之，則無及已。故願大王之早計之。（《戰國策·楚策》）

（431）彼將有德燕而輕亡宋，則齊可亡已。（《史記·蘇秦傳》）

「已」還可以用於「此／是 VP 已」句式。這時候功能還是相當於「矣」。

（432）今攻宜陽而不拔，公孫衍、樗里疾挫我於內，而公中以韓窮我於外，是無〔茷〕之日已！（《戰國策·秦策》）

〔註33〕郝慧芳（2008：505）認爲張家山漢簡的句末語氣詞「已」表示肯定。

〔註34〕此例取自汝鳴（2006：164-166）。

〔註35〕轉引自陳鼓應（1984：183）。

〔註36〕注疏內容可參看程樹德（1990：159-160）。

（433）今王收天下，必以王爲得。韓危社稷以事王，天下必重王。

然則韓義，王以天下就之，下至韓慕王以天下收之，是一世

之命制於王<u>已</u>。臣願大王深與左右群臣卒計而重謀，先事成

慮而熟圖之也。（《戰國策·趙策一》）〔註37〕

其中例（432）意爲：「沒有再立功的時日了。」例（433）意爲：「這樣一來，那麼齊國就會認爲趙國仁義，君王憑藉天下諸侯的擁護屈就齊國；處在下位的齊國一旦兇暴，君王就率領天下諸侯制止它，這就是一個時代的命運控制在君王手裏了。」〔註38〕

（二）「A／AP＋已」的「已」都跟變化有關，表「〔＋完成／實現〕〔＋決定〕」。不過例子不多見。

（434）天下皆知美爲美，惡<u>已</u>；皆知善，訾（此）不善矣。（帛書甲、

乙《老子》）

（435）如周公之材之美<u>已</u>，〔使驕且鄰，其餘無可觀〕。（定州本《論

語》簡201）

例（434）的「矣」在戰國時期郭店本《老子》作「已」，作：「此其不善已」（簡15）。這一例子也足以證明當時「已」通「矣」。例（435）的「已」在阮元本《論語》中不見，就作「如有周公之才之美，使驕且吝，其餘不足觀也已。」定州本的「已」是表達發話者對周公的主觀認識、判斷。不過這兩句有可能留下戰國時期的痕跡，也有可能是仿古用法。

4.3.3.2 「NP 已」

西漢還見「NP 已」，主要表「〔＋判斷〕〔＋確定〕」。這一時期不見「是已」，《戰國策》、《戰國縱橫家書》、《史記》都沒有用例。《淮南子》見1例，作「惠孟對曰：孔墨是已。孔丘墨翟無地而爲君，無官而爲長。」

（一）西漢的「NP 已」結構都表「〔＋判斷〕〔＋確定〕」。句式有：「N／

〔註37〕此句在帛書本作：「今王收齊，天下必以王爲義矣，齊保社稷事王，天下必重王。

然則齊義，王以天下就之。齊逆，王以天下□之，是一世之命制於王<u>也</u>。臣願王

與下吏羊（詳）計某言而竺（篤）慮之也。」（《戰國縱橫家書·蘇秦獻書趙王章》

224-226）

〔註38〕翻譯請參考《戰國策全譯》506頁，貴州人民出版社。

NP 已」、「此／是 NP 已」。

> （436）夫存韓安魏而利天下，此亦王之大時<u>已</u>。（《戰國策・魏策三》）

> （437）對曰：「王不如因以爲己善。王嘉單之善，下令曰：『寡人憂
> 民之饑也，單收而食之；寡人憂民之寒也，單解裘而衣之；
> 寡人憂勞百姓，而單亦憂之，稱寡人之意也。』單有是善而
> 王嘉之，善單之善，亦王之善<u>已</u>。」（《戰國策・齊策》）

> （438）少與之同衣，長與之同車，被王衣以聽事，眞大王之相<u>已</u>。
> 王相之，楚國之大利也。（《戰國策・楚策》）

例（436）的「大時」在《史記・魏世家》作「天時」，即「夫存韓安魏而利
天下，此亦王之天時已！」意爲「『存韓安魏而利天下』，就是王的大時。」
例（437）譯爲：「貫殊回答說：大王不如趁機把它做爲自己的善行。……田
單有這些善行，大王稱讚他，稱讚田單的善行，也就是大王的善行。」例（438）
意思是說：「年少時他與秦王同穿一件衣服，長大以後與秦王同坐一輛車，披
著秦王的衣服處理公事，他可眞是大王的相國。如果大王派他去做相國，對
楚國是非常有利的。」〔註39〕

4.3.4 東漢以後

　　根據李宗江（2005：注①），語氣詞「已」，東漢以後基本不見。〔註40〕孫
錫信（1999：14-15）說：「先秦兩漢時『矣』『已』並用，以用『矣』爲常，魏
晉六朝時『已』不多見，但直至唐代仍有人頻用『已』字，表明『已』並未完
全爲『矣』兼併，這是值得注意的現象。」不過「唐代仍有人頻用『已』字」
的例子，孫錫信（1999：43）只提《壇經》續用「也、哉、已」，而沒有舉例，
不知他的根據所在。這時候的「已」很有可能是仿古用法。《論衡》見 3 例「是
已」，文例一般是「然，是已」。即：

> （439）齊景公將伐宋，師過太山，公夢二丈人立而怒甚盛。公告晏
> 子，晏子曰：「是宋之先，湯與伊尹也。」公疑以爲泰山神。

〔註39〕例（437）-（438）周法高（1950：200）認爲是判斷句。

〔註40〕李宗江（2005：注①），說：「東漢已較少見，如《淮南子》、《新論》、《論衡》、《風
　　　　俗通義》、《太平經》等書都已基本不見，除非引先秦人說話時有個別用例。」

晏子曰：「公疑之，則嬰請言湯、伊尹之狀。湯晳以長，頤以
髯，銳上而豐下，據身而揚聲。」公曰：「<u>然，是已。</u>」「伊
尹黑而短，蓬而髯，豐上而銳下，僂身而下聲。」公曰：「<u>然，
是已。</u>今奈何？」（《論衡・死僞》）

（440）管仲曰：「國必有聖人也。」少頃，當東郭牙至。管仲曰：「此
必<u>是已</u>。」（《論衡・知實》）

不過例（439）中的「是已」是《晏子春秋》引文，《論衡》文例應屬於仿古。
即：

（441）晏子俯有間，對曰：「占夢者不識也，此非泰山之神，是宋之
先湯與伊尹也。」公疑，以爲泰山神。晏子曰：「公疑之，則
嬰請言湯伊尹之狀也。湯質晳而長，顏以髯，兌上豐下，倨
身而揚聲。」公曰：「<u>然，是已。</u>」「伊尹黑而短，蓬而髯，
豐上兌下，僂身而下聲。」公曰：「<u>然，是已。</u>今若何？」（《晏
子春秋・內篇諫上》）

4.4 小　結

　　本書認爲「已」表變化，但較早（戰國）就可以表判斷（無變化）。在表
變化這個主要功能上和「矣」一樣，在表判斷（無變化）這個功能上和「矣」
有差別。但到了西漢，「已」和「矣」的差別逐漸模糊，因此，表判斷（無變
化）的功能本應寫作「已」，《史記》中也可以寫作「矣」。至於「NP 已」表
判斷而且有變化的功能，只是「已」、「矣」表變化的功能的發展。

　　（一）春秋以前：語氣詞「已」非常罕見，而《尙書》和春秋晚期銘文
中「往已」表達「動作將然」，屬「〔＋完成／實現〕」範疇。（二）戰國：「已」
在 VP／AP 後的功能跟變化有關，表「〔＋完成／實現〕〔－決定〕」；「已」在
NP 後兼表「〔＋判斷〕〔＋完成／實現〕」和「〔＋確定〕〔＋決定〕」語氣，或
表「〔＋判斷〕〔＋確定〕」。（三）西漢：「已」開始衰落，跟前代相比，不見
「NP 已」的「已」兼表「〔＋判斷〕〔＋完成／實現〕」的功能。（四）東漢以
後：語氣詞「已」基本上絕跡。

　　那麼「NP 已」和「NP 矣」到底有什麼區別呢？本書認爲：第一，表「〔＋

判斷〕〔＋確定〕」的「NP 已」出現早（戰國）；「NP 矣」出現晚（西漢）。第二，「NP 已」表判斷而且無變化的多，也有表判斷而且有變化的，但不多；「NP矣」既有表判斷而且無變化的，也有表判斷而且有變化的，而且後者比較多。

第五章　「也已矣」 〔註1〕

5.1 問題的提出

皇侃本《論語》共見 13 例「也已矣」。即：

（a1）泰伯，其可謂至德也已矣。（《泰伯》）

（a2）周德，可謂至德也已矣。（《泰伯》）

（a3）說而不繹，從而不改，吾末如之何也已矣。（《子罕》）

（a4）何傷乎？亦各言其志也。……亦各言其志也已矣。（《先進》）

（a5）浸潤之譖，膚受之愬，不行焉，可謂明也已矣。（《顏淵》）

（a6）浸潤之譖，膚受之愬，不行焉，可謂遠也已矣。（《顏淵》）

（a7）不曰「如之何，如之何」者，吾末如之何也已矣！（《衛靈公》）

（a8）日知其所亡，月無忘其所能，可謂好學也已矣。（《子張》）

（a9）君子食無求飽，居無求安，敏於事而慎於言，就有道而正焉，可謂好學也已矣。（《學而》）

（a10）攻乎異端，斯害也已矣。（《為政》）

〔註 1〕 本章的部分內容已刊於曹銀晶（2010）、曹銀晶（2012）。

（a11）夫子之文章，可得而聞也。夫子之言性與天道，不可得而聞<u>也已矣</u>。（《公冶長》）

（a12）如有周公之才之美，設使驕且吝，其餘不足觀<u>也已矣</u>。（《泰伯》）

（a13）四十、五十而無聞焉，斯亦不足畏<u>也已矣</u>！（《子罕》）

上舉皇侃本《論語》當中的 13 例「也已矣」，在邢昺《論語注疏》（即阮元本）僅見 8 例，即上例的（a1）至（a8）。至於例（a9）至（a13），阮元本各作「也已」、「也已」、「也」、「也已」、「也已」。為什麼有這樣的差異呢？《論語》早期的面貌究竟是怎樣的？皇侃本中的 13 例是什麼時候出現的？為什麼出現？到阮元本為什麼又剩下 8 例？為了解決這些問題，我們先來看看其在《論語》各本中的使用情況。下面按定州本、敦煌寫本、唐石經本先後次序，分別考察這 13 例「也已矣」在各本當中的使用面貌。

5.1.1 「也已矣」在西漢時期定州本《論語》中的使用情況

上文說過，定州本《論語》殘缺不全。正因為定州本《論語》有很多殘缺，所以上錄皇侃本《論語》「也已矣」連用的 13 例中，只有（a3）、（a4）、（a7）、（a10）、（a12）、（a13）六例的文字見於定州本，原文各作：

（a3-1）說而不擇，從而不改，吾無如之何<u>矣</u>。（定州本《論語·子罕》簡 238）

（a4-1）何傷？亦各言其志<u>也</u>。……〔／〕<u>也</u>。（定州本《論語·先進》簡 305-7）

（a7-1）不曰「如之何，如之何」者，吾未如之何<u>也</u>。（定州本《論語·衛靈公》簡 430）

（a10-1）功乎異端，斯害<u>也已</u>。（定州本《論語·為政》簡 21）

（a12-1）如周公之材之美已，使驕且鄰，其餘無可觀。（定州本《論語·泰伯》簡 201）

（a13-1）卅、五十而無〔／〕，此亦不足畏<u>也</u>。（定州本《論語·子罕》簡 235-6）

通過對比，我們很容易發現皇侃本作「也已矣」的部分，在定州本作「矣」、「也」、「也已」或不加任何語氣詞。不過這幾例當中，（a10-1）、（a12-1）、（a13-1）的後文殘缺不全，因此我們不能排除此三例後頭原來很可能有其它語氣詞的可能。並且不見於定州本《論語》的其餘 7 例說不定當時真的用「也已矣」來表達。但是，有一點可以肯定的是，定州本《論語》的「也已矣」比皇侃本少見很多。即最起碼有三例——即定州本中的例（a3-1）、（a4-1）、（a7-1），無疑各作「矣」、「也」和「也」，這 3 例在定州本肯定不作「也已矣」。

我們認為當時少用「也已矣」是符合當時《論語》面貌的。我們曾對定州本《論語》的語氣詞作過全面考察，它不僅沒有三個語氣詞連用的情況，就是兩個語氣詞連用的情況也很少，絕大多數是單個語氣詞。據筆者統計，定州本裏單個語氣詞使用，共有 10 種：也 263、矣 54、乎 47、焉 21、哉 12、與 16、已 2、耶 2、夫 1、者 1〔註2〕，占定州本《論語》語氣詞用例的 94% 左右；兩個語氣詞連用，共有 9 種：也與 6、也已 3、也者 1、也夫 1、乎哉 3、乎已 1、矣夫 6、矣乎 2、已矣 2，占定州本《論語》語氣詞用例的 6% 左右。

筆者認為定州本《論語》比較接近《論語》原貌，而且和戰國時代對孔子語言的記錄有繼承關係。有鑒於此，本書就戰國出土文獻的孔子言語語錄〔註3〕——上博簡中的有關孔子對答的文章，即《孔子詩論》、《子羔》、《魯邦大旱》、《民之父母》、《仲弓》、《相邦之道》、《季康子問於孔子》、《弟子問》——作為比較對象，對其進行了調查統計〔註4〕。據不完全統計，這些上博簡中，單個語氣詞共有 5 種：也 103、矣 36、乎 19、與 5、哉 2，占整個語氣詞用例的 95%

〔註2〕右邊的數字為出現的次數。下同。

〔註3〕裘燮君先生把先秦文獻分成若干類，即記事性詩體類、歌體類、記事體類、誥命誓詞體類、議論體類和史傳體類。通過分析，他認為在先秦文獻中，議論體類（尤其是其中的哲理、政論類）對語氣詞的運用最多。具體內容參見裘燮君（2000）。筆者同意裘燮君先生的觀點，即語氣詞在不同文體的文獻裏反映出來的面貌是不同的。基於這一點，筆者在本書里選擇了既屬於戰國時期出土文獻又屬於所謂「議論體類」的孔子言語語錄。

〔註4〕這些材料一般屬於楚系文字，不過我們認為當時楚系文字也部份反映齊魯文字等其它地區的語言文字特點。具體論證參看馮勝君（2004）。

左右；兩個語氣詞連用共有 4 種：也與 4、也夫 2、也乎 2、也已 1，占整個語氣詞用例的 5%左右；不見三個語氣詞連用。可見，這些上博簡的孔子語錄體當中也尚未發現「也已矣」連用的情況。

據此，我們可以認爲定州本《論語》中可能會有「也已矣」，但數量應該不是很多。既然如此，那麼皇侃本《論語》中的 13 例「也已矣」中，肯定有的是後人改動的，特別是例（a3）、（a4）、（a7）幾句中的「也已矣」，無疑是後人改動的。那麼這些「也已矣」到底始於何時〔註5〕？爲此，筆者考察了另一種新發現的《論語》文獻，即敦煌寫本《論語》。

5.1.2 「也已矣」在敦煌寫本《論語》中的使用情況

本書第一章 1.4.3.5 已經說過，敦煌寫本《論語》可分鄭玄《論語注》和何晏《集解》（即本書所謂的「敦鄭本」和「敦集本」）兩類。

下面請看皇侃本《論語》13 例「也已矣」在敦鄭本和敦集本中的使用情況。

〔註5〕在這裏我們還要考慮兩個問題。第一，定州本和皇侃本的差異是否「家派」的不同？我們覺得，這是不可能的。何晏《集解》是魏晉時比較權威的一個本子，但在敦煌抄本中「也已矣」的情況相當分歧，這肯定是傳抄過程中產生的。從魏晉到晚唐有 700 年，何晏《集解》已有這麼多改動；從西漢到梁朝也有 700 年，不可能皇侃得到的是一個從漢代傳下來未經後人改動的本子。至於阮元本所根據的唐石經，更是唐代的學者根據眾多本子確定的「標準本」，不會是一個從漢代一直流傳到唐代未經改動的本子。再進一步說，所謂不同的「家派」實際上就是在《論語》流傳過程經後人不同的改動而形成不同面貌的本子，只不過改動的時間較早，是在戰國到西漢初期。第二，定州本和皇侃本的差異既然不是「家派」的不同，而是後人的改動，那麼，《論語》這樣的著作後代是否可能改動？本書認爲這個可能性還是有的。關於《論語》的地位問題，《漢書·藝文志》把《論語》列入六藝類，排在《易》、《書》、《詩》、《禮》、《樂》、《春秋》之後；東漢熹平石經也刻入《論語》。可見，不管《論語》什麼時候入經，當時《論語》的地位是不可低估的。《論語》經過鄭玄、何晏等人，更爲權威的版本了。不過儘管如此，我們在後世的抄寫本當中（特別是唐石經以前）可以找到把字詞隨意換用的痕跡。如定州本《論語》的「問」、「民」、「禮」、「人」在敦鄭本各作「敏」、「人」、「礼」、「仁」等。（這種例子不勝枚舉。戰國出土文獻《周易》、帛書本《周易》以及敦煌寫本《周易》之間也可經常見到這樣的字詞換用現象。）敦煌發現的很多抄寫本也都存在這樣的現象。據此，我們認爲唐宋以前的《論語》抄本，通過抄寫或背誦的方式流傳下來的時候，還是部份反映了當時語言的面貌。

如：〔註6〕

〔表3〕皇侃本《論語》13例「也已矣」在敦煌寫本中的使用情況

(「－」爲該件殘缺而沒有此句)

| 例句 | 敦鄭本 | 敦　集　本 | | | | | | | | |
	伯2510	斯0800	伯2123	伯2628	伯3192	伯2620	伯3643	伯2618	伯3305	伯2699
（a1）	也已矣	也已矣	－	－	－	－	－	－	－	－
（a2）	也已矣	也已矣	－	－	－	－	－	－	－	已矣
（a3）	已矣	－	－	－	－	－	－	－	也已矣	－
（a4）	－	－	－	－	也	也已矣	－	－	－	－
（a5）	－	－	－	－	已矣	矣	－	－	－	－
（a6）	－	－	－	－	也已矣	矣	－	－	－	－
（a7）	－	－	也已矣	－	－	－	－	－	－	－
（a8）	－	－	－	也已矣	－	－	－	－	－	－
（a9）	－	－	－	－	－	－	－	也已矣	－	－
（a10）	－	－	－	－	－	－	－	也已	－	－
（a11）	－	－	－	－	－	－	也	－	－	－
（a12）	也已	也已矣	－	－	－	－	－	－	－	也已
（a13）	也已	－	－	－	－	－	－	－	也已矣	－

　　由〔表3〕可以看出，上述皇侃本13例「也已矣」在敦煌寫本裏作「也」、「矣」、「也已」、「已矣」、「也已矣」。這裏有兩點值得注意：（一）可能在東漢末的鄭注本中至少已出現兩處「也已矣」。其它材料也可以說明這種可能性是較大的。如《漢書‧地理志》引《泰伯》云：「孔子美而稱曰：太伯可謂至德也已矣。」另外，除了《論語》，東漢其它文獻還有3處作「也已矣」。馬融《忠經詳解‧廣至理》：「古者聖人以天下之耳目爲視聽，天下之心爲心，端旒而自化，居成而不有，斯可謂致理也已矣。」荀悅《申鑒‧俗嫌》：「誕哉！末之也已矣！」等。（二）可能在魏晉的何晏《集解》中也出現「也已矣」。有兩處引文也可以證明這一點。如《後漢紀‧孝和皇帝紀》云：「孔子曰：太伯其可謂至德也已矣。」孫盛《周太伯三讓論》云：「孔子曰：太伯其可謂至德也已矣。」

〔註6〕敦煌文獻的發現和盜掘情況比較複雜，具體內容參看王素（2002）。

5.1.3 「也已矣」在唐石經《論語》以後的使用情況

唐石經的 13 例用法，跟阮元本完全一致。即例（a1）至（a8）兩者都用「也已矣」；例（a9）、（a10）、（a12）、（a13）兩者都用「也已」；例（a11）兩者都用「也」。這一點很有意思。請看下表：

〔表 4〕阮元本《論語》13 例「也已矣」在宋朝以後注疏本中的使用情況

例句	宋		明		清		
	蔡 節 論語集說	陳祥道 論語全解	郝 敬 論語詳解	劉宗周 論語學案	陳 鱣 論語古訓	戴望注 論 語	劉寶楠 論語正義
（a1）	也已矣	也已矣	也已矣	也已矣	也已矣	也已矣	也已矣
（a2）	也已矣	也已矣	也已矣	也已矣	也已矣	也已矣	也已矣
（a3）	也已矣	也已矣	也已	也已矣	也已矣	也已矣	也已矣
（a4）	也已矣	也已矣	也已矣	也已矣	也已矣	也已矣	也已矣
（a5）	也已矣	也已矣	也已矣	也已矣	也已矣	也已矣	也已矣
（a6）	也已矣	也已矣	也已矣	也已矣	也已矣	也已矣	也已矣
（a7）	也已矣	也已矣	也已矣	也已矣	也已矣	也已矣	也已矣
（a8）	也已矣	也已矣	也已矣	也已矣	也已矣	也已矣	也已矣
（a9）	也已	也已	也已	也已	也已	也已	也已
（a10）	也已	也已	也已	也已	也已	也已	也已
（a11）	也	也	也	也	也	也已矣	也
（a12）	也已	也已	也已	也已	也已	也已	也已
（a13）	也已	也已	也已	也已	也已	也已	也已

本書「第一章 1.4.3.5」說過，阮元本的來源可以追溯到宋朝。通過阮元本《論語》「也已矣」在承襲唐石經這一事實，我們可以知道唐石經的刊刻完成對當時經籍起到了強有力的規範作用，使經籍文字混亂的情況得到了控制。此時，宋朝印刷術的發達，又使得其內容得到廣泛推廣。宋朝以後《論語》注釋本也正好可以證明此點。根據現有的傳世文獻材料，宋朝以後的《論語》各種注疏本語氣詞使用情況基本上跟唐石經一致。

5.1.4 小　結

綜上，從現有的材料看，我們推斷定州本《論語》寫本有可能存在「也已矣」，但數量不多，而在東漢末的鄭注本中出現兩處「也已矣」。「也已矣」在魏晉南北朝時期增多，皇侃本《論語》出現 13 例。到唐石經就和阮元本完全一致，

都是 8 例。由於唐朝石經本的刊刻和宋朝印刷術的發達，影響到了阮元本《論語》所據宋十行本及宋朝以後的《論語》版本，使得宋以後的《論語》「也已矣」使用情況基本上與唐石經一致。

〔表 5〕《論語》所見 13 例「也已矣」在各個時代的使用情況

（「-」表該寫本殘缺而沒有此句、「〔／〕」表後文殘缺不全）

例句	西漢	東漢	魏晉	南北朝	唐	宋以後	阮元本
	定州本	敦鄭本	敦集本	皇侃本	唐石經	注疏本	
（a1）	－	也已矣	也已矣 2	也已矣	也已矣	也已矣 7	也已矣
（a2）	－	也已矣	已矣 1 也已矣 2	也已矣	也已矣	也已矣 7	也已矣
（a3）	矣	已矣	已矣 1 也已矣 1	也已矣	也已矣	也已矣 6 也已 1	也已矣
（a4）	也	－	也 1 也已矣 1	也已矣	也已矣	也已矣 7	也已矣
（a5）	－	－	已矣 1 矣 1	也已矣	也已矣	也已矣 7	也已矣
（a6）	－	－	也已矣 1 矣 1	也已矣	也已矣	也已矣 7	也已矣
（a7）	也	－	也已矣 1	也已矣	也已矣	也已矣 7	也已矣
（a8）	－	－	也已矣 1	也已矣	也已矣	也已矣 7	也已矣
（a9）	－	－	也已矣 1	也已矣	也已	也已 7	也已
（a10）	也已〔／〕	－	也已 1	也已矣	也已	也已 7	也已
（a11）	－	－	也 1	也已矣	也	也 6 也已矣 1	也
（a12）	無三字 〔／〕	也已	也已 2 也已矣 1	也已矣	也已	也已 7	也已
（a13）	也〔／〕	也已	也已 1 也已矣 1	也已矣	也已	也已 7	也已

至於皇侃本中爲什麼有 13 例「也已矣」？這個 13 例，到了唐石經爲什麼又是 8 例？「也已矣」到底表達什麼語氣？等等，下文接著討論。

5.2 已有研究成果

魏培泉（1982：380）說：「『也已矣』中的『已』決不能是實義詞，因爲『已』總連在助詞『也』後，和『而已矣』的『已』不能混同。」Pulleyblank（1994）、

蒲立本（2006）都認爲「也已矣」是「也已」的擴展形式。

至於「也已矣」連用表達什麼語氣，宋以後學者有三種不同的理解。一是認爲在「而已」意義上添加餘聲「矣」的。如《論語》「子曰：亦各言其志也已矣。」邢昺疏云：「言三子亦各言其所志而已，無他別是非也。」元盧以緯《助語辭》：「『而已』、『也已』則語義截然；有『矣』字又帶餘聲。」二是認爲「也」上添加「已矣」的。如袁仁林《虛字說》：「『也已矣』三合聲。『也』字稍稍勒住，交入『已矣』二字，止息明瞭，意盡無餘。」三是似乎把「也已矣」當作表達感歎語氣的。如劉淇《助字辨略》：「《論語》『周之德，其可謂至德也已矣。』凡語已辭，詠歎深至，則辭氣闡緩而長，故重疊言之也。」

今人楊伯峻（1965：18）還是主張單一語氣，認爲「也已矣」是加強「也」的肯定語氣的，而把它翻譯成現代漢語的「罷了」。馬建忠（1983：377-9）說《論語》中「其可謂至德也已矣」的「也已矣」，「也」貼「至德」，而「已矣」兩字，「重言以決其事之已定而無可少疑也，是則仍謂之雙合助字可也。」郭錫良（1989）還是主張單功能，認爲「也已矣」的「也」表肯定語氣，「已」表限止語氣，「矣」表報導新情況的語氣，也就是說把某一事實當作肯定的、止於此的新情況報導出來。

5.3 「也已矣」功能的演變

「也已矣」連用，先秦出土文獻以及張家山漢簡、帛書本《老子》、定州本《論語》都不見使用，而見於敦鄭本、敦集本《論語》當中，已見上文。就傳世文獻來看，「也已矣」唐宋以前共見 26 例。其中排除皇侃《論語義疏》所見《論語》原文 13 例的話，共有 13 例「也已矣」。其中包括他書引用的《論語》原文 5 例和其它 8 例。下面請看具體例子及其分析。

5.3.1 「也已矣」在先秦

《論語》以外，「也已矣」在傳世文獻僅見 2 例。〔註7〕即：

（442）君子曰：「此亦妄人也已矣。」（《孟子・離婁下》）

（443）子言之曰：「後世雖有作者，虞帝弗可及也已矣。」（《禮記・

〔註 7〕這兩例也許是反映先秦時期的面貌，也許是後人改動後的面貌。

表記》)

蒲立本（2006：20）指出，「已」不是暗含事物的具體變化，而只涉及人們對於事物認識的改變。然後舉例（442），把它翻譯成「The gentleman will say, I now realize that this is in deed awild, reckless fellow.」進一步說：「這句話的上下文是：遭受他人粗暴對待的君子（即有修養情操的人）會首先反省自己的行為是否失當，如果君子如此自責修養而所受無禮對待仍不停止，君子將不得不得出這樣的結論，即那個人不過是禽獸而已，他不回報並不說明自己有什麼不對。在這裏，由『已』標明的『狀態的變化』（在英語譯文中我用短語 I now realize that〔我現在認識到〕來體現）並不是說作為名詞謂語的主語的那個人有什麼實際的變化，而是說話者的態度有了改變。」他是主張「也已矣」是「已」的擴展形式的學者，不過翻譯例（442）的「已」時還是用「而已」來翻譯，這是不夠精密的部分。但是，他指出的「已」表「說話者的態度有了改變」這是很對的。本書第四章也提到過「NP 已」就可以表達「人們對事物認識的改變」。例（442）的「也」是語氣詞，「也」表「〔＋判斷〕」；「已」用在「妄人也」後，表君子對這人看法的改變，這時「妄人」一直是「妄人」，只不過改變了君子對他的看法而已，因此「已」兼表「〔＋判斷〕〔＋完成／實現〕」；這句是假設條件句，此句的意思是說：「有人在這裏，總是『橫逆』君子，如果君子多次省察了自己，這人還是『橫逆』君子的話，此人是妄人了。」可見「矣」表示「某種條件之下的完成／實現」，表「〔＋完成／實現〕」。可見，「已」是介於「也」和「矣」之間的。例（443）的「也」用在 VP 後邊，表示「〔＋確定〕」語氣；「已」在VP 是表達「〔＋完成／實現〕」的；這句是假設條件句，「矣」也表達「〔＋完成／實現〕」。（上述「〔＋判斷〕」兼表「〔＋確定〕」語氣，「〔＋完成／實現〕」兼表「〔＋決定〕」語氣。下同。）

　　綜上，例（442）的「NP 也已矣」是表「〔＋判斷〕〔＋完成／實現〕」，中間的「已」是介於兩者之間的。例（443）的「VP 也已矣」是表「〔＋確定〕〔＋完成／實現〕」，但是這裏的「已」是跟「矣」一樣只表「〔＋完成／實現〕」，「已」和「矣」功能是重疊的。即：

```
NP  ＋   也        已            矣
    判斷  判斷＋完成／實現  完成／實現  ＝〔＋判斷〕〔＋完成／實現〕
```

VP ＋ 也 已 矣

　　　　確定　　完成／實現　　完成／實現 ＝〔＋確定〕〔＋完成／實現〕

5.3.2 「也已矣」在東漢

　　東漢「也已矣」，共見 5 例，排除《論語》引文一處的話，共有 4 處，且都用在 VP 後邊。即：

（444）學以治之，思以精之，朋友以磨之，名譽以崇之，不倦以終之，可謂好學<u>也已矣</u>。（揚雄《法言》）

（445）古者聖人以天下之耳目爲視聽，天下之心爲心，端旒而自化，居成而不有，斯可謂致理<u>也已矣</u>。（馬融《忠經詳解・廣至理》）

（446）先遇明，後遭險，君之易移<u>也已矣</u>。（袁康《越絕書》第十四）

（447）或問神仙之術曰：「誕哉！末之<u>也已矣</u>！」（荀悅《申鑒・俗嫌》）

東漢對「也已矣」的理解，是繼承前代功能的：在 5.3.1 分析的那樣，「NP 也已矣」和「VP 也已矣」的「也」不管是表「〔＋判斷〕」還是表「〔＋確定〕」，「已矣」都是「〔＋完成／實現〕」，因此可以看作「也＋已矣」。但是本書第四章指出過，「已」到東漢以後就絕跡了。東漢以後的「也已矣」，也許在人們意識當中是比較古老的表達方式。不過本書認爲「也已矣」在魏晉南北朝以後才算是眞正的仿古，東漢還是有它的發展。因爲魏晉以後的句子基本上都是模仿《論語》例句，但是東漢出現的上述 4 例，除了例（444）的「可謂好學也已矣」跟《論語》相同外，其它 3 例還是都有獨創性的。東漢的「也已矣」還可以分析爲「也＋已＋矣」，即「也」表「〔＋確定〕」，「已」表「〔＋完成／實現〕」，「矣」表「〔＋感歎〕」。這樣我們可以知道，這一時期的「也已矣」有如下三種用法。

（甲）NP ＋也已矣＝〔＋判斷〕〔＋完成／實現〕　　　　　→ 也＋已矣

（乙）VP ＋也已矣＝〔＋確定〕〔＋完成／實現〕　　　　　→ 也＋已矣

（丙）VP ＋也已矣＝〔＋確定〕〔＋完成／實現〕〔＋感歎〕→ 也＋已＋矣

例（444）（445）（447）是「VP 也已矣」，屬於（乙）或（丙）。例（446）是

「主之謂＋也」作謂語，是「NP 也已矣」結構，屬於（甲）。

那麼，爲什麼「也已矣」可以表示「〔＋感歎〕」了呢？本書認爲這是跟「也＋已矣」有關。「也＋已矣」中的「已矣」既然是兩個相同成分的迭用，根據語言的像似性原則，迭用兩個成分的應該比只用一個成分的表達更強烈的語氣，所以後來也逐漸用來表感歎。

5.3.3 「也已矣」在魏晉至隋朝

魏晉南北朝，共見 3 處「也已矣」，都是《論語》引文。即：

（448）孔子曰：「太伯其可謂至德也已矣。」（《後漢紀·孝和皇帝紀》引《泰伯》）

（449）孔子曰：「太伯其可謂至德也已矣。」（孫盛《周太伯三讓論》引《泰伯》）

（450）周之德，其可謂至德也已矣。（沈麟士《沈氏述祖德碑》引《泰伯》）

可見，這一時期的「也已矣」，功能上已經沒有什麼發展了。上舉（448）-（450）都是「VP＋也已矣」，因此都屬於（乙）或（丙）。

隋朝，共見 3 處「也已矣」。其中兩處爲《論語》引文，作「吾末如之何也已矣」。其餘一例是：

（451）猶六經皆有所失，未之深也已矣。（王劭《述佛志》）

例（451）是「VP＋也已矣」或屬於（乙）或屬於（丙）。

5.3.4 「也已矣」在唐以後

有意思的是，唐以後的「也已矣」連用，在著書原文和注文裏都常見使用。如：

（452）人而不爲，吾末如之何也已矣！（裴休《大方廣圓覺修多羅了義經略疏序》）

（453）嗚呼，創業垂統之君，規模若是，亦可謂遠也已矣！（《宋史》卷三）

（454）其可知也者，皆可知也。其不可知也者，則不可知也已矣！

（劉敞《公是先生弟子記》）

（455）盧侯以心感神，以身律人，<u>可謂善政也已矣</u>！（唐喬琳《巴州化成縣新移文宣王廟頌並序》）

（456）公之德，必將大其名<u>也已矣</u>！（李太白《故翰林學士李君墓誌》）

（457）嗚呼！三公皆不處此地，……小子所不能知<u>也已矣</u>！（李舟《獨孤常州集序》）

這種情況大致可以分爲兩種。第一、直接引用。作者表達自己所求之意時，一般都取《論語》、《孟子》等書的一段文字來表達。例（452）、（453）屬之。〔註8〕第二、仿照格式。作者有時仿照《論語》、《孟子》等書的句子格式來表達所求之意，多少帶點仿古的色彩。例（454）至（457）屬之。例（454）是仿照《論語》的「亦各言其志<u>也</u>。……亦各言其志<u>也已矣</u>。」格式的。值得注意的是，唐宋以後的「也已矣」，多數用在感歎句中，表達感歎語氣。如例（452）至（457）皆是。這種感歎語氣，甚至還可以添加感歎語氣詞「乎」來加強它的語氣。如韓愈《送齊暤下第》：「非百年必世，不可得而化也。非知命不惑，不可得而改<u>也已矣乎</u>！」

例（452）和（457）都是「VP也已矣」，按道理來講，是可以分析爲（乙）或（丙）的。但是從唐朝的「也已矣」多表達感歎語氣這一點來看，似乎只能分析爲（丙）。因此本書認爲例（452）至（457）是表「〔＋確定〕〔＋完成／實現〕〔＋強調／感歎〕」。

5.3.5 小　結

綜上，根據現有材料，「也已矣」連用可以有如下結合形式：

（1）東漢以前：（甲）「NP＋也已矣」，表示「〔＋判斷〕〔＋完成／實現〕」

（乙）「VP＋也已矣」，表示「〔＋確定〕〔＋完成／實現〕」

〔註8〕這種傾向在清人白話小說裏表現得更清楚。如：文康《兒女英雄傳》第39回：「安老爺道：『……你大家不信這話，只從「<u>亦各言其志也已矣</u>」。』李綠園《歧路燈》第79回：「張類村笑道：『休說唱外，就是唱「末」，如今也成了「<u>吾末如之何也已矣</u>」。』」

（2）東漢以後：（甲）「NP＋也已矣」，表示「〔＋判斷〕〔＋完成／實現〕」

（乙）「VP＋也已矣」，表示「〔＋確定〕〔＋完成／實現〕」

（丙）「VP＋也已矣」，表示「〔＋確定〕〔＋完成／實現〕〔＋感歎〕」

（3）唐以後：（丙）「VP＋也已矣」，表示「〔＋確定〕〔＋完成／實現〕〔＋感歎〕」

5.4 《論語》中的「也已矣」連用表達的功能

上文論證過，唐宋以前的「也已矣」可以分析爲「也＋已矣」或「也＋已＋矣」，前者不表「〔＋感歎〕」，後者表「〔＋感歎〕」。這些語氣也反映在唐宋以前的《論語》寫本當中。即敦鄭本、敦集本的「也已矣」都可以分析爲「也＋已矣」或「也＋已＋矣」。

5.4.1 敦鄭本《論語》「也已矣」表達的功能

不過我們傾向於認爲敦鄭本的「也已矣」是表感歎。這是因爲敦鄭本出現的兩例都作：「可謂至德也已矣」。而例（a1）（此節所舉到的《論語》例句的原文請看5.1，下同）在敦鄭本《論語》鄭注云：「三讓之德，莫大於此。」例（a2）在敦鄭本《論語》鄭注云：「周王之德，乃能以多事寡，故可謂至德。」「泰伯」、「周之德」皆爲孔子美之，故鄭注本這兩句「可謂至德也已矣」都表讚譽。這種表達讚譽的句子的語氣比較強烈，因此可以說此兩句在表「〔＋確定〕〔＋完成／實現〕〔＋感歎〕」，可分析爲「也＋已＋矣」。

5.4.2 皇侃本《論語》「也已矣」表達的功能

南北朝時期的皇侃本《論語》13 例也是如此，它們同樣可以分析爲不表「〔＋感歎〕」的「也＋已矣」和表「〔＋感歎〕」的「也＋已＋矣」。我們認爲《論語》中的例（a1）、（a2）、（a10）是可分析爲「也＋已＋矣」，這是因爲皇侃解說「也已矣」強調語氣時，用「深遠」、「極」、「深」等詞來表達。如例（a1）皇疏云：「泰伯有讓德深遠，雖聖不能加，故云其可謂至德也已矣。」例（a2）皇疏云：「雖聖德之盛，猶服事惡逆之君，故可謂爲德之至極者也。」例（a10）皇疏云：「言人若不學六籍正典而雜學於諸子百家，此則爲害之深。」這種解說在跟我們說明，皇侃對例（a1）、（a2）、（a10）的認識就是「也＋已＋矣」。其餘例子，皇侃一般只用假設條件複句這一形式。如例（a5）、（a6）

皇疏云：「言若使二事不行，非唯是明，亦是高遠之德也。」例（a7）皇疏云：「雖聖人，亦無如之何也，故云吾末如之何也已矣。」例（a8）皇疏云：「能如上事，故可謂好學者也。」例（12）皇疏云：「言人假令有才能如周公旦之美，而用行驕吝，則所餘如周公之才伎者，亦不足復可觀者，以驕沒才也。」例（a13）皇疏云：「若年四十五十而無聲譽聞達於世者，則此人亦不足可畏也。」上舉例子前邊都加「雖」、「若」、「如」、「假令」等詞，表示在這種條件之下會實現上舉的 VP，即可分析為「也＋已矣」，表〔＋確定〕〔＋完成／實現〕。

5.4.3 唐石經《論語》「也已矣」表達的功能

皇侃本的 13 例「也已矣」，唐石經以後的《論語》中只保留了 8 句，為什麼會有這樣的變化呢？這是因為，如上文所說，在唐代「也已矣」基本上都是「也＋已＋矣」（表〔＋感歎〕），按照唐人對《論語》的語感，他們把不表〔＋感歎〕的（a9）-（a13）的「矣」去掉，只用「也已」或「也」來表達語氣。而（a1）-（a8），有的句子顯然是表〔＋感歎〕的（如（a1）、（a2）），有的句子在皇侃看來是不表〔＋感歎〕（如（a5）-（a8）），但看作表〔＋感歎〕的也可以，所以「也已矣」保留了下來。〔註9〕

那麼，「也已矣」為什麼在魏晉南北朝時期是不表〔＋感歎〕和表〔＋感歎〕均可，而到了唐代基本上都表〔＋感歎〕了呢？我們認為這是跟語言的經濟原則有關。不表〔＋感歎〕的「也＋已矣」中的「已矣」都表達〔＋完成／實現〕，是兩個相同成分的迭用。這樣「也＋已矣」中的「矣」實際上是冗餘的，「也＋已矣」的功能和「也已」一樣。根據語言的經濟原則，語言中沒有必要保留一種冗餘的格式，所以刪除「矣」；而表〔＋感歎〕的「也＋已＋矣」有沒有「矣」就不一樣，所以保留下來。因此，唐以後的「也已矣」基本上表示〔＋感歎〕。

5.4.4 「也已矣」在皇侃本和唐石經有使用差異的原因

至於皇侃本中為什麼有 13 例「也已矣」，我們認為，有的可能原來就有

〔註 9〕當然，人們對語氣強弱的感受往往有較大的主觀性，例（10）「攻乎異端，斯害也已」其實語氣很強，邢昺也注云：「人若不學正經善道，而治乎異端之書，斯則為害之深也。」不過唐石經還是去掉了「矣」。

（如例（a1）、（a2）），有的是在《論語》的流傳過程中後人改動的。皇侃本是根據當時傳抄的情況而收錄 13 個「也已矣」結尾的句子的。那麼後人根據什麼來增損？本書認為，他們在讀先秦的文獻時會有自己的理解（他們對先秦語言的「語感」），有時他們還會用先秦的語言形式寫作（比如仍用「也已矣」），根據的就是這種語感。到今天，我們可以根據六朝人或唐人寫的古文中的「也已矣」，來判斷他們對先秦語言的「語感」。大體上，他們根據自己對古代文獻的語感，覺得這句表達「〔＋完成／實現〕」的話，在「也」上加「已矣」；覺得這句表達「〔＋感歎〕」的話，在「也已」上加「矣」。或者，他們覺得在表示「〔＋感歎〕」的句子末尾應該有「也已矣」（這在鄭注本的兩個「也已矣」的句子中表現得最明顯），因此，把一些原來句末只有兩個、一個，甚至沒有語氣詞的句子，改為由「也已矣」結尾。不過，對這種語氣的認定會有較大的主觀性，各人的感覺可能不同，照皇侃本人的理解，其中很多句子並不表示強調或感歎；而在唐人看來，其中的（a1）-（a8）表示強調或感歎，（a9）-（a13）不表示強調或感歎。（a1）-（a8）的「也已矣」一直保留到如今。在《論語》中，經後人改動而一直保留至今的不止一例。最明顯的是阮元本《論語‧公冶長》中的「願車馬衣輕裘」中的「輕」，是後人誤加的。這在錢大昕《金石文跋尾》中已經論證得很充分。〔註10〕這說明即使像《論語》這樣的經典，後人也會根據自己的語感（有時候這種語感並不一定符合先秦的語言實際）加以改動，而且這種改動還可能保存至今。

5.4.5 小　結

綜上，定州本《論語》中可能有「也已矣」，但數量不多。皇侃本中的 13 例，有的是在流傳過程中增加的；唐石經中只有 8 例，是唐人改定的。皇侃本和唐石經都不是《論語》的原貌。皇侃本和唐石經增刪的依據，是六朝人和唐人對《論語》的語感。

〔註10〕此例證是蔣紹愚先生告訴我的。

附錄一　敦煌寫本《論語》寫作年代情況

區　分		收入篇	寫作年代	說　　明	參考文獻
敦鄭本	伯2510	雍也－鄉黨	晚唐	陳鐵凡先生說:「此件尾題末注『維龍紀二年二月燉煌縣』,龍紀爲唐昭宗年號,龍紀二年爲公元八八九年。」	陳鐵凡:《敦煌論語異文匯考》,《孔孟學報》1961年第1期,243頁。
敦集本	伯2123	衛靈公、季氏	唐朝	此件《敦煌遺書總目索引》原編爲2496號。李方先生說:「文中『民』字缺筆唐諱,知爲唐寫本。」	李方錄校:《敦煌〈論語集解〉校證》第663頁。(下文稱「李書」)
	伯2628	微子－堯曰	唐朝	李方先生云:「文中缺筆書『民』字,知爲唐寫本。」	李書第765頁。
	伯2687	先進、顏淵	唐朝	李方先生云:「文中『民』作『人』,又據書法,知爲唐寫本。」	李書第443頁。
	伯3194	述而、泰伯	唐朝	李方先生據卷中「治」改作「理」,定爲唐寫本。	李書第220頁。
	伯3606	先進、顏淵	唐朝	許建平先生把伯3606和散0666兩件合爲一件,說:「陳鐵凡、李方據散0666號『民』字缺筆定位唐寫本。」	許建平《敦煌經籍敘錄》第362頁,中華書局2006年。(下文稱「許書」)

伯3402	先進、顏淵	盛唐	李正宇定爲盛唐時期寫本，潘重規、許建平先生從之。〔註1〕	許書第357-8頁。
斯0800	述而、泰伯	中唐	卷末拖尾背面爲「午年正月十九日某寺出蘇油麵米麻毛等歷」，則爲蕃占時期之物，據此可知正面寫卷必早於此時。王重民先生認爲是中唐寫本。許先生從之。	許書第338頁。
伯2620	先進、顏淵	中唐一	許先生說：「寫卷『民』字缺筆，或改『人』，皆避唐太宗諱，然就寫卷的行款、字體來看，應是中唐以後的抄本。」	許書第351頁。
伯2699	述而、泰伯	中唐一	許先生說：「『民』、『治』有諱，當是中唐以後學童習書。」	許書第339頁。
伯3534	述而、泰伯	蕃占時期	末有題記「亥年四月七月孟郎郎寫記了」1行。許先生據亥年的題記，認爲此卷爲蕃占時期寫本。	許書第340頁。
伯3192	先進、顏淵	中唐或晚唐	卷末有題記「丙子年三月五日寫書了張□讀」1行，又有七言詩一首。卷背爲《社司轉帖》，中有「大中十二年四月一日社官李明振」字樣。姜亮夫先生云：「『《論語》出於丙子，考其書勢，似爲八百年時書』。按大中十年，適爲丙子，則八百年時之丙子，應爲貞元十二年，與伯氏所言甚合，確否不可必，姑附於此。」許先生說：「此說誤。貞元十二年，敦煌爲蕃占期，用地支紀年，而不用干支。池田溫、榮新江以此丙子爲宣宗大中十	許書第358-9頁。

〔註 1〕 李正宇先生云：「本件編號 P.3402，原件爲盛唐時《論語》抄本，經過多年使用，已經殘破不全，無法繼續使用，吐蕃統治時期成爲廢紙，利用背面抄抄寫寫。在原抄本卷尾餘白處有人用硬筆續寫『論語卷第六』五字。……背面《吉凶禁忌書》，筆跡與『論語卷第六』五字同，抄寫者當同爲一人，亦吐蕃統治時期（781-848）硬筆寫本。」潘重規先生說：「我在巴黎國家圖書館讀伯三四〇二號敦煌《論語集解》殘卷，正文行間夾有藏文，如『子在回何敢死』側有藏文署名；『願爲小相焉』側有藏文虎年紀年，可見這個卷子是吐蕃人的讀本。」許建平先生根據這兩點，認爲李正宇先生的盛唐寫本的說法比較可信。（參看許建平 2006）

			年（856），甚善。因卷背《社司轉帖》爲大中十二年（858）所書，正面之丙子必早於此年。」	
斯3011〔註2〕	先進－憲問	晚唐或後梁	篇題前有題記「戊寅年十一月六日僧馬永隆手寫論語一卷之耳」。關於戊寅年的確切年代的考定，有兩種說法：一爲唐宣宗大中十二年（858 年），一爲後梁末帝貞明四年（918 年）。	許書第 353-5 頁。
伯3305	子罕、鄉黨	晚唐	卷背有「咸通九年閏十一月十八日書記記事」、「咸通十年正月廿一日社司轉帖」等。	許書第 340 頁。
伯3705	述而、泰伯	中唐－	卷背有「中和二年」題字。許先生根據其書法、行款及卷尾、卷背的塗鴉，此當是學子所書，時間應在中唐以後。	許書第 339 頁。
敦白文	斯6023	泰伯、子罕	唐朝	李方先生據「民」字缺筆定爲唐寫本。	李書第 286 頁。
	伯2548	先秦、顏淵	唐朝	許先生說：「字體惡劣，小兒所書。……寫卷『治』字不諱，然『民』字缺筆，『淵』則多寫作『渊』，亦避諱缺筆字，因而李方定爲唐寫本。」	許書第 297 頁。
	伯3783	述而－鄉黨	晚唐	卷末有題記「文德元年正月十三日燉煌郡學士張圓通書」1 行。	許書第 293 頁。

〔註 2〕至於「斯 3011」寫作年代，有學者認爲是晚唐時期，有學者認爲是後梁時期。不過不管怎樣，都是唐以後的寫本。

附錄二　郭店簡《老子》與帛書本《老子》對照表^{〔註1〕}

(按簡本章序排列)

（一）甲　組

郭店簡《老子甲》	帛書乙《老子》〔註2〕
（1）絕智棄卞，民利百伓。絕攷棄利，覜惻亡又。絕爲棄慮，民復季子。三言以【甲1】爲叟不足，或命之或虖豆。視索保僕，少厶須〈寡〉欲。	（19）絕耶棄知，而民利百倍。絕仁棄義，而民復孝茲。絕巧棄利，盜賊無有。此三言*也*，以爲文未足，故令之有所屬。見素抱樸，少私而寡欲。
（2）江海所以爲百浴王，以其【甲2】能爲百浴下，是以能爲百浴王。聖人之才民前*也*，以身後之；其才民上*也*，以【甲3】言下之。其才民上*也*，民弗厚*也*；其才民前*也*，民弗害*也*。天下樂進而弗詁。【甲4】以其不靜*也*，古天下莫能與之靜。	（66）江海所以能爲百浴〔王者〕，〔以〕其〔善〕下之*也*，是以能爲百浴王。是以耶人之欲上民*也*，必以其言下之；其欲先民*也*，必以其身後之。故居上而民弗重*也*，居前而民弗害。天下皆樂誰而弗猒*也*，不以其無爭與？故□下莫能與爭。

〔註1〕郭店本釋文是筆者參考諸位學者的考釋而選取的，多少反映了筆者對郭店《老子》的理解。筆者在學期間在導師蔣紹愚先生的支持下，曾經到臺灣中央研究院語言研究所做訪問學員學習6個月（2011年3月至8月），師從魏培泉老師。其中最後兩個月的時間是跟臺大中文系梅廣老師學習《老子》。這時筆者做過「郭店《老子》集釋」工作，也聽了共9次（每一次都要花兩個小時左右）的梅廣老師對《老子》的看法。我對《老子》一書的理解，可以說是從這時候開始的。

〔註2〕括號裏的數字爲今本章序。殘缺部分，據帛書甲彌補，用「〔　〕」標示。斜字爲郭店所無，而僅見於帛書本的內容。下同。

（3）罪莫厚**虖**甚欲，咎莫僉**虖**谷得，【甲 5】化莫大**虖**不智足。智足之爲足，此恒足**矣**。	（46）（*天下有道，卻走馬以糞。天下無道，戎馬生於郊。*）罪莫大可欲，禍〔莫大於不知足，咎莫憯於欲得〕。□□□□，〔恒〕足**矣**。
（4）以衍差人宝者，不穀以兵強【甲 6】於天下。善者果而已，不以取強。果而弗發，果而弗喬，果而弗矜，是胃果而不強。其【甲 7】事好長。	（30）以道佐人主，不以兵強於天下。其□□□。（□□〔所居，楚〕棘生之。）善者果而已**矣**，毋以取強焉。果而毋驕，果而勿矜，果〔而〕□伐，果而毋得已居，是胃果而強。（*物壯而老，胃之不道，不道蚤已。*）
（5）古之善爲士者，必非溺玄達，深不可志。是以爲之頌：夜**虖**奴多涉川，猷**虖**其【甲 8】奴畏四翼，敢**虖**其奴客，**鹽虖**其奴懌，屯**虖**其奴樸，坉**虖**其奴濁。竺能濁以朿【甲 9】者，牆舍清。竺能庀以迬者，牆舍生。保此衍者，不穀尙呈。	（15）古之善爲道者，微眇玄達，深不可志。夫唯不可志，故強爲之容，曰：與呵其若多涉水，猷呵其若畏四翼，嚴呵其若客，渙呵其若淩澤，沌呵其若樸，湷呵其若濁，湹呵其若浴。濁而靜之，徐清。女以重之，徐生。葆此道□欲盈。（*是以能獘而不成。*）
（6）爲之者敗之，執之者遠【甲 10】之。是以聖人亡爲古亡敗；亡執古亡遊。臨事之紀，誓冬女忌，此亡敗事**矣**。聖人谷【甲 11】不穀，不貴難得之貨，孝不孝，遽眾之所迪。是古聖人能專萬勿之自肰，而弗【甲 12】能爲。	（64下）爲之者敗之，執者失之。是以耴人無爲〔**也**〕，□〔無敗〕□；〔無執**也**，故無失**也**。〕民之從事**也**，恒於其成而敗之。故曰：愼冬若始，則無敗事**矣**。是以耴人欲不欲，而不貴難得之貨；學不學，復眾人之所過；能輔萬物之自然，而弗敢爲。
（7）衍恒亡爲**也**，侯王能守之，而萬勿牆自爲。爲而雒复，牆貞之以亡名之樸。夫【甲 13】亦牆智，智足以朿，萬勿牆自定。	（37）道恒無名，侯王若能守之，萬物將自化。化而欲作，吾將闐之以無名之樸。闐之以無名之樸，夫將不辱。不辱以靜，天地將自正。
（8）爲亡爲，事亡事，未亡未。大，小之。多惥必多戁。是以聖人【甲 14】猷戁之，古夊亡戁。	（63）爲無爲，〔事無事，味無未。大小，多少，報怨以德。〕（*圖難乎*）□□□，□□乎其細**也**。天下之〔難作於〕易，天下之大〔作於細。是以聖人多不爲大，故能〕□□□。夫輕若□□信。）多易必多難，是以耴人〔猷難〕之，故□□□。
（9）天下皆智**散**之爲**散也**，亞已；皆智善，此亓不善已。又亡之相生**也**，【甲 15】**難惥**之相成**也**，長耑之相型**也**，高下之相涅**也**，音聖之相和**也**，先後之相隨**也**。是【甲 16】以聖人居亡爲之事，行不言之孝。萬勿隻而弗忎**也**，爲而弗志**也**，成而弗居。天唯【甲 17】弗居**也**，是以弗去**也**。	（2）天下皆知美之爲美，亞已。皆知善，斯不善**矣**。〔有無之相〕生**也**，難易之相成**也**，長短之相刑**也**，高下之相盈**也**，音聲之相和**也**，先後之相隋，恒**也**。是以耴人居無爲之事，行不言之教。萬物昔而弗始，爲而弗侍**也**，成功而弗居**也**。夫唯弗居，是以弗去。

（10）道恒亡名，僕唯妻，天地弗敢臣，侯王女能【甲18】獸之，萬勿酒自寅。天地相合<u>也</u>，以逾甘雺。民莫之命天自均安。詻折又名。名【甲19】亦既又，夫亦酒智圣，智圣所以不詻。卑道之才天下<u>也</u>，獻少浴之與江海。■【甲20】	（32）道恒無名，樸唯小，而天下弗敢臣。侯王若能守之，萬物將自賓。天地相合，以俞甘洛。〔民莫之〕令，而自均焉。始制有名，名亦既有，夫亦將知止，知止所以不殆。卑〔道之〕在天下<u>也</u>，獻小浴之與江海<u>也</u>。
（11）又牆蟲城，先天地生，敓繆，蜀立不亥，可以爲天下母。未智其名，牪之曰道，虘【甲21】強爲之名曰大。大曰瀰，瀰曰遠，遠曰反。大大，地大，道大，王亦大。國中又四大安，王凥一安。人【甲22】灋地，地灋天，天灋道，道灋自肰。	（25）有物昆成，先天地生。蕭呵漻呵，獨立而不玹，可以爲天地母。吾未知其名<u>也</u>，字之曰道。吾強爲之名曰大。大曰筮，筮曰遠，遠曰反。道大，天大，地大，王亦大。國中有四大，而王居一焉。人法地，地法天，天法道，道法自然。
（12）天地之効，其獻囤籥與？虛而不屈，達而愈出。■【甲23】	（5）（*天地不仁，以萬物爲芻狗。聖人不仁，以百姓爲芻狗。*）天地之間，其獻橐籥興？虛而不淈，勭而俞出。（*多言數窮，不若守於中。*）
（13）至虛，恒<u>也</u>；獸中，篤<u>也</u>。萬勿方作，居以須<u>復也</u>。天道員員，各復其堇。■【甲24】	（16）至虛極<u>也</u>，守靜督<u>也</u>。萬物旁作，吾以觀其復<u>也</u>。天物祄祄，各復歸於其根。
（14）其安<u>也</u>，易采<u>也</u>。其未菲<u>也</u>，易忽<u>也</u>。其霜<u>也</u>，易畔<u>也</u>。其幾<u>也</u>，易徙<u>也</u>。爲之於其【甲25】亡又<u>也</u>。絽之於其未亂。合□□□，□□□□，九成之臺，甲□□□。□□□□，□□【甲26】足下。	（64上）〔其安〕□□□，□□□□□□，□□□□□□，□□□□□□。□□□□□□，□□□□□□。□□□木，生於毫末。九層之臺，作於虆土。百千之高，始於足下。
（15）智之者弗言，言之者弗智。閟其逸，賽其門，和其光，迵其斳，剼其頷，解其紛，【甲27】是胃玄同。古不可得天〈而〉新，亦不可得而足；不可得利，亦不可得而害：【甲28】不可得而貴，亦可不可得而戔。古爲天下貴。	（56）知者弗言，言者弗知。塞其垸，閉其門，和其光，同其塵，銼其兑而解其紛，是胃玄同。故不可得而親<u>也</u>，亦〔不可得〕而〔疏〕；〔不可得〕而利，〔亦不可〕得而害；不可得而貴，亦不可得而賤。故爲天下貴。
（16）以正之邦，以奇甬兵，以亡事【甲29】取天下。虘可以智其肰<u>也</u>。夫天多期韋，而民爾畔。民多利器，而邦慈昏。人多【甲30】智天〈而〉奇勿慈记。灋勿慈章，規惻多又。是以聖人之言曰：我無事而民自稟。【甲31】我亡爲而民自盇。我好青而民自正。我谷不穀而民自樸。■【甲32】	（57）以正之國，以畸用兵，以無事取天下。吾何以知其然<u>也</u>才？夫天下多忌諱，而民彌貧。民多利器，〔而邦家茲〕昏。□□□□，〔而何物茲〕□。□物茲章，而盜賊□□。是以□人之言曰：我無爲而民自化，我好靜而民自正，我無事而民自富，我欲不欲而民自樸。

（17）酓㥽之㲋者，比於赤子，蟲蠆=它弗蜇，攫鳥猷獸弗扣，骨溺蓳祿而捉【甲33】固。未智牝戊之合𡱝𦱰，精之至也。終日虐而不憂，和之至也，和日尙，智和日明。【甲34】賹生日羕，心使嫛日強，勿壯則老，是胃不道。	（55）含德之厚者，比於赤子。蠭（蜂）癘（蠆）蟲（虺）蛇弗赫，據鳥孟獸弗捕，骨筋弱柔而握固。未知牝牡之會而脧怒，精之至也。冬日號而不嚘，和〔之至也。〕□□□常，知常日明，益生〔日〕祥，心使氣日強。物□則老，胃之不道，不道蚤已。
（18）名與身箸新？身與貨【甲35】箸多？貴與貢箸疒？甚愛必大寶，厚贊必多貢。古智足不辱，智止不怠，可【甲36】以長舊。	（44）名與〔身孰親？身與貨孰多？得與亡孰病？甚〕□□□□，□□□□〔亡〕。〔故知足不辱，知止不殆，可以長久。〕
（19）返也者，道僮也。溺也者，道之甬也。天下之勿生於又，生於亡。	（40）反也者，道之動也。〔弱也〕者，道之用也。天下之物生於有，有□於無。
（20）枲而涅【甲37】之，不不若已。湍而群之，不可長保也。金玉涅室，莫能獸也。貴福喬，自遺咎【甲38】也。攻迖身退，天之道也。■【甲39】	（9）揢而盈之，不若其已。掬而兌之，不可長葆也。金玉〔盈〕室，莫之能守也。貴富而驕，自遺咎也。功遂身退，天之道也。

（二）乙 組

郭店簡《老子乙》	帛書乙《老子》
（1）紿人事天，莫若嗇。夫唯嗇，〔是以桌，〕是以桌備是胃□□□。□□□□□【乙1】不=克=（□不克，□不克），則莫智其恒〈亟（極）〉，莫智其恒〈亟（極）〉可以又邦。又邦之母，可以長□。□□□□□□，【乙2】長生舊視之道也。	（59）治人事天莫若嗇。夫唯嗇，是以蚤服。蚤服是胃重積□。重積□□□□□，□□□□□莫知其□。莫知其□，□□有國。有國之母，可〔以長久〕。是胃□根固氏，長生久視之道也。
（2）學者日益，爲道者日員。員之或員，以至亡爲【乙3】也，亡爲而亡不爲。	（48）爲學者日益，聞道者日雲，雲之有雲，以至於無□，□□□□□□。（取天下，恒無事，及其有事也，□足以取天□。）
（3）絕學亡惪，唯與可，相去幾可？美與亞，相去可若？【乙4】人之所畏，亦不可以不畏人。	（20）絕學無憂。唯與呵，其相去幾何？美與亞，其相去何若？人之所畏，亦不可以不畏人。（朢呵其未央才！眾人巸巸，若鄉於大牢，而春登臺。我博焉未垗，若嬰兒未咳。纍呵，怡無所歸。眾人皆又餘。我愚人之心也，湷湷呵。鬻人昭昭，我獨若閭呵。鬻人察察，我獨閩閩呵。沕呵其若海，朢呵若無所止。眾人皆有以，我獨閫以鄙。吾欲獨異於人，而貴食母。）

（4）慹辱若纓。貴大患若身。可胃慹【乙5】辱？慹爲下也。得之若纓，遊之若纓，是胃慹辱纓。□□□□□【乙6】若身？虖所以又大患者，爲虖又身。返虖亡身，或可□□□□□□【乙7】爲天下，若可以尾天下矣。愛以身爲天下，若可以迲天下矣。■【乙8】	（13）弄辱若驚，貴大患若身。何胃弄辱若驚？弄之爲下也，得之若驚，失之若驚，是胃弄辱若驚。何胃貴大患若身？吾所以有大患者，爲吾有身也。及吾無身，有何患？故貴爲身於爲天下，若可以橐天下〔矣〕；愛以身爲天下，女可以寄天下矣。
（5）上士昏道，堇能行於其中。中士昏道，若昏若亡。下士昏道，大芺之。弗大【乙9】芺不足以爲道矣。是以建言又之：明道女孛，迡道□□，□【乙10】道若退。上惪女浴，大白女辱，坓惪女不足，建惪女□，□貞女愉。大方亡禺，【乙11】大器曼成，大音祗聖（聲），天象亡坓，道……【乙12】	（41）上□□道，堇能行之。中士聞道，若存若亡。下士聞道，大笑之。弗笑□□以爲道。是以建言有之曰：明道如費，進道如退，夷道如類。上德如浴，大白如辱，廣德如不足。建德如□，質□□□，大方無禺，大器免成，大音希聲，天〈大〉象無刑，道襃無名。夫唯道，善始且善成。
（6）悶其門，賽其逸，冬身不孟。啓其逸，賽其事，冬身不棘。	（52）（天下有始，以爲天下母。既得其母，以知其子。既知其子，復守其母，沒身不殆。）塞其垸，閉其門，冬身不堇。啓其垸，齊其〔事，終身〕不棘。（見小曰明，守〔柔曰〕強。用〔其光，復歸其明，毋〕遺身央。是爲〔襲〕常。）
（7）大成若【乙13】夬，其甬不敝。大涅若中，其甬不寡。大攷若仳，大成若詘，大植【乙14】若屈。喿勳蒼，青勳然，清清爲天下定。	（45）〔大成若缺，其用不幣。大〕盈如沖，其〔用不寱。大直如詘，大〕巧如拙，〔大嬴如〕絀。趮朕寒，〔靚勝炅〕。請靚可以爲天下正。〕
（8）善建者不拔，善保者【乙15】不兌，子孫以其祭祀不乇。攸之身，其惪乃貞。攸之豪，其惪又余。攸【乙16】之向，其惪乃長。攸之邦，其惪乃奉。攸之天下□□□□。□□□【乙17】豪，以向觀向，以邦觀邦，以天下觀天下。虖可以智天□□□□【乙18】	（54）善建者□〔拔〕，□□□□□，子孫以祭祀不絕。脩之身，其德乃眞。脩之家，其德有餘。脩之鄉，其德乃長。脩之國，其德乃夆。脩之天下，其德乃博。以身觀身，以家觀〔家，以鄉觀〕國，以天下觀天下。□□□□□天下之然茲？以□。

（三）丙　組

郭店簡《老子丙》	帛書乙《老子》
（1）大上，下智又之；其即，新譽之；其既〈即〉，畏之；其即，朿之。信不足，安【丙1】又不信。猷啟其貴言也。成事述礼，而百眚曰我自肰也。	（17）太上，下知又〔之。其次，〕親譽之，其次，畏之，其下，母之。信不足，安有不信。猷呵，其貴言也。成功遂事，而百姓胃我自然。

（2）古大【丙2】道發，安有悬義。六新不和，安有孝学。邦豙緡□，安又正臣。■【丙3】	（18）故大道廢，安有仁義。知慧出，安有〔大僞〕。六親不和，安又孝茲。國家閭亂，安有貞臣。
（3）執大象，天下往。往而不害，安坪大。樂與餌，怎客止。古道□□□，【丙4】淡可其無味也。視之不足見，聖之不足聞，而不可既也。■【丙5】	（35）執大象，天下往。往而不害，安平大。樂與〔餌〕，過格止。故道之出言也，曰：『淡呵其無味也。視之不足見也。聽之不足聞也。用之不可既也』。
（4）君子居則貴左，甬兵則貴右。古曰兵者□□□□□【丙6】得已而甬之。銛纑爲上，弗散也。散之，是樂殺人。夫樂□□□【丙7】以得志於天下。古吉事上左，喪事上右。是以卞牌【丙8】軍居左，上牌軍居右，言以喪豊居之也。古殺□□，【丙9】則以悆悲位之；戰勳則以喪豊居之。■【丙10】	（31）（夫兵者也，不祥之器也，物或惡〔之，故有欲者弗居〕。）〔君子〕居則貴左，用兵則貴右。故兵者非君子之器。兵者不祥〔之〕器也，不得已而用之，銛懴爲上，勿美也。若美之，是樂殺人也。夫樂殺人，不可以得志於天下矣。是以吉事〔上左，喪事上右；〕是以偏將軍居左，而上將軍居右，言以喪禮居之也。殺〔人衆，以悲依〕立之；〔戰〕朕而以喪禮處之。
（5）爲之者敗之，執之者遊之。聖人無爲，古無敗也；無執，古□□□。【丙11】人之敗也，恒於其虗成也敗之。斩攵若詝，則無敗事喜。是以□【丙12】人欲不欲，不貴難得之貨；學不學，復眾之所逃。是以能補萬勿【丙13】之自肰，而弗敢爲。【丙14】	（64下，與甲組重複）爲之者敗之，執者失之。是以耴人無爲〔也〕，□〔無敗〕□；〔無執也，故無失也。〕民之從事也，恒於其成而敗之。故曰：慎多若始，則無敗事矣。是以耴人欲不欲，而不貴難得之貨；學不學，復眾人之所過；能輔萬物之自然，而弗敢爲。

（四）郭店簡全無，僅見於帛書本、王弼本等的內容

今本	郭店	帛書甲	帛書乙	今本	郭店	帛書甲	帛書乙
1	無	93-94	218上-218下	47	無	20-21	183下-184上
3	無	97-99	220上-221上	49	無	22-24	184下-185下
4	無	100-101	221上-221下	50	無	24-27	185下-186下
6	無	102-103	222上-222下	51	無	27-29	186下-187下
7	無	103-105	222下-223下	53	無	31-33	189上-189下
8	無	105-106	223下-224上	58	無	43-45	194上-195上
10	無	108-110	224下-225下	60	無	46-48	196上-196下
11	無	110-111	225下-226下	61	無	48-50	196下-198上
12	無	111-113	226下-227上	62	無	50-53	198上-199上
14	無	115-118	229上-230上	65	無	60-61	202上-203上
21	無	132-134	236上-237上	67	無	67-70	206上-208上
22	無	136-138	238上-238下	68	無	70-71	208上-208下

23	無	138-140	238 下-239 下	69	無	71-73	208 下-209 下
24	無	134-136	237 上-237 下	70	無	73-75	209 下-210 上
26	無	142-144	240 下-241 下	71	無	75-76	210 上-210 下
27	無	144-147	241 下-242 下	72	無	76-77	210 下-211 上
28	無	147-150	242 下-244 上	73	無	77-79	211 上-212 上
29	無	150-152	244 上-244 下	74	無	79-82	212 上-213 上
33	無	161-162	248 下-249 上	75	無	82-83	213 上-213 下
34	無	162-164	249 上-250 上	76	無	83-85	213 下-214 下
36	無	166-168	251 上-251 下	77	無	85-88	214 下-215 下
38	無	1-5	175 上-176 下	78	無	88-91	215 下-217 上
39	無	5-8	176 下-178 上	79	無	91-92	217 上-217 下
42	無	12-14	180 上-181 上	80	無	64-66	204 下-205 下
43	無	14-16	181 上-181 下	81	無	66-67	205 下-206 上

（五）郭店本跟今本和帛書本的章序（以今本章序爲主，郭店爲簡序，帛書本爲列序。）

今本	郭店	帛書甲	帛書乙	今本	郭店	帛書甲	帛書乙
1	無	93-94	218 上-218 下	42	無	12-14	180 上-181 上
2	甲 15-18	95-97	218 下-220 上	43	無	14-16	181 上-181 下
3	無	97-99	220 上-221 上	44	甲 35-37	16-17	181 下-182 上
4	無	100-101	221 上-221 下	45	乙 13-15	17-18	182 下-183 上
5	甲 23	101-102	221 下-222 上	46	甲 5-6	18-20	183 上-183 下
6	無	102-103	222 上-222 下	47	無	20-21	183 下-184 上
7	無	103-105	222 下-223 下	48	乙 3-4	21-22	184 上-184 下
8	無	105-106	223 下-224 上	49	無	22-24	184 下-185 下
9	甲 37-39	106-108	224 上-224 下	50	無	24-27	185 下-186 下
10	無	108-110	224 下-225 下	51	無	27-29	186 下-187 下
11	無	110-111	225 下-226 下	52	乙 13	29-31	187 下-189 上
12	無	111-113	226 下-227 上	53	無	31-33	189 上-189 下
13	乙 5-8	113-115	227 下-228 下	54	乙 15-18	33-35	189 下-190 下
14	無	115-118	229 上-230 上	55	甲 33-35	36-38	190 下-191 下
15	甲 8-10	118-122	230 上-231 下	56	甲 27-29	38-40	191 下-192 下
16	甲 24	122-124	231 下-232 下	57	甲 29-32	40-43	193 上-194 上
17	丙 1-2	124-125	232 下-233 上	58	無	43-45	194 上-195 上
18	丙 2-3	125-126	233 上-233 下	59	乙 1-3	45-46	195 上-196 上
19	甲 1-2	126-128	233 下-234 上	60	無	46-48	196 上-196 下
20	乙 4-5	128-132	234 上-236 上	61	無	48-50	196 下-198 上
21	無	132-134	236 上-237 上	62	無	50-53	198 上-199 上
22	無	136-138	238 上-238 下	63	甲 14-15	53-55	199 上-200 上

23	無	138-140	238 下-239 下		甲 25-27		
24	無	134-136	237 上-237 下	64	甲 10-13	55-60	200 上-202 上
					丙 11-14		
25	甲 21-23	141-142	239 下-240 下	65	無	60-61	202 上-203 上
26	無	142-144	240 下-241 下	66	甲 2-5	61-64	203 上-205 上
27	無	144-147	241 下-242 下	67	無	67-70	206 上-208 上
28	無	147-150	242 下-244 上	68	無	70-71	208 上-208 下
29	無	150-152	244 上-244 下	69	無	71-73	208 下-209 下
30	甲 6-8	152-154	245 上-245 下	70	無	73-75	209 下-210 上
31	丙 6-10	154-158	245 下-247 下	71	無	75-76	210 上-210 下
32	甲 18-20	158-161	247 下-248 下	72	無	76-77	210 下-211 上
33	無	161-162	248 下-249 上	73	無	77-79	211 上-212 上
34	無	162-164	249 上-250 上	74	無	79-82	212 上-213 上
35	丙 4-5	164-166	250 上-251 上	75	無	82-83	213 上-213 下
36	無	166-168	251 上-251 下	76	無	83-85	213 下-214 下
37	甲 13-14	168-169	251 下-252 下	77	無	85-88	214 下-215 下
38	無	1-5	175 上-176 下	78	無	88-91	215 下-217 上
39	無	5-8	176 下-178 上	79	無	91-92	217 上-217 下
40	甲 37	12	179 下	80	無	64-66	204 下-205 下
41	乙 9-12	9-12	178 下-179 下	81	無	66-67	205 下-206 上

（六）郭店本跟今本的章序

郭 店		今 本	郭 店		今 本
	簡 1-2	19 章		簡 35-37	44 章
	2-5	66	甲組	37	40
	5-6	46		37-39	9
	6-8	30		1-3	59
	8-10	15		3-4	48
	10-13	64 下		4-5	20
	13-14	37		5-8	13
	14-15	63	乙組	9-12	41
甲組	15-18	2		13	52
	18-20	32		13-15	45
	21-23	25		15-18	54
	23	5		1-2	17
	24	16		2-3	18
	25-27	64 上	丙組	4-5	35
	27-29	56		6-10	31
	29-32	57		11-14	64 下
	33-35	55			

附錄三　定州本《論語》與阮元本《論語》異文對照表[註1]

（按定州本原文排列）

章	定州本《論語》	阮元本《論語》
學而	☐樂，富而好禮者<u>也</u>。子貢曰：「《詩》云：『如切如磋，如琢如磨』，1☐	子貢曰：「貧而無諂，富而無驕，何如？」子曰：「可<u>也</u>。未若貧而樂，富而好禮者<u>也</u>。」子貢曰：「《詩》云：『如切如磋，如琢如磨』，其斯之謂與？」
為政	子（●）曰：「為正以德，闢如北辰，2☐ ☐〔之〕以禮，有佴且格。3 ☐〔吾十〕有五而志乎學，卅而立，卅而不惑，五十而4☐而耳順，七十而5☐ ☐告之曰：「孟孫6☐對曰：『無違』。」☐遲曰：「何謂<u>也</u>？」子曰：「生，事之以禮；7☐之以禮，祭之以禮。」8	子曰：「為政以德，譬如北辰，居其所而眾星共之。」 子曰：「道之以政，齊之以刑，民免而無恥。道之以德，齊之以禮，有恥且格。」 子曰：「吾十有五而志於學，三十而立，四十而不惑，五十而知天命，六十而耳順，七十而從心所欲，不踰矩。」 樊遲御。子告之曰：「孟孫問孝於我，我對曰，無違。」樊遲曰：「何謂<u>也</u>？」子曰：「生，事之以禮；死，葬之以禮，祭之以禮。」

〔註1〕附錄三《論語》材料是我在 2008 年參加韓國研究財團的項目的補助研究員時做的基礎工作上修改而成的。（項目號：20081384）

☐武伯問孝。子曰:「父母☐☐憂。」9	孟武伯問孝。子曰:「父母唯其疾之憂。」
子(●)遊問〔孝。子曰:「今之孝者〕,是謂能養。至於犬馬,皆能(●)10〔有(●)養。不敬,何以別(●)?」11	子游問孝。子曰:「今之孝者,是謂能養。至於犬馬,皆能有養。不敬,何以別乎?」
〔子(●)夏問孝。〕子曰:「色難。有〔事,弟子服〕其〔勞;有酒食,先(●)〕12☐增是以為孝乎?」13	子夏問孝。子曰:「色難。有事,弟子服其勞;有酒食,先生饌,曾是以為孝乎?」
〔子(●)曰〕:「吾與回言終日,不違,〔如〕愚。退而省其私,亦足14☐	子曰:「吾與回言終日,不違,如愚。退而省其私,亦足以發,回也不愚。」
☐〔視其所以,觀其所由,〕察其所安。人15☐	子曰:「視其所以,觀其所由,察其所安,人焉廋哉?人焉廋哉?
☐「溫故而智新,可以為師矣。」16	子曰:「溫故而知新,可以為師矣。」
子(●)曰:「君子不〔器(●)〕。」17	子曰:「君子不器。」
〔子(●)貢〕問君子。子曰:「先行,其言從之(●)。」18	子貢問君子。子曰:「先行其言,而後從之。」
〔子(●)〕曰:「君子〔周而不比,小人比〕而不周(●)。」19〔子(●)曰:「學而不思則罔,思而不〕學則殆(●)。」20	子曰:「君子周而不比,小人比而不周。」子曰:「學而不思則罔;思而不學則殆。」
子曰:「功乎異端,斯害也已。」21	子曰:「攻乎異端,斯害也已。」
☐曰:「由!誨女智乎!〔智之為〕智之,弗智為弗智,是智也。」22	子曰:「由,誨女知之乎?知之為知之,不知為不知,是知也!」
☐〔祿。子曰:「多聞闕疑,慎言其餘;則寡尤;多〕23☐殆,慎行其餘,則☐☐☐☐尤,行寡悔,祿在其中24☐	子張學干祿。子曰:「多聞闕疑,慎言其餘,則寡尤;多見闕殆,慎行其餘,則寡悔。言寡尤,行寡悔,祿在其中矣。」
〔哀(●)公問〕曰:「何為則〔民服?」孔子對〕曰:「舉直錯諸〔枉,則民〕25☐舉(●)枉錯諸直,則民不服。」26	哀公問曰:「何為則民服?」孔子對曰:「舉直錯諸枉,則民服;舉枉錯諸直,則民不服。」
季(●)康子問:「使民敬、忠以〔勸,如〕之何?」子曰:「臨之以狀,則(●)27☐則忠,舉善而教不能,則〔勸〕。」28	季康子問:「使民敬、忠以勸,如之何?」子曰:「臨之以莊,則敬;孝慈,則忠;舉善而教不能,則勸。」

☑謂孔子曰：「子何不爲正<u>也</u>？」子曰：「《書》云：『孝乎維孝，友（●）29☑〔弟〕，施於有正。』是亦爲正，奚其爲爲正也？」30	或謂孔子曰：「子奚不爲政？」子曰：「《書》云：『孝乎惟孝，友於兄弟，施於有政。』是亦爲政，奚其爲爲政？」
〔子（●）〕曰：「人而無信，不智其可<u>也</u>。大〕輿無輗，小輿無〔軏〕，31☑〔何（●）以行之哉（●）？〕32	子曰：「人而無信，不知其可<u>也</u>。大車無輗，小車無軏，其何以行之哉？」
子（●）張〔問〕：「十世可智與？」子曰：「〔殷〕因於夏禮，〔所損益〕，☑33 周（●）因於殷禮，所損益，可智<u>也</u>。其或繼周者，〔雖百〕34☑〔可（●）〕智<u>也</u>（●）。」35	子張問：「十世可知<u>也</u>？」子曰：「殷因於夏禮，所損益，可知<u>也</u>；周因於殷禮，所損益，可知<u>也</u>。其或繼周者，雖百世，可知<u>也</u>。」
〔子（●）〕曰：「非其鬼而〔祭〕之，〔諂〕<u>也</u>。☐☐☐☐☐☐36	子曰：「非其鬼而祭之，諂<u>也</u>。見義不爲，無勇<u>也</u>。」
八 佾 ☑☐徹。子曰：「『相維辟公，天子穆穆』，奚取於〔三〕37☑	三家者以《雝》徹。子曰：「『相維辟公，天子穆穆』，奚取於三家之堂？」
☑放問禮之本。子曰：「大〔哉〕38☑其易<u>也</u>，寧39☑	林放問禮之本。子曰：「大哉問！禮，與其奢<u>也</u>，寧儉；喪，與其易<u>也</u>，寧戚。」
☑曰：「羨狄之有君<u>也</u>，不若諸〔夏之亡<u>也</u>〕。」40	子曰：「夷狄之有君，不如諸夏之亡<u>也</u>。」
☑謂泰山不如林放乎？"41	子曰：「嗚呼！曾謂泰山不如林放乎？」
☑事後素。」曰「禮後乎？」子曰：「起予〔商〕<u>也</u>！始可與言《詩》已（●）42☑	子曰：「繪事後素。」曰：「禮後乎？」子曰：「起予者商<u>也</u>，始可與言《詩》已矣。」
☑〔禮，吾能〕言之，杞不足徵<u>也</u>；殷禮，〔吾能言之，宋不足徵<u>也</u>〕。43 文獻不足故<u>也</u>，足則吾徵之<u>矣</u>。」44	子曰：「夏禮，吾能言之，杞不足徵<u>也</u>；殷禮，吾能言之，宋不足徵<u>也</u>。文獻不足故<u>也</u>。足，則吾能征之<u>矣</u>。」
子（●）曰：「〔禘〕☐45☑	子曰：「禘自既灌而往者，吾不欲觀之<u>矣</u>。」
☑如在，祭䰟如䰟〔在〕。46 子（●）曰：「吾不與祭，如不祭。」47	祭如在，祭神如神在。子曰：「吾不與祭，如不祭。」
王（●）孫賈問曰：「與其媚於窔，寧媚於竈，何謂<u>也</u>？」48☑罪於天，無所禱☑49	王孫賈問曰：「與其媚於奧，寧媚於竈，何謂<u>也</u>？」子曰：「不然！獲罪於天，無所禱<u>也</u>。」

子曰:「周監於二代,或或乎文哉!吾從周。」50	子曰:「周監於二代,鬱鬱乎文哉!吾從周。」
□事問。子聞之,曰:「是禮也。」51	子入太廟,每事問。或曰:「孰謂鄹人之子知禮乎?入太廟,每事問。」子聞之,曰:「是禮也。」
□古之道也。」52	子曰:「射不主皮,爲力不同科,古之道也。」
〔子(●)貢去〕53□	子貢欲去告朔之餼羊。
□臣(●)事君以忠(●)。」54	孔子對曰:「君使臣以禮,臣事君以忠。」
〔哀(●)〕公問主於宰我。對曰:「夏后氏以松,殷人55□〔以栗,曰〕,使民戰栗也。子聞之,曰:56□諫,既往不咎。」57	哀公問社於宰我。宰我對曰:「夏后氏以松,殷人以栢,周人以栗。」曰:「使民戰栗。」子聞之曰:「成事不說,遂事不諫,既往不咎。」
子(●)曰:「管中之器小〔哉!」或〕□:「管仲儉乎?」曰:「管氏〔有三歸,官〕58□亦(●)樹塞門。國君爲兩君之好,有反坫,管氏59□	子曰:「管仲之器小哉!」或曰:「管仲儉乎?」曰:「管氏有三歸,官事不攝,焉得儉?」「然則管仲知禮乎?」曰:「邦君樹塞門,管氏亦樹塞門。邦君爲兩君之好,有反坫,管氏亦有反坫。管氏而知禮,孰不知禮?」
□如也,允如〔也,以〕60□	子語魯大師樂,曰:「樂其可知也:始作,翕如也;從之,純如也,皦如也,繹如也,以成。」
□從者見之。「二三子何患於喪?天下61□	儀封人請見,曰:「君子之至於斯也,吾未嘗不得見也。」從者見之。出曰:「二三子何患於喪乎?天下之無道也久矣,天將以夫子爲木鐸。」
里仁	子(●)曰:「不仁不可以久處約,不可以〔長處樂。仁者安(●)〕62□	子曰:「不仁者不可以久處約,不可以長處樂。仁者安仁,知者利仁。」
	□貧(●)與賤,是人之所惡也,不以其道得之,不去也。君子63□仁,惡乎成名?君子無□食之間違仁,造次必64□	子曰:「富與貴,是人之所欲也;不以其道得之,不處也。貧與賤,是人之所惡也;不以其道得之,不去也。君子去仁,惡乎成名?君子無終食之間違仁,造次必於是,顛沛必於是。」
	□〔其(●)力〕於仁矣乎?我〔未見力不足〕也。蓋有之矣,我未之見也。65	有能一日用其力於仁矣乎?我未見力不足者。蓋有之矣,我未之見也。

	子（●）曰：「朝聞道，夕死可□。」66	子曰：「朝聞道，夕死可<u>矣</u>。」
	□〔曰：「君子於天下〕，無謫也，無莫<u>也</u>，義之與比。」67	子曰：「君子之於天下<u>也</u>，無適<u>也</u>，無莫<u>也</u>，義之與比。」
	〔子（●）曰：「君子懷德，小人懷土〕；68□	子曰：「君子懷德，小人懷土；君子懷刑，小人懷惠。」
	〔子（●）〕曰：「放於利而行，多怨。」69	子曰：「放於利而行，多怨。」
	子（●）曰：「能以禮讓爲國乎？何有？70□	子曰：「能以禮讓爲國乎？何有！不能以禮讓爲國，如禮何？」
	子（●）曰：「不患無位，患所〔以立。不患莫己知，未爲可知<u>也</u>〕。」71	子曰：「不患無位，患所以立；不患莫己知，求爲可知<u>也</u>。」
	□何謂<u>也</u>？曾子曰：「夫子之道，忠恕而已矣。」72	子出，門人問曰：「何謂<u>也</u>？」曾子曰：「夫子之道，忠恕而已矣！」
	〔子（●）曰：「君子踰於〕義，小人踰〔於〕利（●）。」73	子曰：「君子喻於義，小人喻於利。」
	子（●）曰：「事父母徼諫，見志不從，有敬不〔違，勞而不怨（●）〕74	子曰：「事父母幾諫，見志不從，又敬不違，勞而不怨。」
	子（●）曰：「父母在，不遠遊，遊必有方。」75	子曰：「父母在，不遠遊，遊必有方。」
	□〔者言之不出，恥躬〕之不逮也。」76	子曰：「古者言之不出，恥躬之不逮<u>也</u>。」
公冶長	子（●）貢問曰：「賜<u>也</u>何如？□□：「女，器也。」曰：「何器<u>也</u>？」曰：「□77□	子貢問曰：「賜<u>也</u>何如？」子曰：「女，器<u>也</u>。」曰：「何器<u>也</u>？」曰：「瑚璉<u>也</u>。」
	或（●）曰：「雍<u>也</u>仁而不佞。」子曰：「焉用佞？御人以口給，屢〔憎〕78□不智其79□	或曰：「雍<u>也</u>仁而不佞。」子曰：「焉用佞？御人以口給，屢憎於人。不知其仁，焉用佞？」
	子（●）曰：「道不行，乘泡浮於海。從我者，其由與？」子路□（●）80之（●）喜。子曰：「由<u>也</u>，好勇過我，無所取材（●）。」81	子曰：「道不行，乘桴浮於海。從我者，其由與？」子路聞之喜。子曰：「由<u>也</u>好勇過我，無所取材。」
	子（●）武伯問：「子路仁乎？」子對曰：「不智<u>也</u>。」有問。子曰：「由	孟武伯問：「子路仁乎？」子曰：「不知<u>也</u>。」又問。子曰：「由<u>也</u>，千乘之

也 82□之國，可使治其賦也，不智其仁也。求也，〔千室之邑〕，83□乘之家，可使爲之宰也，不智其仁也。」「赤也〔何如（●）〕？」84□	國，可使治其賦也，不知其仁也。」「求也何如？」子曰：「求也，千室之邑，百乘之家，可使爲之宰也，不知其仁也。」「赤也何如？」子曰：「赤也，束帶立於朝，可使與賓客言也，不知其仁也。」
〔宰（●）予晝寢。子曰：「朽木不可〕雕也，糞土之牆不可〔杇〕85□與（●）何誅（●）？」86	宰予晝寢。子曰：「朽木不可雕也，糞土之牆不可杇也；於予與何誅？」
子（●）曰：「始吾於人也，聽〔其言〕而信其行；今吾於人也，〔聽其〕87言（●）而觀其行。於予與改是（●）。」88	子曰：「始吾於人也，聽其言而信其行；今吾於人也，聽其言而觀其行。於予與改是。」
〔子（●）〕曰：「吾未見剛者。」或對〔曰：「□〕棖。」子〔曰：「棖也欲，焉〕89□	子曰：「吾未見剛者。」或對曰：「申棖。」子曰：「棖也慾，焉得剛。」
□欲人之加諸□也，吾亦欲毋加諸人。子〔曰〕：90□「賜，非璽所〔及也〕。」91	子貢曰：「我不欲人之加諸我也，吾亦欲無加諸人。」子曰：「賜也，非爾所及也。」
〔子（●）貢問〕曰：「孔文子何以謂之『文』也？」子〔曰〕：92□□（●）〔下問，是以謂之『文』也〕。」93	子貢問曰：「孔文子何以謂之『文』也？」子曰：「敏而好學，不恥下問，是以謂之『文』也。」
子（●）曰：「子產有君子道四焉：〔其行已也恭，其事上也敬〕，94□惠（●），其使民也義。」95	子謂子產：「有君子之道四焉：其行己也恭，其事上也敬，其養民也惠，其使民也義。」
〔子（●）曰：「晏平中善〕與人〔交，久〕而敬之。」96	子曰：「晏平仲善與人交，久而敬之。」
子（●）張問曰：97□違（●）之。至於也國，則曰，『猶吾大夫□子也。』違之。之一98□□（●）曰：『猶吾大夫□子也。』違之。何如？」子曰：「□矣。」曰：99□	子張問曰：「令尹子文三仕爲令尹，無喜色；三已之，無慍色。舊令尹之政，必以告新令尹。何如？」子曰：「忠矣。」曰：「仁矣乎？」曰：「未知，焉得仁？」「崔子弒齊君，陳文子有馬十乘，棄而違之。至於他邦，則曰，『猶吾大夫崔子也。』違之。之一邦則又曰：『猶吾大夫崔子也。』違之。何如？」子曰：「清矣。」曰：「仁矣乎？」曰：「未知，焉得仁？」
季（●）文子三思而後行。子聞之，曰：「再，斯可矣。」100	季文子三思而後行。子聞之，曰：「再，斯可矣。」

子（●）在陳，曰：「歸與！歸與！吾黨之小子狂間，〔斐然〕成章，不智 101▢	子在陳，曰：「歸與！歸與！吾黨之小子狂簡，斐然成章，不知所以裁之。」
子（●）曰：「孰謂屎生高直？或乞醯焉，乞諸其鄰而予之。」102	子曰：「孰謂微生高直？或乞醯焉，乞諸其鄰而與之。」
▢〔言〕、令色、足〔恭，左丘明〕佴之，丘亦佴〔之。匿怨而〕103▢	子曰：「巧言，令色，足恭，左丘明恥之，丘亦恥之。匿怨而友其人，左丘明恥之，丘亦恥之。」
▢而毋欵。顏淵曰：「願毋伐▢，毋▢104▢〔願（●）〕聞子之志。」子曰：「老者安〔之，俏友信之，少者（●）〕105……	顏淵子路侍。子曰：盍各言爾志。子路曰：「願車馬衣輕裘，與朋友共，敝之而無憾。」顏淵曰：「願無伐善，無施勞。」子路曰：「願聞子之志。」子曰：「老者安之，朋友信之，少者懷之。」
▢見能見其 106▢	子曰：「已矣乎，吾未見能見其過而內自訟者<u>也</u>。」
▢曰：「十室之邑，必有忠〔信〕107▢	子曰：「十室之邑，必有忠信如丘者焉，不如丘之好<u>學也</u>。」
雍也 子（●）曰：「雍<u>也</u>可使南面<u>也</u>。」108	子曰：「雍<u>也</u>，可使南面。」
▢間，毋乃大間乎？」子曰：109▢	仲弓問子桑伯子，子曰：「可<u>也</u>簡。」仲弓曰：「居敬而行簡，以臨其民，不亦可乎？居簡而行簡，無乃大簡乎？」子曰：「雍之言然！」
〔哀（●）公〕問：「弟子孰爲好學？」孔〔子對曰〕：「有顏回者好學，110▢過。不幸短命死<u>矣</u>，今<u>也</u>則亡，未聞好學者也。」111	哀公問：「弟子孰爲好學？」孔子對曰：「有顏回者好學，不遷怒，不貳過。不幸短命死<u>矣</u>。今<u>也</u>則亡，未聞好學者<u>也</u>。」
▢冉子與之粟五秉。子曰：「赤之適齊<u>也</u>，乘肥馬，112▢〔不〕繼富。」113	子華使於齊，冉子爲其母請粟。子曰：「與之釜。」請益。曰：「與之庾。」冉子與之粟五秉。子曰：「赤之適齊<u>也</u>，乘肥馬，衣輕裘。吾聞之<u>也</u>：君子周急不繼富。」
▢康子問：「中〔由可〕114▢子（●）曰：「由也〔果，於從正乎何有？」▢▢▢可使從正<u>也</u>〔歟〕？"115〔可使從政也與？〕曰：「求也▢，於從政乎〕116▢	季康子問：「仲由可使從政<u>也</u>與？」子曰：「由<u>也</u>果，於從政乎何有？」曰：「賜<u>也</u>可使從政<u>也</u>與？」曰：「賜<u>也</u>達，於從政乎何有？」曰：「求<u>也</u>可使從政<u>也</u>與？」曰：「求<u>也</u>藝，於從政乎何有？」

☑〔我（●）必在汝上矣（●）〕。117	季氏使閔子騫爲費宰。閔子騫曰：「善爲我辭焉！如有復我者，則吾必在汝上矣。」
〔伯（●）牛有疾，子問之，自牖執〕其手，曰：「末之，命矣夫！118……而（●）有斯疾也！命也夫！斯人也而有此疾也！」119	伯牛有疾，子問之，自牖執其手，曰：「亡之，命矣夫！斯人也而有斯疾也！斯人也而有斯疾也！」
子（●）曰：「賢哉，回也！一簞食，一 120☑	子曰：「賢哉回也！一簞食，一瓢飲，在陋巷，人不堪其憂，回也不改其樂。賢哉回也！」
☑道而廢。今女畫。」121	冉求曰：「非不說子之道，力不足也。」子曰：「力不足者，中道而廢，今女畫。」
☑□子夏曰：「〔爲君子儒〕！122☑	子謂子夏曰：「女爲君子儒，無爲小人儒。
〔子（●）〕曰：「孟之反不伐，賁☑而〔殿，將入門，策其馬，曰：『非〕123☑也（●），馬不進也（●）。』」124	子曰：「孟之反不伐，奔而殿，將入門，策其馬，曰：『非敢後也，馬不進也。』」
□（●）曰：「不有祝鮀之佞，而有〔宋朝〕之美，〔難乎免於今之世〕125☑	子曰：「不有祝鮀之佞，而有宋朝之美，難乎免於今之世矣。」
〔子（●）〕曰：「人生之也直，亡生也幸而免也〕。」126	子曰：「人之生也直，罔之生也幸而免。」
子（●）曰：「智之者不如好之者，好之者□如樂之者。」127	子曰：「知之者，不如好之者；好之者，不如樂之者。」
子（●）曰：「中人以上，可語上也；中人以下，不可語上也。」128	子曰：「中人以上，可以語上也；中人以下，不可以語上也。」
樊（●）遲問智。子曰：「務民之義，敬鬼而遠之，可謂智矣。」129	樊遲問知。子曰：「務民之義，敬鬼神而遠之，可謂知矣。」
子（●）曰：「齊壹變，至於魯；魯壹變，至於道。」130	子曰：「齊一變，至於魯；魯一變，至於道。」
宰（●）我曰：「仁者，唯告之曰，井有仁者焉。其從也之？」子131☑「何爲其然也？君子可選，不可陷也；可欺，不可罔也。」132	宰我問曰：「仁者，雖告之曰：『井有仁焉』。其從之也？」子曰：「何爲其然也？君子可逝也，不可陷也；可欺也，不可罔也。」

	子（●）曰：「君子〔博於〕文，約之以〔禮，亦〕可以弗之畔<u>矣</u>夫！」133	子曰：「君子博學於文，約之以禮，亦可以弗畔<u>矣</u>夫！」
	〔孔（●）〕子見南子，子路不說。夫子矢〔之曰：「予所否者，天厭之！天厭之〕！」134	子見南子，子路不說。夫子矢之曰：「予所否者，天厭之！天厭之！」
	〔子（●）貢曰：「若博施於民能濟眾〕，可謂仁乎？」子曰：「何事於〔仁〕！135 必（●）<u>也</u>聖乎！堯舜其猶病□！〔夫〕仁者，己（●）欲立而立人，136 己欲達而達人。能近取闢，可謂仁之方也已。」137	子貢曰：「如有博施於民而能濟眾，何如？可謂仁乎？」子曰：「何事於仁，必<u>也</u>聖乎！堯、舜其猶病諸！夫仁者，己欲立而立人；己欲達而達人。能近取譬，可謂仁之方也已。」
述而	☑〔而不作，信而好古，竊比〕我於老彭。」138	子曰：「述而不作，信而好古，竊比於我老彭。」
	☑「〔默而職，學不厭，誨人不〕卷，何有於我哉？」139	子曰：「默而識之，學而不厭，誨人不倦，何有於我哉。」
	〔子（●）〕曰：「德之不脩<u>也</u>，學之不〔講〕也，聞義不能徙也，〔不善〕140〔不（●）〕能改也，是吾憂<u>也</u>。」141	子曰：「德之不脩，學之不講，聞義不能徙，不善不能改，是吾憂<u>也</u>。」
	〔子（●）〕之燕居<u>也</u>，申申如<u>也</u>，沃沃如〔也〕。142	子之燕居，申申如<u>也</u>，夭夭如<u>也</u>。
	子（●）曰：「志於 143☑	子曰：「志於道，據於德，依於仁，游於藝。」
	☑〔謂顏淵曰：「用則行，舍之則臧，唯〕144☑路曰：「子 145☑子（●）曰：「暴虎馮河 146☑〔吾弗〕與也。必<u>也</u>臨事而懼，好謀而成者□。」147	子謂顏淵曰：「用之則行，舍之則藏，唯我與爾有是夫！」子路曰：「子行三軍，則誰與？」子曰：「暴虎馮河，死而無悔者，吾不與<u>也</u>。必<u>也</u>臨事而懼，好謀而成者<u>也</u>。」
	〔子（●）〕曰：「富而可求<u>也</u>，雖執鞭之〕十，吾爲之。如不可求<u>也</u>，148 從吾所好。」149	子曰：「富而可求<u>也</u>，雖執鞭之士，吾亦爲之。如不可求，從吾所好。」
	子（●）之所慎：齊，戰，疾。150	子之所慎：齋，戰，疾。
	☑〔在齊聞《詔》，三月〕151☑	子在齊聞《詔》，三月不知肉味，曰：「不圖爲樂之至於斯<u>也</u>！」
	☑貢曰：「若，吾〔將問〕152☑賢人者□153☑〔何怨〕？」出，曰：「夫	冉有曰：「夫子爲衛君乎？」子貢曰：「諾，吾將問之」入，曰：「伯夷，叔

子弗爲也。」154	齊何人也？」曰：「古之賢人也。」曰：「怨乎？」曰：「求仁而得仁，又何怨？」出，曰：「夫子不爲也。」
☑枕之，樂亦〔在其中矣。不〕155☑〔富且〕貴，於我如浮雲。156	子曰：「飯蔬食，飲水，曲肱而枕之，樂亦在其中矣。不義而富且貴，於我如浮雲。」
☑以學，亦可以毋大過矣。」157	子曰：「加我數年，五十以學《易》，可以無大過矣。」
〔□（●）所雅言〕，《詩》、《書》、執禮疾，皆雅言也。158	子所雅言，《詩》、《書》、執禮，皆雅言也。
☑公問孔子於子路，子路不對。子曰：「女何不曰，其爲人也，159☑憤忘食，樂以忘憂，不〔知老〕之至雲壐。」160	葉公問孔子於子路，子路不對。子曰：「女奚不曰，其爲人也，發憤忘食，樂以忘憂，不知老之將至云爾。」
☑曰：「我非生而暂之者161☑	子曰：「我非生而知之者，好古，敏以求之者也。」
☑〔不語怪，力，亂〕，162☑	子不語怪、力、亂、神。
子（●）曰：「我三人行，〔必得我師〕焉：澤其善者而從〔之，其〕163☑善者而改164☑	子曰：「三人行，必有我師焉：擇其善者而從之，其不善者而改之。」
☑「〔天（●）〕生德於予，桓魋其如予何？」165	子曰：「天生德於予，桓魋其如予何！」
□（●）曰：「二三子以我爲隱子乎？吾無隱乎壐。吾無行而166☑與（●）二三子，是丘也。」167	子曰：「二三子以我爲隱乎？吾無隱乎爾。吾無行而不與二三子者，是丘也。」
子（●）以四教：文，行，忠，信。168	子以四教：文，行，忠，信。
子（●）曰：「聖人，吾弗得而見之矣；得見君子者，斯可矣。」169子（●）曰：「善人，吾弗得而見之矣；得見有恒者，斯可矣。170☑而爲有，虛而爲盈，約而爲泰，難乎有〔恒矣〕。」171	子曰：「聖人，吾不得而見之矣；得見君子者，斯可矣。」子曰：「善人，吾不得而見之矣；得見有恒者，斯可矣。亡而爲有，虛而爲盈，約而爲泰，難乎有恒乎。」
子（●）曰：「蓋有弗智也而作之者，我無是。多聞，擇其善172而（●）從之；多聞而志之，智之次也。」173	子曰：「蓋有不知而作之者，我無是也。多聞，擇其善者而從之；多見而識之；知之次也。」

互（●）鄉難與言，童子見，門人惑。子曰：「與其進也，不與其 174☐甚？人絜己以進，與其絜也，不葆175☐	互鄉難與言，童子見，門人惑。子曰：「與其進也，不與其退也，唯何甚？人絜己以進，與其絜也，不保其往也。」
☐曰：「仁遠乎哉？我欲仁，斯176☐	子曰：「仁遠乎哉？我欲仁，斯仁至矣。」
陳（●）司敗問昭〔公智禮乎，孔〕子曰：「智禮。」孔子退，揖巫☐177〔期（●）而進之，曰：「吾聞君子不黨，君子小黨乎？君〕178☐謂之吳孟子。君☐智禮，孰不智禮？」巫馬〔期〕179☐〔告。子〕曰：「丘幸，苟有過，人必智之（●）。」180	陳司敗問：「昭公知禮乎？」孔子曰：「知禮。」孔子退，揖巫馬期而進之，曰：「吾聞君子不黨，君子亦黨乎？君取於吳爲同姓，謂之吳孟子。君而知禮，孰不知禮？」巫馬期以告。子曰：「丘也幸，苟有過，人必知之。」
☐〔之，而後和〕之。181	子與人歌而善，必使反之，而後和之。
☐曰：「文幕，吾猶人也，躬君子，則吾未之有得也。」182	子曰：「文，莫吾猶人也，躬行君子，則吾未之有得。」
子（●）曰：「若聖與仁，則吾幾敢？印爲之不厭。誨人不卷，則183☐已矣。」公西華曰：「誠唯弟子弗能學也。」184	子曰：「若聖與仁，則吾豈敢。抑爲之不厭，誨人不倦，則可謂云爾已矣。」公西華曰：「正唯弟子不能學也。」
☐疾，子路請禱。子曰：「有諸？」子路對曰：「有之；誄曰：『禱185☐上下神提。』」子曰：「丘之禱186☐	子疾病，子路請禱。子曰：「有諸？」子路對曰：「有之。誄曰：『禱爾於上下神祇。』」子曰：「丘之禱久矣。」
☐曰：「奢則不孫，儉則固。☐☐不孫也，寧固。」187	子曰：「奢則不孫，儉則固。與其不孫也，寧固。」
☐「君子鞤蕩，小人長戚。」188	子曰：「君子坦蕩蕩，小人長戚戚。」
☐曰：「溫而厲，威而189☐	子溫而厲，威而不猛，恭而安。
泰伯　☐〔其〕言也善。君190☐斯（●）遠暴曼矣；191☐豆之事，則有司存。」192	曾子有疾，孟敬子問之。曾子言曰：「鳥之將死，其鳴也哀；人之將死，其言也善。君子所貴乎道者三：動容貌，斯遠暴慢矣；正顏色，斯近信矣；出辭氣，斯遠鄙倍矣。籩豆之事，則有司存。」
☐〔問〕乎寡，有如無，實而193☐〔從〕事於斯矣。194	曾子曰：「以能問於不能，以多問於寡；有若無，實若虛，犯而不校昔者吾友嘗從事於斯矣。」

	曾（●）子曰：「可以託六尺之□，□以寄百里之命，臨大 195□ 而不可□□ 196□	曾子曰：「可以託六尺之孤，可以寄百里之命，臨大節而不可奪<u>也</u>，君子人與？君子人<u>也</u>！」
	□不可以不弘毅，任重而道遠。〔仁以爲己〕197□ 死而後已，不亦遠乎？」198□	曾子曰：「士不可以不弘毅，任重而道遠。仁以爲己任，不亦重乎？死而後已，不亦遠乎？」
	□於詩，立於禮，成於樂。」199	子曰：「興於詩，立於禮，成於樂。」
	□〔可使由之，不可使智之〕。」200	子曰：「民可使由之，不可使知之。」
	□曰：「如周公之材之美已，〔使驕且鄰，其餘無可觀〕。201	子曰：「如有周公之才之美，使驕且吝，其餘不足觀也已。」
	子（●）曰：「三年學，不〔至於谷，不易得已〕。」202	子曰：「三年學，不至於谷，不易得<u>也</u>。」
	子（●）曰：「執信好學，守死善 203□ 危（●）國弗入，亂國弗居。天□□□□□□□□□□□ 204□	子曰：「篤信好學，守死善道。危邦不入，亂邦不居。天下有道則見，無道則隱。邦有道，貧且賤焉，恥<u>也</u>；邦無道，富且貴焉，恥<u>也</u>。」
	□在其位，不謀其正。」205	子曰：「不在其位，不謀其政。」
	〔子（●）曰〕：「狂而不直，侗而不願，〔空空〕而不信，吾弗智〔之矣〕。」206	子曰：「狂而不直，侗而不願，悾悾而不信，吾不知之<u>矣</u>。」
	□曰：「學如弗及，猶恐〔失之〕。」207	子曰：「學如不及，猶恐失之。」
	子（●）曰：「巍巍乎，舜禹有天〔下而不與焉〕！」208	子曰：「巍巍乎，舜、禹之有天下<u>也</u>而不與焉！」
	□乎？唐吳之際 209□ 而（●）已。三分天下有其二，以服事殷。周德，其可謂 210□	孔子曰：「才難，不其然乎？唐虞之際，於斯爲盛。有婦人焉，九人而已。三分天下有其二，以服事殷。周之德，其可謂至德也已矣。」
	□綄，卑宮室而 211□	子曰：「禹，吾無間然<u>矣</u>。菲飲食而致孝乎鬼神，惡衣服而致美乎黻冕，卑宮室而盡力乎溝洫。禹，吾無間然<u>矣</u>。」
子罕	□弟子曰：「吾何〔執？執〕御乎？〔執射〕乎」吾執御 212□	達巷黨人曰：「大哉孔子，博學而無所成名。」子聞之，謂門弟子曰：「吾何執？執御乎，執射乎？吾執御<u>矣</u>。」
	子（●）曰：「麻綄，禮也；今也純，儉也，吾從眾。〔拜乎下，禮〕213□	子曰：「麻冕，禮<u>也</u>；今<u>也</u>純，儉，吾從眾。拜下，禮<u>也</u>；今拜乎上，泰<u>也</u>。雖違眾，吾從下。」

子（●）畏於匡，曰：「文王遫歿，文□□茲乎？天之 214□後死者不與於斯□□，天之未喪斯文也，匡人 215□	子畏於匡，曰：「文王既沒，文不在茲乎？天之將喪斯文也，後死者不得與於斯文也；天之未喪斯文也，匡人其如予何？」
□於子贛曰：「夫子聖者耶？何其多能也？」子贛，216□天縱之將聖，〔有多能也〕。」217□君子多 218□	大宰問於子貢曰：「夫子聖者與？何其多能也？」子貢曰：「固天縱之將聖，又多能也。」子聞之，曰：「大宰知我乎！吾少也賤，故多能鄙事。君子多乎哉？不多也！」
□智□哉？無智也。有鄙夫問乎我，空空如□219□〔其（●）兩端〕而竭焉。」220	子曰：「吾有知乎哉？無知也。有鄙夫問於我，空空如也。我叩其兩端而竭焉。」
□「〔鳳鳥不至，河不□□，吾已矣夫〕！」221	子曰：「鳳鳥不至，河不出圖，吾已矣夫！」
□〔淵喟然歎曰〕：「卬之迷高，□□迷堅。瞻之在前，忽 222□〔然善牖人，博〕我以文，約我以禮，223□聖。雖欲從之，未由也〔已〕。」224	顏淵喟然歎曰：「仰之彌高，鑽之彌堅。瞻之在前，忽焉在後。夫子循循然善誘人，博我以文，約我以禮，欲罷不能。既竭吾才，如有所立卓爾，雖欲從之，末由也已。」
□痀病，子路使門人爲臣。病間225□〔爲有臣。吾誰欺？欺天乎！且予與其死於臣〕226□	子疾病，子路使門人爲臣。病間，曰：「久矣哉，由之行詐也！無臣而爲有臣。吾誰欺，欺天乎！且予與其死於臣之手也，無寧死於二三子之手乎！且予縱不得大葬，予死於道路乎？」
子（●）貢曰：「有美玉於斯，韞獨而藏諸，求善賈而賈 227□	子貢曰：「有美玉於斯，韞匵而藏諸？求善賈而沽諸？」子曰：「沽之哉！沽之哉！我待賈者也。」
□欲居九夷。或曰：「陋，如之何？」子□：「君子居之，〔何陋〕228□	子欲居九夷。或曰：「陋，如之何？」子曰：「君子居之，何陋之有？」
□曰：「吾自衛反於魯，然□□正，《雅》《頌》各得〔其所〕。」229	子曰：「吾自衛反魯，然後樂正，《雅》、《頌》各得其所。」
□〔出則事公卿，入則事〕父兄，喪事不敢〔不免，不〕230□	子曰：「出則事公卿，入則事父兄，喪事不敢不勉，不爲酒困，何有於我哉。」
□〔上，曰：「逝〕者如此夫！，不捨晝夜。」子曰：「〔吾未見〕231□	子在川上曰：「逝者如斯夫，不捨晝夜！」子曰：「吾未見好德如好色者也。」
□不隋者，其回也與！」232	子曰：「語之而不惰者，其回也與。」

	子（●）□□□□□□□吾見其進也，未見其止也。」233	子謂顏淵曰：「惜乎！吾見其進也，未見其止也！」
	子曰：「苗而不秀者有矣夫！□而不實者有矣夫！」234	子曰：「苗而不秀者有矣夫！秀而不實者有矣夫！」
	□〔可畏也，□知來〕者之不如今也？卅、五十而無235□〔此亦不可畏也〕。236	子曰：「後生可畏，焉知來者之不如今也？四十、五十而無聞焉，亦不足畏也已。」
	□之爲貴。選與之言，能毋□237□乎（●）？「擇之爲貴。說而不擇，從而不改，吾無如之何矣（●）。」238	子曰：「法語之言，能無從乎？改之爲貴。巽與之言，能無說乎？繹之爲貴。說而不繹，從而不改，吾末如之何也已矣。」
	□者立，而不俱者，其由也239□終身誦之。子曰：「是道也，40□	子曰：「衣敝縕袍，與衣狐貉者立，而不恥者，其由也與。『不忮不求，何用不臧？』」子路終身誦之。子曰：「是道也，何足以臧？」
	子曰：「智者不惑，仁者不憂，241□	子曰：「知者不惑，仁者不憂，勇者不懼。」
鄉黨	□〔其在宗廟朝廷〕，242□	孔子於鄉黨，恂恂如也，似不能言者。其在宗廟朝廷，便便言，唯謹爾。
	□〔攝齊陞堂〕，鞠躬□243□〔□〕顏色，怠若也。歿階趨，□若也。復其位，□□若也（●）。244	攝齊陞堂，鞠躬如也，屏氣似不息者。出，降一等，逞顏色，怡怡如也。沒階，趨進，翼如也。復其位，踧踖如也。
	□衣，美裘245□必有寢衣，長一身246□〔佩〕。非帷常，必殺之。247□	緇衣，羔裘；素衣，麑裘；黃衣，狐裘。褻裘長，短右袂。必有寢衣，長一身有半。狐貉之厚以居。去喪，無所不佩。非帷裳，必殺之
	□〔敗，不食〕。248□肉雖多，不使勝食249□〔唯酒〕毋量，不及亂。沽酒250□食，不多食。〔祭於公，不宿〕肉。祭肉251□〔食（●）〕不語，寢不言。雖疏252□坐。鄉人飲酒，杖者253□	食饐而餲，魚餒而肉敗，不食。色惡，不食。臭惡，不食。失飪，不食。不時，不食。割不正，不食。不得其醬，不食。肉雖多，不使勝食氣。唯酒無量，不及亂。沽酒市脯不食。不撤薑食，不多食。祭於公，不宿肉。祭肉不出三日。出三日，不食之矣。食不語，寢不言。雖蔬食菜羹，瓜祭，必齊如也。席不正，不坐。鄉人飲酒，杖者出，斯出矣。
	□它國，再拜而254□	問人於他邦，再拜而送之。

	▨〔畜之〕。待食於君，君祭，先飯。〔疾，君視之，東首，加朝服，拖申〕。255	君賜食，必正席先嘗之；君賜腥，必熟而薦之；君賜生，必畜之。侍食於君，君祭，先飯。疾，君視之，東首，加朝服，拖紳。
	君（●）命召，不俟駕行矣。256	君命召，不俟駕行矣。
	〔入大〕▢，▢事問。257	入太廟，每事問。
	▨必以貌。六者式 258▢〔雷〕風〔烈〕必變。升車 259▨	寢不屍，居不容。見齊衰者，雖狎，必變。見冕者與瞽者，雖褻，必以貌。凶服者式之，式負版者。有盛饌，必變色而作。迅雷風烈必變。升車，必正立執綏。車中不內顧，不疾言，不親指。
先進	▨〔用之，則〕吾從先進。」260	子曰：「先進於禮樂，野人也；後進於禮樂，君子也。如用之，則吾從先進。」
	▨淵、閔子騫、冉伯 261▢有（●）、子路。文學：子〔遊、子夏（●）〕。262	德行：顏淵、閔子騫、冉伯牛、仲弓。言語：宰我、子貢。政事：冉有、季路。文學：子游、子夏。
	子（●）曰：「回〔也非助我者也，於〕吾言無所不說。」263	子曰：「回也，非助我者也，於吾言無所不說。」
	子（●）曰：「孝哉閔子騫！人不 264▨	子曰：「孝哉，閔子騫！人不間於其父母昆弟之言。」
	▨短命死矣，今也則亡（●）。」265	季康子問：「弟子孰爲好學？」孔子對曰：「有顏回者好學，不幸短命死矣，今也則亡。」
	顏（●）淵死，顏路請子之〔車〕▢▢▢▢孔子曰：「材不材（●），266▢言其子也。鯉也死，有棺無郭。吾不徒行以爲之郭。267▢從大夫之後也，吾不可 268▨	顏淵死，顏路請子之車以爲之槨。子曰：「才不才，亦各言其子也。鯉也死，有棺而無槨。吾不徒行以爲之槨，以吾從大夫之後，不可徒行也。」
	〔顏淵死，子器之慟。從者曰：「子動矣！」曰〕：269▨	顏淵死，子哭之慟。從者曰：「子慟矣！」曰：「有慟乎？非夫人之爲慟而誰爲？」
	〔顏（●）淵死，門〕人欲厚葬之。子曰：「不可。」270▢〔回〕也視予猶父也，予不〔得視▢子也。非我也，夫二三〕271▨	顏淵死，門人欲厚葬之，子曰：「不可。」門人厚葬之。子曰：「回也視予猶父也，予不得視猶子也。非我也，夫二三子也！」

〔季（●）〕路問事鬼神。孔子曰：「未能事人，焉能事鬼？」曰：「敢272▨死（●）。」曰：「未智生，焉智死？」273	季路問事鬼神。子曰：「未能事人，焉能事鬼？」曰：「敢問死。」曰：「未知生，焉知死？」
〔甼（●）子侍則，言言如也；子路〕，行行如也；冉子、子贛，〔衍衍如也〕。274▨〔樂：「若由也，不得其死然（●）〕。」275	閔子侍側，誾誾如也；子路，行行如也；冉有、子貢，侃侃如也，子樂。「若由也，不得其死然。」
〔魯（●）〕人爲長府。閔子騫曰：「舊〕貫而可？可必改作？」孔子 276▨「夫（●）人也不言，言必有中也。」（「獩」277，原文缺）	魯人爲長府。閔子騫曰：「仍舊貫，如之何？何必改作？」子曰：「夫人不言，言必有中。」
▨矣（●），未 278▨	子曰：「由之瑟，奚爲於丘之門？」門人不敬子路。子曰：「由也陞堂矣，未入於室也。」
▨師也隃與？」子曰：「過〔猶不及也〕。」279	子貢問「師與商也孰賢？」子曰：「師也過，商也不及。」曰：「然則師愈與？」子曰：「過猶不及。」
季（●）氏富於周公，而求也爲〔之聚斂而付益之。子曰：「非吾〕280徒（●）也。小子鳴鼓而攻之，可也。」281	季氏富於周公，而求也爲之聚斂而附益之。子曰：「非吾徒也，小子鳴鼓而攻之，可也。」
〔柴也愚〕，參也魯，師也闢，由〔也〕獻。孔子〔曰：「回也其庶乎〕，282居（●）空。賜〔不受命〕，○貨殖焉，意則居中。」283	柴也愚，參也魯，師也闢，由也喭。子曰：「回也其庶乎，屢空。賜不受命，而貨殖焉，億則屢中。」
子張問善人之道。子〔曰：「不淺跡，亦不入於室。」子〕曰：「論（●）284〔祝（●）是〕與？君子者乎？仉狀〔者乎（●）〕？」285	子張問善人之道。子曰：「不踐跡，亦不入於室。」子曰：「論篤是與，君子者乎？色莊者乎？」
〔子（●）路問曰：「聞斯行諸？「子曰：〕有父兄在，如之何其聞斯行286▨也問聞斯行諸，子〔曰〕，『有父兄在』；求也問聞斯行諸，287▨曰，『聞斯行之』。赤也惑，〔敢〕問。」子曰：「求也退，故進之；由也 288兼（●）人，故退之。」289	子路問：「聞斯行諸？」子曰：「有父兄在，如之何其聞斯行之？」冉有問：「聞斯行諸？」子曰：「聞斯行之。」公西華曰：「由也問聞斯行諸，子曰：『有父兄在』；求也問聞斯行諸，子曰：『聞斯行之』。赤也惑，敢問。」子曰：「求也退，故進之；由也兼人，故退之。」

子（●）畏於匡，顏淵後。子曰：「吾以女爲死<u>矣</u>。」曰：「子在，回何敢290☑	子畏於匡，顏淵後。子曰：「吾以女爲死矣！」曰：「子在，回何敢死！」
季（●）子然問：「仲由、冉求可謂〔大臣〕與？」曰：「吾以子問異291之（●）問，增由與求○之問。所謂大臣○，以道〔事君，不可〕292〔則（●）〕止。曰與求也，可〔謂具臣〕○。」○「然則從之者與？」子〔曰：「殺〕293〔父（●）與君〕，弗從<u>也</u>。」294	季子然問：「仲由、冉求，可謂大臣與？」子曰：「吾以子爲異之問，曾由與求之問。所謂大臣者，以道事君，不可則止。今由與求<u>也</u>，可謂具臣<u>矣</u>。」曰：「然則從之者與？」子曰：「弒父與君，亦不從<u>也</u>。」
〔子（●）路使子羔〕☑子路曰：「有295☑〔人焉，有社稷焉，何必讀書，然後爲〕學？」子曰：「是故〔惡〕296☑	子路使子羔爲費宰。子曰：「賊夫人之子。」子路曰：「有民人焉，有社稷焉，何必讀書，然後爲學？」子曰：「是故惡夫佞者。」
子（●）路、曾皙、冉有、公西華侍〔坐。子曰：「以吾一日長乎爾〕，297　毋（●）吾以<u>也</u>。居則曰：『不吾智<u>也</u>！』如或智璽，則何以哉？」298	子路、曾皙、冉有、公西華侍坐。子曰：「以吾一日長乎爾，毋吾以<u>也</u>。居則曰：『不吾知<u>也</u>！』如或知爾，則何以哉？」
☑路率璽對曰：「千乘之國，□乎大國之間，加之以師299☑因（●）之以饑饉；由也爲之，比及三年，可使有勇，且智方<u>也</u>。」300	子路率爾而對，曰：「千乘之國，攝乎大國之間，加之以師旅，因之以饑饉。由<u>也</u>爲之，比及三年，可使有勇，且知方<u>也</u>。」
〔夫（●）子哂之。「求！爾何〕如？」對曰：「〔方六七十，如五六十，求也爲〕301	夫子哂之。「求！爾何如？」對曰：「方六七十，如五六十，求<u>也</u>爲之，比及三年，可使足民。如其禮樂，以俟君子。」
☑對曰：「非曰能之<u>也</u>，願學焉。宗廟之事，〔如會同，端〕302☑甫，願爲小相焉。」	「赤！爾何如？」對曰：「非曰能之，願學焉。宗廟之事，如會同，端章甫，願爲小相焉。」
「點！爾何如？」鼓瑟〔希，□璽，舍瑟而〕303　作（●），對曰：「〔異乎〕三子者之〔撰〕。」〔子〕曰：「何傷？亦各言其志<u>也</u>。」304	「點！爾何如？」鼓瑟希，鏗爾，舍瑟而作，對曰：「異乎三子者之撰。」子曰：「何傷乎？亦各言其志<u>也</u>。」
「莫（●）春者，春服〔墍成，冠者五六人，童子六七〕人，浴乎沂，305　風（●）乎舞雩，詠而歸。」夫子喟〔然〕□〔曰〕：「吾與點<u>也</u>！」	曰：「莫春者，春服既成，冠者五六人，童子六七人，浴乎沂，風乎舞雩，詠而歸。」夫子喟然歎曰：「吾與點<u>也</u>！」

	三子者□（●），306□也（●）。」「吾子〔何晒〕由也？」〔子曰〕：「爲國以禮，其言不讓，是故〔晒〕307之（●）。」	三子者出，曾晳後。曾晳曰：「夫三子者之言何如？」子曰：「亦各言其志也已矣。」曰：「夫子何晒由也？」曰：「爲國以禮，其言不讓，是故晒之。」
	「雖求也則非國也與？」「安見方六七十□非國也者？」	「唯求則非邦也與？」「安見方六七十如五六十而非邦也者？」
	「雖308赤（●）則非國耶？」宗廟會同，非諸侯而何？赤也爲之小，309〔孰（●）能爲之大〕？」310	「唯赤則非邦也與？」「宗廟會同，非諸侯而何？赤也爲之小，孰能爲之大？」
顏淵	□〔非〕禮勿〔視〕311□	顏淵曰：「請問其目？」子曰：「非禮勿視，非禮勿聽，非禮勿言，非禮勿動。」
	□不欲，勿〔施〕於人也312□	仲弓問仁。子曰：「出門如見大賓，使民如承大祭。己所不欲，勿施於人。在邦無怨，在家無怨。」
	□牛問仁。子曰：「仁〔者〕313□	司馬牛問仁。子曰：「仁者，其言也訒。」
	□〔非〕禮勿〔視〕311□	顏淵曰：「請問其目？」子曰：「非禮勿視，非禮勿聽，非禮勿言，非禮勿動。」
	□不欲，勿〔施〕於人也312□	仲弓問仁。子曰：「出門如見大賓，使民如承大祭。己所不欲，勿施於人。在邦無怨，在家無怨。」
	□牛問仁。子曰：「仁〔者〕313□	司馬牛問仁。子曰：「仁者，其言也訒。」
子路	□路問正。子〔曰：「先之勞之〕。」321□	子路問政。子曰：「先之勞之。」請益。曰：「無倦。」
	□爲季氏□，問正。子322□「焉知賢財而舉之？」曰：「舉璽所知；璽所不知，人其舍□？」323	仲弓爲季氏宰。問政。子曰：「先有司，赦小過，舉賢才。」曰：「焉知賢才而舉之？」曰：「舉爾所知，爾所不知，人其舍諸？」
	□路曰：「衛君待324□〔也〕！何其正？」子曰：325□	子路曰：「衛君待子而爲政，子將奚先？」子曰：「必也正名乎！」子路曰：「有是哉，子之迂也！奚其正？」
	□請學稼。子曰：「吾不如老農。」請學爲圃。曰：「吾不326□上好禮，民莫不敬；327□	樊遲請學稼。子曰：「吾不如老農。」請學爲圃。曰：「吾不如老圃。」樊遲出。子曰：「小人哉，樊須也！上好禮，則民莫敢不敬；上好義，則民莫敢不

	服；上好信，則民莫敢不用情。夫如是，則四方之民繦負其子而至<u>矣</u>，焉用稼？」
子（●）曰：「誦《詩》三百，受之政，不 328☐奚以爲？」329	子曰：「誦《詩》三百，授之以政，不達；使於四方，不能專對；雖多，亦奚以爲？」
子（●）曰：「其身正，不〔令而行；其〕☐不正，雖令弗從。」330	子曰：「其身正，不令而行；其身不正，雖令不從。」
子（●）謂衛公☐曰，『苟合<u>矣</u>。』少有，331☐	子謂衛公子荊：「善居室。始有，曰：『苟合<u>矣</u>。』少有，曰：『苟完<u>矣</u>。』富有，曰：『苟美<u>矣</u>。』」
☐之。」曰：「溉富者，〔有……曰：」教〕之。」332	冉有曰：「既庶<u>矣</u>，又何加焉？」曰：「富之。」曰：「既富<u>矣</u>，又何加焉？」曰：「教之。」
☐〔有〕用我者，期月〔而已〕可<u>也</u>，三年有成。」333	子曰：「苟有用我者，期月而已可<u>也</u>，三年有成。」
子（●）曰：「『善人爲國百年，亦〔可〕以勝俴去殺<u>矣</u>。』誠哉是〔言<u>也</u>〕！」334	子曰：「『善人爲邦百年，亦可以勝殘去殺<u>矣</u>。』誠哉是言<u>也</u>！」
☐〔有王者，必世後〕335☐	子曰：「如有王者，必世而後仁。」
☐退朝。子曰：「何晏<u>也</u>？」336☐雖不吾以，吾其與聞之。」337	冉子退朝。子曰：「何晏<u>也</u>？」對曰：「有政。」子曰：「其事<u>也</u>，如有政，雖不吾以，吾其與聞之。」
☐公問：「壹言而興國，有諸？」子曰：「〔言不〕可以 338☐可以若是其〔幾☐之〕言曰：『〔予無樂乎爲〕339☐〔莫予韋也〕。』如善而莫之韋<u>也</u>，不〔亦善乎〕？340☐莫之韋<u>也</u>，〔不幾乎壹〕言而喪國乎？」341	定公問：「一言而可以興邦，有諸？」孔子對曰：「言不可以若是其幾<u>也</u>。人之言曰：『爲君難，爲臣不易。』如知爲君之難<u>也</u>，不幾乎一言而興邦乎？」曰：「一言而喪邦，有諸？」孔子對曰：「言不可以若是其幾<u>也</u>。人之言曰：『予無樂乎爲君，唯其言而莫予違<u>也</u>。』如其善而莫之違<u>也</u>，不亦善乎？如不善而莫之違<u>也</u>，不幾乎一言而喪邦乎？」
☐問正。子曰：「近者說，遠 342☐	葉公問政。子曰：「近者說，遠者來。」
☐夏爲莒父宰，問正。子曰：343☐見小利，則大事不成。」344	子夏爲莒父宰，問政。子曰：「無欲速，無見小利。欲速，則不達；見小利，大大事不成。」

	⧄公語孔子曰：「吾黨有直弓者，其父襄羊，而 345⧄曰：」吾黨之直者⧄爲子隱，子爲父 346⧄	葉公語孔子曰：「吾黨有直躬者，其父攘羊，而子證之。」孔子曰：「吾黨之直者異於是，父爲子隱，子爲父隱。直在其中矣。」
	⧄「〔何如斯〕可謂之〔士矣〕？」子曰：「行己有恥，使於 347⧄不辱君命，可謂〔士矣〕。」348⧄亦可以爲次〔矣。」曰：「今之從正者何如〕？」349⧄之人，何足數也」350	子貢問曰：「何如斯可謂之士矣？」子曰：「行己有恥，使於四方，不辱君命，可謂士矣。」曰：「敢問其次。」曰：「宗族稱孝焉，鄉黨稱弟焉。」曰：「敢問其次。」曰：「言必信，行必果，硜硜然小人哉！抑亦可以爲次矣。」曰：「今之從政者何如？」子曰：「噫！斗筲之人，何足算也」
	子（●）曰：「不得中行〔而與之，必〕也狂狷乎！狂者進 351⧄者有不爲也。」352	子曰：「不得中行而與之，必也狂狷乎。狂者進取，狷者有所不爲也。」
	⧄德，或承之羞。」子曰：「不〔占〕而已矣。」353	子曰：「南人有言曰『人而無恒，不可以作巫醫。』善夫！『不恒其德，或承之羞。』」子曰：「不占而已矣。」
	子（●）贛曰：「鄉人皆好之，〔何如〕？」354⧄何如？」子曰：「未可也。不如鄉□之善者好之，其不善 355⧄	子貢問曰：「鄉人皆好之，何如？」子曰：「未可也。」「鄉人皆惡之，何如？」子曰：「未可也。不如鄉人之善者好之，其不善者惡之。」
	⧄人，器之。小人難〔事也〕，356 ……人也，求〔備焉〕。」357	子曰：「君子易事而難說也。說之不以道，不說也；及其使人也，器之。小人難事而易說也。說之雖不以道，說也；及其使人也，求備焉。」
	子（●）曰：「君子大而不驕，小人驕而不大。」358	子曰：「君子泰而不驕，小人驕而不泰。」
	子（●）路問：「何如斯謂之士矣？」子曰：「誌誌詳詳，怡怡如也，可 359⧄矣。「倗友誌誌詳詳，兄弟飴飴。」360	子路問曰：「何如斯可謂之士矣？」子曰：「切切偲偲，怡怡如也，可謂士矣。朋友切切偲偲，兄弟怡怡。」
	⧄人教民七年，亦可以節戎矣。」361	子曰：「善人教民七年，亦可以即戎矣。」
	子（●）曰：「以不教民戰，是謂〔棄〕之。」362	子曰：「以不教民戰，是謂棄之。」

憲問	☑焉，可以爲仁矣乎？」子曰：「可363☑	「克、伐、怨、欲不行焉，可以爲仁矣？」子曰：「可以爲難矣，仁則吾不知也。」
	☑「士而懷居，弗足以爲士矣。」364	子曰：「士而懷居，不足以爲士矣。」
	☑〔有言者不必有德〕。仁者必有勇，有勇者365☑	子曰：「有德者必有言，有言者不必有德。仁者必有勇，勇者不必有仁。」
	☑小人而仁者366☑	子曰：「君子而不仁者有矣夫，夫未有小人而仁者也。」
	☑勿勞乎？367☑	子曰：「愛之，能勿勞乎？忠焉，能勿誨乎？」
	☑東（●）裏子〔產閏色〕之（●）。」368	子曰：「爲命，裨諶草創之，世叔討論之，行人子羽脩飾之，東里子產潤色之。」
	或（●）問子產。子曰：「惠人也。」369☑〔也，奪伯氏〕屏邑三百，飯疏食，沒齒無怨言。」370	或問子產。子曰：「惠人也。」問子西。曰：「彼哉！彼哉！」問管仲。曰：「人也。奪伯氏駢邑三百，飯蔬食，沒齒無怨言。」
	☑曰：「貧而無窓難，富而無驕易。」371	子曰：「貧而無怨難，富而無驕易。」
	☑謂：「孟公綽爲趙魏老則憂，不可以爲滕〔薛大夫〕。」372	子曰：「孟公綽爲趙、魏老則憂，不可以爲滕、薛大夫。」
	☑〔問〕成人。子曰：「若臧〔武仲〕之知，公綽之不欲，卞373☑人矣。」374	子路問成人。子曰：「若臧武仲之知，公綽之不欲，卞莊子之勇，冉求之藝，文之以禮樂，亦可以爲成人矣。」
	☑幾其然375☑	子曰：「其然？豈其然乎？」
	☑「臧武中以房求爲376☑〔於魯，雖〕曰不要，吾弗377☑	子曰：「臧武仲以防求爲後於魯，雖曰不要君，吾不信也。」
	子（●）曰：「晉文公喬而不正，齊桓公正而不喬。」378	子曰：「晉文公譎而不正，齊桓公正而不譎。」
	☑死，管中不死。曰：379☑子（●）曰：「桓公〔九合諸侯〕，不以兵車，菅中之力也。如〔其仁〕。」380	子路曰：「桓公殺公子糾，召忽死之，管仲不死。」曰：「未仁乎？」子曰：「桓公九合諸侯，不以兵車，管仲之力也。如其仁！如其仁！」
	子（●）贛曰：「管中非仁者與？桓公殺公子糾，不能死，有〔相〕381☑壹□天下，到於今382☑	子貢曰：「管仲非仁者與？桓公殺公子糾，不能死，又相之。」子曰：「管仲相桓公，霸諸侯，一匡天下，民到於

	今受其賜。微管仲，吾其被髮左衽<u>矣</u>。豈若匹夫匹婦之為諒<u>也</u>，自經於溝瀆而莫之知<u>也</u>。」
☑『文』<u>矣</u>（●）。」383	子聞之，曰：「可以為『文』<u>矣</u>！」
子（●）言衛靈 384☑治軍旅。夫如 385☑	子言衛靈公之無道<u>也</u>，康子曰：「夫如是，奚而不喪？」孔子曰：「仲叔圉治賓客，祝鮀治宗廟，王孫賈治軍旅。夫如是，奚其喪？」
☑「其言之不怍，則□之<u>也</u>難。」386	子曰：「其言之不怍，則為之<u>也</u>難。」
陳（●）成子弒簡公。孔子沐浴而朝，〔告於哀公曰：「陳恒（●）387〔弒（●）其君〕，☑夫二三子！」388☑之後，不〔敢不告。君〕曰『告夫三子』者！」之三〔子告，不（●）〕389☑吾從大夫之 390☑	陳成子弒簡公。孔子沐浴而朝，告於哀公曰：「陳恒弒其君，請討之。」公曰：「告夫三子。」孔子曰：「以吾從大夫之後，不敢不告<u>也</u>。君曰『告夫三子』者。」之三子告，不可。孔子曰：「以吾從大夫之後，不敢不告<u>也</u>。」
☑人使於孔 391☑使者出。子曰：「使 392☑	蘧伯玉使人於孔子，孔子與之坐而問焉，曰：「夫子何為？」對曰：「夫子欲寡其過而未能<u>也</u>。」使者出，子曰：「使乎！使乎！」
☑〔思不〕出其位。」393	曾子曰：「君子思不出其位。」
☑子道三，我無耐焉：仁者不憂，知者不惑，〔勇者〕394☑曰：「夫子自道<u>也</u>（●）。」395	子曰：「君子道者三，我無能焉：仁者不憂，知者不惑，勇者不懼。」子貢曰：「夫子自道<u>也</u>。」
☑哉？夫我則不 396☑	子貢方人。子曰：「賜<u>也</u>，賢乎哉？夫我則不暇。」
☑年<u>也</u>，疾固<u>也</u>。」397	孔子曰：「非敢為佞<u>也</u>，疾固<u>也</u>。」
☑其力<u>也</u>，稱其得<u>也</u>。」398	子曰：「驥不稱其力，稱其德<u>也</u>！」
☑子曰：「何以報得？以直報怨，以399☑	或曰：「以德報怨，何如？」子曰：「何以報德？以直報怨，以德報德。」
子（●）曰：「莫□□<u>也</u>夫！」子貢曰：「何為其莫知子〔<u>也</u>？」子〕曰：「不（●）400☑人，下學而上達。知我者〔其天乎〕！」401	子曰：「莫我知<u>也</u>夫！」子貢曰：「何為其莫知子<u>也</u>？」子曰：「不怨天，不尤人，下學而上達。知我者其天乎！」
☑道之將廢<u>也</u>與，命 402☑	子曰：「道之將行<u>也</u>與，命<u>也</u>；道之將廢<u>也</u>與，命<u>也</u>。公伯僚其如命何！

	☑世，其次☑色，其次辟言。」子曰：403☑	子曰：「賢者闢世，其次闢地，其次闢色，其次辟言。」子曰：「作者七人矣。」
	☑石門。晨門曰：404☑	子路宿於石門。晨門曰：「奚自？」子路曰：「自孔氏。」曰：「是知其不可而爲之者與？」
	☑衛，有何貴□□孔是之門 405☑「鄙哉，巠巠乎！莫己知也，□□而已矣。深則 406☑	子擊磬於衛，有荷蕢而過孔氏之門者，曰：「有心哉，擊磬乎！」既而曰：「鄙哉，硜硜乎，莫己知也，斯己而已矣。深則厲，淺則揭。」
	☑曰：「《書》云：『□□□音，三年不言。』何謂也？」子曰：「何〔必三〕407☑薨，百官總己以聽於冢宰408☑	子張曰：「《書》云，『高宗諒陰，三年不言。』何謂也？」子曰：「何必高宗，古之人皆然。君薨，百官總己以聽於冢宰，三年。」
	☑〔民易使也〕。」409	子曰：「上好禮，則民易使也。」
	☑〔爲（●）賊〕。」410☑	原壤夷俟。子曰：「幼而不孫弟，長而無述焉，老而不死，是爲賊。」以杖叩其脛。
	☑問之曰：「益者與？」子曰：「吾見其君（●）411☑	闕黨童子將命。或問之曰：「益者與？」子曰：「吾見其居於位也，見其與先生並行也，非求益者也，欲速成者也。」
衛靈公	衛（●）靈公問陳於孔☑412☑明日〔遂行，在陳絕糧。從者〕413☑	衛靈公問陳於孔子。孔子對曰：「俎豆之事，則嘗聞之矣；軍旅之事，未之學也。」明日遂行。在陳絕糧，從者病，莫能興。子路慍見曰：「君子亦有窮乎？」子曰：「君子固窮，小人窮斯濫矣。」
	子（●）曰：「賜，女以予爲多學而志之者與？」對曰：「〔然，非與〕？」414☑〔也，予一以貫之〕。」415	子曰：「賜也，女以予爲多學而識之者與？」對曰：「然，非與？」曰：「非也，予一以貫之。」
	子（●）曰：「由！知德者鮮矣。」416	子曰：「由，知德者鮮矣。」
	子（●）曰：「無爲而治者其舜也。〔夫何爲哉？恭〕417☑	子曰：「無爲而治者其舜也與？夫何爲哉？恭己正南面而已矣。」
	☑〔忠信，行〕篤敬，雖繺貃〔之國，行〕418☑〔不（●）忠信，行〕不篤敬，〔雖州里〕行乎哉？立則見其參於〔前也（●）〕，419☑	子張問行。子曰：「言忠信，行篤敬，雖蠻貃之邦行矣。言不忠信，行不篤敬，雖州里行乎哉？立，則見其參於前也；在輿，則見其倚於衡也，夫然後行。」子張書諸紳。

☑〔伯（●）玉！國有道，則士。國無〕道，則可〔卷而懷之（●）〕。」420	子曰：「直哉史魚！邦有道，如矢；邦無道，如矢。君子哉蘧伯玉！邦有道，則仕；邦無道，則可卷而懷之。」
☑〔言。知者不失人，不失言〕。」421	子曰：「可與言而不與言，失人；不可與言而與之言，失言。知者不失人，亦不失言。」
子（●）曰：「志士仁人，無求生以〔害仁，有殺〕身以成仁。」422	子曰：「志士仁人，無求生以害仁，有殺身以成仁。」
子（●）貢問爲仁。子曰：「工〔欲善其事，必利其器。居是國〕423☑事其大夫之賢者，友其〔士之仁者〕。」424	子貢問爲仁。子曰：「工欲善其事，必先利其器。居是邦也，事其大夫之賢者，友其士之仁者。」
☑曰：「行夏之☑，乘殷之路，服周之絻，〔樂則☑〕425〔《武（●）》。放鄭聲，遠年人。鄭聲淫，年人殆〕。」426	顏淵問爲邦。子曰：「行夏之時，乘殷之輅，服周之冕，樂則《韶》《舞》。放鄭聲，遠佞人，鄭聲淫，佞人殆。」
☑曰：「人而無遠慮〕，必有近憂。」427	子曰：「人無遠慮，必有近憂。」
〔子（●）曰：「已矣夫！吾未見好德〕如好色者乎。」428	子曰：「已矣乎！吾未見好德如好色者也。」
〔子（●）曰〕：「臧文中其竊立者與！知柳下惠之賢而弗與立〔也〕。」429	子曰：「臧文仲其竊位者與，知柳下惠之賢而不與立也。」
子（●）曰：「不曰『如之何，如之何』者，吾未如之何也。」430	子曰：「不曰『如之何，如之何』者，吾未如之何也已矣！」
子（●）曰：「群居終日，言不及〔義，好行小惠〕431☑	子曰：「群居終日，言不及義，好行小慧，難矣哉！」
〔子（●）曰：「義以爲質，禮以行之，孫以出之〕，信以〔成之，君子才（●）〕！」432	子曰：「君子義以爲質，禮以行之，孫以出之，信以成之。君子哉！」
子（●）曰：「君子病無能，〔不病人之不已知也〕。」433	子曰：「君子病無能焉，不病人之不已知也。」
子（●）曰：「君子求諸己，小人求諸人。」434	子曰：「君子求諸己，小人求諸人。」
子（●）曰：「君子鸞而不爭，群而〔不黨〕。」435	子曰：「君子矜而不爭，群而不黨。」

子（●）曰：「君子不以言舉人，不以人廢言。」436	子曰：「君子不以言舉人，不以人廢言。」
子（●）貢問曰：「有壹言而可終身〔行者乎？〕子曰：「其恕乎〕！437□	子貢問曰：「有一言而可以終身行之者乎？」子曰：「其恕乎！己所不欲勿施於人。」
〔子（●）曰：「於人，誰毀誰譽？若〕有何譽者，其有所試矣。斯 438□也，三代之所以直道而行〔也〕。」439	子曰：「吾之於人也，誰毀誰譽。如有所譽者，其有所試矣。斯民也，三代之所以直道而行也。」
〔子（●）曰：「吾猶及史之欮文也。有馬者借人乘之，今〕440□	子曰：「吾猶及史之闕文也。有馬者借人乘之，今亡矣夫！」
子（●）曰：「巧言亂德。小不忍，亂大謀。」441	子曰：「巧言亂德。小不忍，則亂大謀。」
子（●）曰：「眾好之，必察焉，眾惡之，〔必察焉〕。」442	子曰：「眾惡之，必察焉；眾好之，必察焉。」
子（●）曰：「過而弗改，是之謂過。」443	子曰：「過而不改，是謂過矣。」
〔子（●）曰：「吾嘗終日不〕食，終夜不寢，以思，〔無益也，不如學也〕。」444	子曰：「吾嘗終日不食，終夜不寢，以思，無益，不如學也。」
〔子（●）曰：「君〕子謀道不謀食。耕也，飢在其中○；學矣，食在（●）445 其（●）中○。君子憂道不〔憂貧（●）〕。」446	子曰：「君子謀道不謀食。耕也，餒在其中矣；學也，祿在其中矣。君子憂道不憂貧。」
〔子（●）曰：「知及之，仁弗能守；雖得之，必失〕之。知及，仁〔能 447 守（●）之。不狀以位之，民不敬。知及之，仁耐守之，狀以位（●）448 之（●），動之不以禮，〔未善也〕。」449	子曰：「知及之，仁不能守之，雖得之，必失之。知及之，仁能守之，不莊以涖之，則民不敬。知及之，仁能守之，莊以蒞之，動之不以禮，未善也。」
□曰：「君子不可小知也，而可大受也，小人不可大 450□也，而可小知〔也〕。」451	子曰：「君子不可小知而可大受也；小人不可大受而可小知也。」
子（●）曰：「民之於仁也，甚於水火矣。水火，吾見遊而死者〔矣〕，452 未（●）見遊於仁而死者〔也〕。」453	子曰：「民之於仁也，甚於水火。水火，吾見蹈而死者矣，未見蹈仁而死者也！」
〔子（●）曰：「當〕仁，不讓於師。」454	子曰：「當仁，不讓於師。」

	子（●）曰：「君〔子貞而不梁〕。」455	子曰：「君子貞而不諒。」
	子（●）曰：「事君，敬〔其事〕□□其食（●）。」456	子曰：「事君，敬其事而後其食。」
	〔子（●）曰：「有教無穎。」〕457	子曰：「有教無類。」
	子（●）曰：「道不同，不相爲謀。」458	子曰：「道不同，不相爲謀。」
	子（●）曰：「〔辭達而已〕。」459	子曰：「辭達而已矣。」
	師（●）絻見，及陛，子曰：「陛〔也〕。」及席，子曰：「席也。」皆坐，子〔告之〕460曰（●）：「某在此，某在此。」師絻出。子〔張問曰：「與師言之道與？」子曰：「然」；461故（●）相師之〔道也〕。」462	師冕見，及階，子曰：「階也。」及席，子曰：「席也。」皆坐，子告之曰：「某在斯，某在斯。」師冕出，子張問曰：「與師言之道與？」子曰：「然，固相師之道也。」
季氏	□以爲東蒙主，且在〔國〕463□	孔子曰：「求，無乃爾是過與？夫顓臾，昔者先王以爲東蒙主，且在邦域之中矣，是社稷之臣也。何以伐爲？」
	□「求！周任有言曰：『陳力就464□有曰：「今夫〔顓〕465□憂。」	孔子曰：「求，周任有言曰：『陳力就列，不能者止。』危而不持，顛而不扶，則將焉用彼相矣？且爾言過矣，虎兕出於柙，龜玉毀於櫝中，是誰之過與？」冉有曰：「今夫顓臾，固而近於費，今不取，後世必爲子孫憂。」
	孔子曰：466□之而必爲之 467□均，不患貧而患不安。蓋均〔無貧，和無〕468□〔是，故遠人不服，則〕469□求也，相夫子，遠人 470□	孔子曰：「求，君子疾夫，舍曰欲之而必爲之辭。丘也聞，有國有家者，不患寡而患不均，不患貧而患不安。蓋均無貧，和無寡，安無傾。夫如是，故遠人不服，則脩文德以來之；既來之，則安之。今由與求也，相夫子，遠人不服，而不能來也；邦分崩離析，而不能守也；而謀動干戈於邦內。吾恐季氏之憂，不在顓臾，而在蕭牆之內也。」
	□蓋（●）十世希不失矣；〔自大〕夫出，五世希不失□□□471□國命，三世希不失矣。〔天下有〕472□〔有道，則〕庶人不議。」473	孔子曰：「天下有道，則禮樂征伐自天子出；天下無道，則禮樂征伐自諸侯出。自諸侯出，蓋十世希不失矣；自大夫出，五世希不失矣；陪臣執國命，三世希不失矣。天下有道，則政不在大夫；天下有道，則庶人不議。」

〔孔（●）子〕曰：「祿之去公室也，〔五世〕矣，正逮於大夫 474▢	孔子曰：「祿之去公室五世矣，政逮於大夫四世矣，故夫三桓之子孫微矣。」
▢曰：「益者三友，損者三友。友直，〔友諒，友多〕475▢〔便辟〕，友善柔，友辨佞，損 476▢	孔子曰：「益者三友，損者三友。友直，友諒，友多聞，益矣。友便辟，友善柔，友便佞，損矣。」
▢子曰：「益者三樂，〔損者三樂。樂節禮，樂〕▢▢之善，477▢〔賢〕友，益矣。樂驕，樂〔失遊〕，478▢	孔子曰：「益者三樂，損者三樂。樂節禮樂，樂道人之善，樂多賢友，益矣。樂驕樂，樂佚遊，樂宴樂，損矣。」
▢〔子曰：「侍於君子有三〕愆；言謂之及而言謂之 479▢〔隱，未見顏色而言謂之鼓〕。」480	孔子曰：「侍於君子有三愆：言未及之而言謂之躁，言及之而不言謂之隱，未見顏色而言謂之瞽。」
〔孔（●）〕子曰：「君子有三戒：481▢其狀也，〔血氣方剛，戒之〕在鬭；及其老也，血〔氣既衰，戒〕482 之（●）在得。」483	孔子曰：「君子有三戒：少之時，血氣未定，戒之在色；及其壯也，血氣方剛，戒之在鬭；及其老也，血氣既衰，戒之在得。」
▢曰：「君子有三畏：畏天命，〔畏大人，畏聖〕484▢〔不知天命而畏也，狎大〕人，佛聖人之言也。」485	孔子曰：「君子有三畏：畏天命，畏大人，畏聖人之言。小人不知天命而不畏也，狎大人，侮聖人之言。」
孔（●）子曰：「生而知〔之上也，學而知之其次〕；486▢又其次也；困而不學，民也為下。」487	孔子曰：「生而知之者上也，學而知之者次也；困而學之，又其次也；困而不學，民斯為下矣。」
孔（●）子曰：「君子有九思：視思〔明，聽思聰，色思溫，貌〕488▢言（●）思忠，事思敬，〔疑思問，忿〕思難，見得思義（●）。」489	孔子曰：「君子有九思：視思明，聽思聰，色思溫，貌思恭，言思忠，事思敬，疑思問，忿思難，見得思義。」
孔（●）子曰：「見善如弗及，見不善如探湯。〔吾見其人矣〕，490▢其語矣。隱居以〔求其志，行義以通其道。〔吾聞其〕491▢其人也。」492	孔子曰：「見善如不及，見不善如探湯。吾見其人矣。吾聞其語矣。隱居以求其志，行義以達其道。吾聞其語矣，未見其人也。」
齊（●）景〔公有馬千駟，死之日〕，民無▢▢〔稱焉〕。伯夷、叔〔齊饑493▢〔首〕陽之下，民到於今稱〔之。其斯之謂與〕？494	齊景公有馬千駟，死之日，民無德而稱焉。伯夷、叔齊餓於首陽之下，民到於今稱之。其斯之謂與？
▢亢問於伯魚曰：「子亦有聞乎？」對曰：495▢趨而過庭。曰：『學詩乎？』對曰：『未也。』『不學詩，無以言也。』鯉 496 退（●）而學	陳亢問於伯魚曰：「子亦有異聞乎？」對曰：「未也。嘗獨立，鯉趨而過庭，曰：『學詩乎？』對曰：『未也。』『不學詩，無以言。』鯉退而學詩。他日

	詩也。日，有獨立，鯉趨而過庭。曰：『學禮乎？』497☐不學禮，無以立也。鯉〔退而學禮。聞斯二者〕」498☐退（●），喜曰：「問一得三，〔聞詩，聞禮，又聞君子之遠其子也。〕」499	又獨立，鯉趨而過庭，曰：『學禮乎？』對曰：『未也。』『不學禮，無以立。』鯉退而學禮。聞斯二者。」陳亢退而喜曰：「問一得三，聞詩，聞禮，又聞君子之遠其子也。」
	國（●）君之妻，君稱之曰夫〔人，自〕500☐君夫人，稱諸異〔國曰寡小〕君；異國人稱之亦曰君 501 夫（●）人。502	邦君之妻，君稱之曰夫人，夫人自稱曰小童；邦人稱之曰君夫人，稱諸異邦曰寡小君；異邦人稱之亦曰君夫人。
陽貨	☐〔之（●）遇諸塗。謂孔子曰：「來！予〕與璽攘言。」曰：「其葆而 503☐	陽貨欲見孔子，孔子不見，歸孔子豚，孔子時其亡也，而往拜之。遇諸塗。謂孔子曰：「來！予與爾言。」曰：「懷其寶而迷其邦，可謂仁乎？」
	☐〔對曰：「昔者偃也聞〕505☐人學道則易使也。』」子曰：「二三子！偃之言是也。506☐	子游對曰：「昔者偃也聞諸夫子曰：『君子學道則愛人，小人學道則易使也。』」子曰：「二三子！偃之言是也。前言戲之耳。」
	☐山不擾以費畔，召，子欲往。子路不說：「末 507☐為（●）東周乎（●）？」508	公山弗擾以費畔，召，子欲往。子路不說，曰：「末之也，已，何必公山氏之之也？」子曰：「夫召我者，而豈徒哉？如有用我者，吾其為東周乎！」
	〔子（●）〕張問仁於子。子曰：「耐五者於天下為仁者。」「請問之。」509☐寬（●），信，敏，惠。恭則不侮，寬則得眾，信則人任焉，敏則 510☐〔惠（●）則足以使人〕。」511	子張問仁於孔子。孔子曰：「能行五者於天下為仁矣。」請問之。曰：「恭、寬、信、敏、惠。恭則不侮，寬則得眾，信則人任焉，敏則有功，惠則足以使人。」
	〔脇召，子欲往。子路曰：「昔者由也聞〕諸夫子 512☐為不善者，君子弗入也。』513☐若（●）之何？」子曰：「然，有是言〔也。不曰〕堅乎，靡而不 514☐〔而〕不緇。吾〔幾〕515☐	佛肸召，子欲往。子路曰：「昔者由也聞諸夫子曰：『親於其身為不善者，君子不入也。』佛肸以中牟畔，子之往也，如之何？」子曰：「然，有是言也。不曰堅乎，磨而不磷；不曰白乎，涅而不緇。吾豈匏瓜也哉？焉能繫而不食？」
	子（●）曰：「由！女〔聞六言六蔽矣〕☐？」☐曰：「未也。」「居！吾語 516☐〔不好學，其蔽愚；好知不好〕517☐蔽賊；好直不好學，其蔽絞；好勇不好學，其蔽 518☐不（●）好學，其蔽狂（●）。」519	子曰：「由也，女聞六言六蔽矣乎？」對曰：「未也。」「居，吾語女。好仁不好學，其蔽也愚；好知不好學，其蔽也蕩；好信不好學，其蔽也賊；好直不好學，其蔽也絞；好勇不好學，其蔽也亂；好剛不好學，其蔽也狂。」

子（●）曰：「小子何莫學詩？詩，可〔以〕興，可以觀，可以群，可以（●）520 怨。璽之事父，遠〔之事君；多〕志於鳥獸草木之名（●）。」521	子曰：「小子何莫學夫詩？詩，可以興，可以觀，可以群，可以怨。邇之事父，遠之事君。多識於鳥獸草木之名。」
子（●）謂伯魚：「爲《周南》、《召南》矣乎？人而不爲《周南》、《召南》，□（●）522 猶（●）正牆面而立也與（●）？」523	子謂伯魚曰：「女爲《周南》、《召南》矣乎？人而不爲《周南》、《召南》，其猶正牆面而立也與！」
子（●）曰：「禮云禮云，玉白雲乎哉？樂云樂云，鐘鼓云乎哉？」524	子曰：「禮云禮云，玉帛云乎哉？樂云樂云，鐘鼓云乎哉？」
子（●）曰：「色〔厲而內荏，闢諸〕□人，其猶穿〔窬〕之盜也？」525	子曰：「色厲而內荏，譬諸小人，其猶穿窬之盜也與！」
□曰：「道聽而途說，得之 526□	子曰：「道聽而途說，德之棄也。」
〔子（●）曰：「鄙夫可與事君與〕527□之，患失之。苟患失之，無所不至矣。」528	子曰：「鄙夫可與事君也與哉？其未得之也，患得之；既得之，患失之；苟患失之，無所不至矣。」
子（●）曰：「古者民有三疾，今〔也有是之亡。古之狂也〕529□今（●）之狂也湯；古之〔矜〕也廉，〔今□也忿誼；古之愚也〕530□今（●）之愚也詐而已（●）。」531	子曰：「古者民有三疾，今也或是之亡也。古之狂也肆，今之狂也蕩；古之矜也廉，今之矜也忿戾；古之愚也直，今之愚也詐而已矣。」
子（●）曰：「巧言令色，鮮矣 532□	子曰：「巧言令色，鮮矣仁。」
〔子（●）〕曰：「惡此之奪朱也，惡鄭□之乳樂也，惡利口〔之覆〕533□〔家也〕。」534	子曰：「惡紫之奪朱也，惡鄭聲之亂雅樂也，惡利口之覆邦家者。」
□〔曰〕：「予欲毋言。」535□「大何言哉？四時〔行焉，百物生〕焉，天何言哉？」536	子曰：「予欲無言。」子貢曰：「子如不言，則小子何述焉？」子曰：「天何言哉？四時行焉，百物生焉，天何言哉？」
儒（●）悲欲見〔孔子，子辭以疾。將〕命者出戶，取瑟而歌，使（●）537 聞（●）之（●）。538	孺悲欲見孔子，孔子辭以疾。將命者出戶，取瑟而歌，使之聞之。
宰（●）我問：「三年之喪，其已久〔乎。君子三年不爲禮，禮必壞〕；539 三（●）年不爲樂，樂〔必項瞖瞖。舊穀〕沒，新穀升，銹〔□改火〕540□可已矣。」	宰我問：「三年之喪，期已久矣。君子三年不爲禮，禮必壞；三年不爲樂，樂必崩。舊穀既沒，新穀既升，鑽燧改火，期可已矣。」

	子曰：「食夫稻<u>也</u>，衣夫錦<u>也</u>，於女安乎？」曰：「安。」「女 541☑安（●），故弗爲〔<u>也</u>。今女安，則〕542☑〔<u>也</u>（●）〕！子三年，然後免於父〔母之〕懷。夫三年之喪，天下之（●）543 通（●）喪<u>也</u>。予<u>也</u>又三年之愛於其父母。」544	子曰：「食夫稻，衣夫錦，於女安乎？」曰：「安！」「女安則爲之。夫君子之居喪，食旨不甘，聞樂不樂，居處不安，故不爲<u>也</u>。今女安，則爲之。」宰我出。子曰：「予之不仁<u>也</u>！子生三年，然後免於父母之懷。夫三年之喪，天下之通喪<u>也</u>。予<u>也</u>有三年之愛於其父母乎？」
	子（●）曰：「飽食終日，無所用心，難<u>矣</u>！不有博亦 545☑猶（●）賢乎已（●）。」546	子曰：「飽食終日，無所用心，難<u>矣</u>哉！不有博弈者乎？爲之，猶賢乎已。」
	子（●）路問曰：「君子尙勇乎？」子曰：「君子義之爲尙，君 547 勇而無義爲〔亂，小人有〕548☑〔義爲盜〕。」	子路曰：「君子尙勇乎？」子曰：「君子義以爲上。君子有勇而無義爲亂；小人有勇而無義爲盜。」
	子〔貢〕曰：「君子亦〔有□乎？」曰：「有□549☑惡稱人之惡者，惡居□下 550☑而（●）山上者，惡勇而無禮者，惡果敢而窒者。」賜<u>也</u> 551☑惡（●）<u>也</u>？」「惡絞以爲知者，惡不孫以爲勇者，惡〔訐〕552☑	子貢曰：「君子亦有惡乎？」子曰：「有惡：惡稱人之惡者，惡居下流而訕上者，惡勇而無禮者，惡果敢而窒者。」曰：「賜<u>也</u>，亦有惡乎？」「惡徼以爲知者，惡不孫以爲勇者，惡訐以爲直者。」
微子	☑〔三人焉〕。553	孔子曰：「殷有三仁焉。」
	齊（●）人歸女樂，季桓子受之，三日不朝，孔子行（●）。554	齊人歸女樂，季桓子受之，三日不朝，孔子行。
	☑接輿歌而過孔子曰：「555☑諫<u>也</u>，來者猶可追<u>也</u>。556☑	楚狂接輿歌而過孔子，曰：「鳳兮鳳兮，何德之衰？往者不可諫，來者猶可追。已而，已而！今之從政者殆而！」
	☑車者爲誰子？」子路 557☑孔丘。」	長沮曰：「夫執輿者爲誰？」子路曰：「爲孔丘。」曰：「是魯孔丘與？」曰：「是<u>也</u>。」曰：「是知津<u>矣</u>。
	曰：「是魯 558☑〔輗（●）〕。子路以告。子撫然曰：「鳥獸不可與同群，吾 559……誰與？天<u>也</u>有道，□弗與易<u>也</u>（●）。」560	問於桀溺。桀溺曰：「子爲誰？」曰：「爲仲由。」曰：「是魯孔丘之徒與？」對曰：「然。」曰：「滔滔者天下皆是<u>也</u>，而誰以易之？且而與其從闢人之士<u>也</u>，豈若從闢世之士哉！」耰而不輟。子路行以告。夫子憮然，曰：「鳥獸不可與同群，吾非斯人之徒與而誰與？天下有道，丘不與易<u>也</u>。」

☑從而後，遇丈人，以〔杖何蓧〕。子路〔問曰〕：「〔子〕561☑子路行以告。子曰：「隱　562☑子路〔返〕563☑〔節〕，不可廢；君〔臣〕564☑〔之何其廢之也？欲潔其身〕，而亂大倫。君子之仕也，565☑之〔不〕行也，已知之 566☑	子路從而後，遇丈人，以杖荷蓧。子路問曰：「子見夫子乎？」丈人曰：「四體不勤，五穀不分，孰爲夫子？」植其杖而芸。子路拱而立。止子路宿，殺雞爲黍而食之，見其二子焉。明日，子路行，以告。子曰：「隱者也。」使子路反見之。至，則行矣。子路曰：「不仕無義。長幼之節，不可廢也；君臣之義，如之何其廢之？欲絜其身，而亂大倫。君子之仕也，行其義也。道之不行，已知之矣。」
☑張、柳下惠、少連 567☑「不降其志，不辱其身者，伯夷、叔齊與！」「謂柳下惠、568☑降志辱身矣，言中倫，569☑廢中權。我則異〔任民〕570☑	逸民：伯夷、叔齊、虞仲、夷逸、朱張、柳下惠、少連。子曰：「不降其志，不辱其身，伯夷、叔齊與！」謂柳下惠、少連，「降志辱身矣。言中倫，行中慮，其斯而已矣。」謂虞仲、夷逸，「隱居放言，身中清，廢中權。我則異於是，無可無不可。」
☑叔入於河，〔□□武入於□□〕571☑	大師摯適齊，亞飯干適楚，三飯繚適蔡，四飯缺適秦，鼓方叔入於河，播鼗武入於漢，少師陽、擊磬襄入於海。
☑公謂魯公曰：「君子不施☑使大臣怨乎不 572☑舊無大故，則弗舍也。毋求備於一人！」573	周公謂魯公，曰：「君子不施其親，不使大臣怨乎不以。故舊無大故，則不棄也。無求備於一人。」
☑□□季隨、季〔騧〕。574	周有八士：伯達、伯適、仲突、仲忽、叔夜、叔夏、季隨、季騧。
子張	☑門人問交於子張。〔子張曰：「子夏曰何？」對曰〕：575☑	子夏之門人問交於子張。子張曰：「子夏云何？」對曰：「子夏曰：『可者與之，其不可者拒之。』」
	〔子（●）夏曰〕：「雖小道，必有可觀者焉；至遠恐泥，是〔以君〕576☑	子夏曰：「雖小道，必有可觀者焉，致遠恐泥，是以君子不爲也！」
	〔子（●）夏曰〕：「百工居肆以成其 577☑	子夏曰：「百工居肆以成其事，君子學以致其道。」
	☑夏曰：「君子三變：望之儼然，578☑	子夏曰：「君子有三變：望之儼然，即之也溫，聽其言也厲。」
	☑而後諫；未〔信，則〕以爲謗也。」579	子夏曰：「君子信而後勞其民；未信，則以爲厲己也。信而後諫；未信，則以爲謗己也。」

☒夏曰：「大德 580☒	子夏曰：「大德不踰閑，小德出入可**也**。」
☒遊曰：「子夏之門小子，當☐☐〔應對進退〕，581☒	子游曰：「子夏之門人小子，當灑掃應對進退，則可**矣**，抑末**也**。本之則無，如之何？」
☒而憂則〔仕，仕〕而憂 582☒	子夏曰：「仕而優則學，學而優則仕。」
☒遊曰：「吾友張**也**爲難能**也**，然而未仁。」583	子游曰：「吾友張**也**，爲難能**也**，然而未仁。」
☒父之臣與父之正**也**，是〔難〕584☒	曾子曰：「吾聞諸夫子，孟莊子之孝**也**，其它可能**也**；其不改父之臣與父之政，是難能**也**。」
☒☐☐之惡皆歸焉。」585	子貢曰：「紂之不善，不如是之甚**也**。是以君子惡居下流，天下之惡皆歸焉。」
☒〔贛曰〕：「君子之過**也**，如日月之食**也**：過，人皆見之；586☒	子貢曰：「君子之過**也**，如日月之食焉：過**也**，人皆見之；更**也**，人皆仰之。」
☒〔朝問於〕子**贛**曰：「☐☐☐587☒有（●）文武之〔道焉。夫子焉〕不學？而亦何常師之 588☒	衛公孫朝問於子貢曰：「仲尼焉學？」子貢曰：「文武之道，未墜於地，在人。賢者識其大者，不賢者識其小者，莫不有文武之道焉，夫子焉不學，而亦何常師之有？」
☒〔以〕告子**贛**。子**贛**曰：「闚諸宮牆，〔賜〕之牆及肩，規見〔室家〕589 子之牆數仞，不得其門而入，不見宗廟之美，〔百官〕590☒其門者或寡**矣**。夫子之員，不亦宜乎！」591☒	叔孫武叔，語大夫於朝，曰：「子貢賢於仲尼。」子服景伯以告子貢。子貢曰：「譬之宮牆，賜之牆**也**及肩，闚見室家之好。夫子之牆數仞，不得其門而入，不見宗廟之美，百官之富。得其門者或寡**矣**。夫子之雲，不亦宜乎！」
☒陵**也**，猶可踰**也**；中尼，日月**也**，〔無得踰焉。其〕592☒	叔孫武叔毀仲尼。子貢曰：「無以爲**也**！仲尼不可毀**也**。他人之賢者，丘陵**也**，猶可踰**也**；仲尼，日月**也**，無得而踰焉。人雖欲自絕，其何傷於日月乎？多見其不知量**也**。」
陳（●）子禽謂子貢：「子〔爲恭**也**，593☒壹言以爲知，壹言〔以爲不知，言不可不愼**也**）。594☒〔不可〕及**也**，猶天之不可階而升**也**。夫子	陳子禽謂子貢曰：「子爲恭**也**，仲尼豈賢於子乎？」子貢曰：「君子一言以爲知，一言以爲不知，言不可不愼**也**！夫子之不可及**也**，猶天之不可階而升

	得〔邦家〕595▢道之斯行，綏之斯來，動之斯和。其生也 596▢哀，如之何其可及也？」597	也。夫子之得邦家者，所謂立之斯立，道之斯行，綏之斯來，動之斯和。其生也榮，其死也哀，如之何其可及也？」
堯曰	▢〔四海困窮，天祿永終。」	堯曰：「咨！爾舜！天之厤數在爾躬，允執其中。四海困窮，天祿永終。」
	舜亦以命禹。曰：「予小子履敢用〕598▢罪，毋以萬方；萬方有罪，罪在朕〔躬。」	舜亦以命禹。曰：「予小子履敢用玄牡，敢昭告於皇皇后帝：有罪不敢赦。帝臣不蔽，簡在帝心。朕躬有罪，無以萬方；萬方有罪，罪在朕躬。」
	周有泰來，善人是富。「雖有〕599▢親，不如仁人。百姓有〔過，在予一人。」	周有大賚，善人是富。「雖有周親，不如仁人。百姓有過，在予一人。」
	謹權量，審〕600▢脩廢官，四方之正行。興滅國，繼絕世，舉洗民，天 601▢歸（●）心焉。所重：民、食、喪、祭。寬得眾，敏則有功，功則〔說〕。602	謹權量，審法度，脩廢官，四方之政行焉。興滅國，繼絕世，舉逸民，天下之民歸心焉。所重：民、食、喪、祭。寬則得眾，信則民任焉，敏則有功，公則說。
	子（●）張問於子曰：「何如斯可以從正矣？」子曰：「〔尊五美，屏〕603 四（●）惡，可以從正矣。」	子張問於孔子曰：「何如斯可以從政矣？」子曰：「尊五美，屏四惡，斯可以從政矣。」
	子張曰：「何胃五美？」子曰：「君子 604▢不（●）費，勞而不怨，欲而不貪，泰而不驕，威而不猛。」605	子張曰：「何謂五美？」子曰：「君子惠而不費，勞而不怨，欲而不貪，泰而不驕，威而不猛。」
	▢〔曰：「何胃惠〕而不費？」子曰：「因民之所利而利之，不亦 606 惠（●）而不費乎？擇可勞而勞之，有誰怨？欲仁而得仁，607▢〔貪？君子無眾寡，無〕小大，毋敢漫，斯不亦泰而不〔驕〕乎？608 君（●）子正其衣冠，尊其瞻視，嚴然人望而畏之，不亦 609▢而（●）不猛乎？」」	子張曰：「何謂惠而不費？」子曰：「因民之所利而利之，斯不亦惠而不費乎？擇可勞而勞之，又誰怨？欲仁而得仁，又焉貪？君子無眾寡，無小大，無敢慢，斯不亦泰而不驕乎？君子正其衣冠，尊其瞻視，儼然人望而畏之，斯不亦威而不猛乎？」
	子張曰：「何胃四惡？」子曰：「不教而殺胃之〔虐；610▢內（●）之鄰胃之有司。」	子張曰：「何謂四惡？」子曰：「不教而殺謂之虐。不戒視成謂之暴。慢令致期謂之賊。猶之與人也，出納之吝謂之有司。」

・子曰：「不知命，無以爲君子；不知禮，無以 ・立〔也；不知〕言，無以知〔人也〕。」611 ・凡二章〔凡三百廿二字〕612 熹平本：凡二十篇萬五千七百一□字	孔子曰：「不知命，無以爲君子<u>也</u>；不知禮，無以立<u>也</u>；不知言，無以知人<u>也</u>。」

附錄四 《戰國縱橫家書》和《戰國策》、《史記》異文對照

（「序」爲帛書章序）

序	《戰國縱橫家書》	《戰國策》	《史記》
5	《蘇秦謂燕王》	《戰國策・燕策一》	《史記・蘇秦列傳》
	・謂燕王【48】曰：	蘇代謂燕昭王曰：	
	「今日願耤（藉）於王前。假臣孝如增（曾）參，信如犀（尾）星（生），廉如相（伯）夷，節（即）有惡臣者可毋𦎫（慚）乎。」王曰：「可矣。」「臣有三資【49】者以事王，足乎？」王曰：「足矣。」	「今有人於此，孝如曾參、孝己，信如尾生高，廉如鮑焦、史蚰，兼此三行以事王，奚如？」王曰：「如是足矣。」	今有孝如曾參，廉如伯夷，信如尾生。得此三人者以事大王，何若？」王曰：「足矣。」
	「王足之，臣不事王矣。	對曰：「足下以爲足，則臣不事足下矣。臣且處無爲之事，歸耕乎周之上埊，耕而食之，織而衣之。」王曰：「何故也？」	
	孝如增（曾）參，乃不離親，不足而（以）益國。信如犀（尾）星（生），乃不延（誕），	對曰：「孝如曾參、孝己，則不過養其親其。信如尾生高，則不過不欺人耳。廉如鮑焦、史	蘇秦曰：「孝如曾參，義不離其親一宿於外，王又安能使之步行千里而事弱燕之危王哉？廉如

・ 187 ・

不足而（以）益國。【50】廉如相（伯）夷，乃不竊，不足以益國。臣以信不與（要）仁俱徹，義不與王皆（偕）立。」	蚩，則不過不竊人之財耳。今臣為進取者<u>也</u>。臣以為廉不與身俱達，義不與生俱立。仁義者，自完之道<u>也</u>，非進取之術<u>也</u>。」王曰：「自憂不足乎？」對曰：「以自憂為足，則秦不出殽塞，齊不出營丘，楚不出疏章。三王代位，五伯改政，皆以不自憂故<u>也</u>。	伯夷，義不爲孤竹君之嗣，不肯爲武王臣，不受封侯而餓死首陽山下。有廉如此，王又安能使之步行千里而行進取於齊哉？信如尾生，與女子期於梁下，女子不來，水至不去，抱柱而死。有信如此，王又安能使之步行千里卻齊之彊兵哉？臣所謂以忠信得罪於上者<u>也</u>。」
15-1 《須賈說穰侯章》 ・華軍，秦戰勝魏，走孟卯，攻大梁（梁）。 須賈說穰侯曰： 「臣聞魏長【132】吏胃（謂）魏王曰：『初時者，惠王伐趙，戰勝三梁，拔邯鄲，趙氏不割而邯鄲復歸。 齊人攻燕，拔故國，殺子之，【133】燕人不割而故國復反。 燕趙之所以國大兵強而地兼諸侯者，以其能忍難而重出地<u>也</u>。	《戰國策・魏策三》 秦敗魏於華，走芒卯而圍大梁。 須賈爲魏謂穰侯曰： 「臣聞魏氏大臣父兄皆謂魏王曰：『初時惠王伐趙，戰勝乎三梁，十萬之軍拔邯鄲，趙氏不割，而邯鄲復歸。 齊人攻燕，殺子之，破故國，燕不割，而燕國復歸。 燕、趙之所以國全兵勁，而地不並乎諸侯者，以其能忍難而重出地<u>也</u>。	《史記・穰侯列傳》 梁大夫須賈說穰侯曰： 「臣聞魏之長史謂魏王曰：『昔梁惠王伐趙，戰勝三梁，拔邯鄲；趙氏不割，而邯鄲復歸。 齊人攻衛，拔故國，殺子良；衛人不割，而故地復反。 衛、趙之所以國全兵勁而地不並於諸侯者，以其能忍難而重出地<u>也</u>。
15-2 《須賈說穰侯章》 宋中山數伐【134】數割，而國隨以亡。 臣以爲燕趙可法而宋中山可毋爲<u>也</u>。 秦貪戾之國<u>也</u>而無親，蠶食魏氏，盡晉【135】國，勝暴子，割八縣，地未畢入而兵復出<u>矣</u>。 夫秦何厭之有<u>哉</u>（哉）。 今有（又）走孟卯，入北宅，此非敢【136】梁（梁）<u>也</u>，且劫王以多割，王必勿聽<u>也</u>。	《戰國策・魏策三》 宋、中山數伐數割，而隨以亡。 臣以爲燕、趙可法，而宋、中山可無爲<u>也</u>。 夫秦貪戾之國而無親，蠶食魏，盡晉國，戰勝睪子，割八縣，地未畢入而兵復出<u>矣</u>。 夫秦何厭之有哉！ 今又走芒卯，入北地，此非但攻梁<u>也</u>，且劫王以多割<u>也</u>，王必勿聽<u>也</u>。	《史記・穰侯列傳》 宋、中山數伐割地，而國隨以亡。 臣以爲衛、趙可法，而宋、中山可爲戒<u>也</u>。 秦，貪戾之國<u>也</u>，而毋親。蠶食魏氏，又盡晉國，戰勝暴子，割八縣，地未畢入，兵復出<u>矣</u>。 夫秦何厭之有哉！ 今又走芒卯，入北宅，此非敢攻梁<u>也</u>，且劫王以求多割地。王必勿聽<u>也</u>。

今王循楚趙而講，楚趙怒而與王爭秦，秦必受之。	今王循楚、趙而講，楚、趙怒而與王爭事秦，秦必受之。	今王背楚、趙而講秦，楚、趙怒而去王，與王爭事秦，秦必受之。
秦挾楚趙【137】之兵以復攻，則國求毋亡，不可得已。	秦挾楚、趙之兵以復攻，則國救亡不可得已。	秦挾楚、趙之兵以復攻梁，則國求無亡不可得也。
願王之必毋講也。王若欲講，必小（少）割而有質，不然必欺。』	願王之必無講也。王若欲講，必少割而有質；不然必欺。』	願王之必無講也。王若欲講，少割而有質；不然，必見欺。』
此臣【138】之所聞於魏也，願君之以氏（是）慮事也。	是臣之所聞於魏也，願君之以是慮事也。	此臣之所聞於魏也，願君〔王〕之以是慮事也。
《周書》曰：『唯命不爲常』，此言幸之不可數也。	「周書曰：『維命不於常。』此言幸之不可數也。	周書曰『惟命不於常』，此言幸之不可數也。
夫戰勝暴子，割八縣之【139】地，此非兵力之請（精）也，非計慮之攻（工）也，夫天幸爲多。	夫戰勝睪子，而割八縣，此非兵力之精，非計之工也，天幸爲多矣。	夫戰勝暴子，割八縣，此非兵力之精也，又非計之工也，天幸爲多矣。
今有（又）走孟卯，入北宅，以攻大梁（梁），是以天幸自爲常也。【140】知（智）者不然。	今又走芒卯，入北地，以攻大梁，是以天幸自爲常也。知者不然。	今又走芒卯，入北宅，以攻大梁，是以天幸自爲常也。智者不然。
臣聞魏氏悉其百縣勝甲以上，以戎（戍）大梁（梁），臣以爲不下卅萬。	「臣聞魏氏悉其百縣勝兵，以止戍大梁，臣以爲不下三十萬。	臣聞魏氏悉其百縣勝甲以上戍大梁，臣以爲不下三十萬。
以卅萬之眾，守七仞之城，臣以爲湯武【141】復生，弗易攻也。	以三十萬之眾，守十仞之城，臣以爲雖湯、武復生，弗易攻也。	以三十萬之眾守梁七仞之城，臣以爲湯、武復生，不易攻也。

15-3	《須賈說穰侯章》	《戰國策·魏策三》	《史記·穰侯列傳》
	夫輕信楚趙之兵，陵七刃之城，犯卅萬之眾而必舉之，臣以爲自天地始分，以至於今【142】未之嘗有也。	夫輕信楚、趙之兵，陵十仞之城，戴三十萬之眾，而志必舉之，臣以爲自天下之始分以至於今，未嘗有之也。	夫輕背楚、趙之兵，陵七仞之城，戰三十萬之眾，而志必舉之，臣以爲自天地始分以至於今，未嘗有者也。
	攻而弗拔，秦兵必罷（疲），陶必亡，則前功有必棄矣。	攻而不能拔，秦兵必罷，陰必亡，則前功必棄矣。	攻而不拔，秦兵必罷，陶邑必亡，則前功必棄矣。

今魏方疑，可以少割而收**也**。	今魏方疑，可以少割收**也**。	今魏氏方疑，可以少割收**也**。
願君【143】沓（逮）楚趙之兵未至於梁（梁）**也**，亟以少割收魏，魏方疑而得以小（少）割爲和，必欲之，則君得所欲**矣**。	願之及楚、趙之兵未任於大梁**也**，亟以少割收。魏方疑，而得以少割爲和，必欲之，則君得所欲**矣**。	願君逮楚、趙之兵未至於梁，亟以少割收魏。魏方疑而得以少割爲利，必欲之，則君得所欲**矣**。
楚趙【144】怒於魏之先己**也**，必爭事秦，從已散而君後擇焉。	楚、趙怒於魏之先己**也**，必爭事秦。從是以散，而君後擇焉。	楚、趙怒於魏之先己**也**，必爭事秦，從以此散，而君後擇焉。
且君之得地**也**，豈必以兵**戋**（哉）。	且君之嘗割晉國取地**也**，何必以兵哉？	且君之得地豈必以兵哉！
□晉國**也**，秦兵不功（攻）【145】而魏效降（絳），安邑，有（又）爲陶啓兩，幾盡故宋，而衞效**畐**尤。	夫兵不用，而魏效絳、安邑，又爲陰啓兩機，盡故宋，衞效尤憚。	割晉國，秦兵不攻，而魏必效絳安邑。又爲陶開兩道，幾盡故宋，衞必效單父。
秦兵苟全而君制之，何索而不得，奚爲而【146】不可。願君之孰（熟）慮之而毋行危**也**。」	秦兵已令，而君制之，何求而不得？何爲而不成？臣願君之熟計而無行危**也**。」	秦兵可全，而君制之，何索而不得，何爲而不成！願君熟慮之而無行危。」
君曰：「善」，乃罷梁（梁）圍。	穰侯曰：「善。」乃罷梁圍。	穰侯曰：「善。」乃罷梁圍。
16-1 《朱己謂魏王章》	《戰國策・魏策三》	《史記・魏世家》
・謂魏王曰：	魏將與秦攻韓，朱己謂魏王曰：	無忌謂魏王曰：
秦與戎翟同俗，有□□【147】之心，貪戾好利，無親，不試（識）禮義德行。	「秦與戎、翟同俗，有虎狼之心，貪戾好利而無信，不識禮義德行。	秦與戎翟同俗，有虎狼之心，貪戾好利無信，不識禮義德行。
筍（苟）有利焉，不顧親戚弟兄，若禽守（獸）耳。此天下之所試（識）**也**。非□□【148】厚積德**也**。	苟有利焉，不顧親戚兄弟，若禽獸耳。此天下之所同知**也**，非所施厚積德**也**。	苟有利焉，不顧親戚兄弟，若禽獸耳，此天下之所識**也**，非有所施厚積德**也**。
16-2 《朱己謂魏王章》	《戰國策・魏策三》	《史記・魏世家》
故大（太）後母**也**，而以憂死。穰侯咎（舅）**也**，功莫多焉，而諒（竟）	故太后母**也**，而以憂死；穰侯舅**也**，功莫大焉，而竟逐之；兩弟無	故太后母**也**，而以憂死；穰侯舅**也**，功莫大焉，而竟逐之；兩弟無

逐之。兩弟無罪而再挽（奪）之國。此於親【149】戚若此而兄仇讎之國乎。	罪，而再奪之國。此於其親戚兄弟若此，而又況於仇讎之敵國也。	罪，而再奪之國。此於親戚若此，而況於仇讎之國乎？
今王與秦共伐韓而近秦患，臣甚惑之。而王弗試（識），則不明。群臣莫以□【150】則不忠。	「今大王與秦伐韓而益近秦，臣甚或之，而王弗識也，則不明矣。羣臣知之，而莫以此諫，則不忠矣。	今王與秦共伐韓而益近秦患，臣甚惑之。而王不識則不明，群臣莫以聞則不忠。
今韓氏以一女子奉一弱主，內有大𤕝（亂），外支秦魏之兵，王以爲不亡乎。	今夫韓氏以一女子承一弱主，內有大亂，外安能支強秦、魏之兵，王以爲不破乎？	今韓氏以一女子奉一弱主，內有大亂，外交彊秦魏之兵，王以爲不亡乎？
韓亡，秦有「鄭」【151】地，與大梁（梁）僯（鄰），王以爲安乎。	韓亡，秦盡有鄭地，與大梁鄰，王以爲安乎？	韓亡，秦有鄭地，與大梁鄰，王以爲安乎？
王欲得故地而今負強秦之禍，王以爲利乎。	王欲得故地，而今負強秦之禍也，王以爲利乎？	王欲得故地，今負彊秦之親，王以爲利乎？
秦非無事之國也，韓亡之後【152】必將更事，更事必就易與利，就易與利，必不伐楚與趙矣。	「秦非無事之國也，韓亡亡之後，必且便事；便事，必就易與利；就易與利，必不伐楚與趙矣。	秦非無事之國也，韓亡之後必將更事，更事必就易與利，就易與利必不伐楚與趙矣。
是何也，夫□□□□，□韓上黨而攻強趙，【153】氏（是）復關與之事也，秦必弗爲也。	是何也？夫越山蹃河，絕韓之上黨而攻強趙，則是復關與之事也，秦必不爲也。	是何也？夫越山蹃河，絕韓上黨而攻彊趙，是復關與之事也，秦必不爲也。
若道河內，倍鄴、朝歌，絕漳、鋪（滏）約□□□□□□邯鄲之鄗（郊），氏（是）知伯之【154】過（禍）也，秦有（又）不敢。	若道河內，倍鄴、朝歌，絕漳、滏之水，而以與趙兵決勝於邯鄲之郊，是受智伯之禍也，秦又不敢。	若道河內，倍鄴、朝歌，絕漳滏水，與趙兵決於邯鄲之郊，是知伯之禍也，秦又不敢。
伐楚，道涉谷，行三千里而攻冥𡍼（阨）之塞，所行甚遠，所攻甚難，秦有（又）弗爲也。	伐楚，道涉而谷行三十里，而攻危隘之塞，所行者甚遠，而所攻者甚難，秦又弗爲也。	伐楚，道沙谷，行三千里。而攻冥阨之塞，所行甚遠，所攻甚難，秦又不爲也。
若道河【155】外，倍大梁（梁），右蔡、召，與楚兵夬（決）於陳鄗（郊），秦有（又）不敢。	若道河外，背大梁，而右上蔡、召陵，以與楚兵決於陳郊，秦又不敢也。	若道河外，倍大梁，右（蔡左）〔上蔡〕、召陵，與楚兵決於陳郊，秦又不敢。

故日：秦必不伐楚與趙矣。有（又）不攻燕與齊矣。韓亡之後，【156】兵出之日，非魏無攻已。	故日，秦必不伐楚與趙矣，又不攻衞與齊矣。韓亡之後，兵出之日，非魏無攻矣。	故日秦必不伐楚與趙矣，又不攻衛與齊矣。夫韓亡之後，兵出之日，非魏無攻已。
16-3 《朱己謂魏王章》	《戰國策·魏策三》	《史記·魏世家》
秦固有壞（懷）、茅、刑（邢）丘，城垝津以臨河內，河內共墓必危。有鄭地，得垣雍（雍），決滎澤，大梁（梁）【157】必亡。	「秦故有懷地刑丘、之城、垝津，而以之臨河內，河內之共、汲莫不危矣。秦有鄭地，得垣雍，決滎澤，而水大梁，大梁必亡矣。	秦固有懷、茅、邢丘，城垝津以臨河內，河內共、汲必危；有鄭地，得垣雍，決滎澤水灌大梁，大梁必亡。
王之使者大過而惡安陵是（氏）於秦，秦之欲許久矣。	王之使者大過矣，乃惡安陵氏於秦，秦之欲許之久矣。	王之使者出過而惡安陵氏於秦，秦之欲誅之久矣。
秦有葉、昆陽，與舞陽鄰，聽使者之惡，隨（墮）安陵是（氏）而亡【158】之。繚舞陽之北以東臨許，南國必危。國先害已。	然而秦之葉陽、昆陽與舞陽、高陵鄰，聽使者之惡也，隨安陵氏而欲亡之。秦繞舞陽之北，以東臨許，則南國必危矣。南國雖無危，則魏國豈得安哉？	秦葉陽、昆陽與舞陽鄰，聽使者之惡之，隨安陵氏而亡之，繞舞陽之北，以東臨許，南國必危，國無害（已）〔乎〕？
夫增（憎）韓，不愛安陵氏，可也。夫不患秦，不愛南國，非也。	且夫憎韓不受安陵氏可也，夫不患秦之不愛南國非也。	夫憎韓不愛安陵氏可也，夫不患秦之不愛南國非也。
異日者，秦【159】在河西，晉國去梁（梁）千里，有河山以闌之，有周韓而間之。	「異日者，秦乃在河西，晉國之去梁也，千里有餘，河山以闌之，有周、韓而間之。	異日者，秦在河西晉，國去梁千里，有河山以闌之，有周韓以間之。
從林軍以至於今，秦七攻魏，五人圍中，榜（邊）城盡拔，支臺【160】隨（墮），垂都然（燃），林木伐，麋鹿盡，而國續以圍。	從林軍以至於今，秦十攻魏，五入國中，邊城盡拔。文臺墮，垂都焚，林木伐，麋鹿盡，而國繼以圍。	從林鄉軍以至於今，秦七攻魏，五入圍中，邊城盡拔，文臺墮，垂都焚，林木伐，麋鹿盡，而國繼以圍。
有（又）長毆（驅）梁（梁）北，東至虖（乎）陶衛□□，□□□監。所亡秦者，山南、山北、河【161】外、河內，大縣數十，名都數百。	又長驅梁北，東至陶、衞之郊，北至乎闞，所亡乎秦者，山北、河外、河內，大縣數百，名都數十。	又長驅梁北，東至陶衛之郊，北至平監。所亡於秦者，山南山北，河外河內，大縣數十，名都數百。

秦乃在河西，晉國去梁（梁）千里而過（禍）若是矣。□□□□秦無韓，有鄭地，無□【162】山而闌之，無周韓而開（間）之，去梁（梁）百□，□必百此矣。	秦乃在河西，晉國之去大梁也尚千里，而禍若是矣。又況於使秦無韓而有鄭地，無河山以闌之，無周、韓以間之，去大梁百里，禍必百此矣。	秦乃在河西晉，去梁千里，而禍若是矣，又況於使秦無韓，有鄭地，無河山而闌之，無周韓而閒之，去大梁百里，禍必由此矣。
異日者，從之不□□，□□疑而韓□□□□。【163】	異日者，從之不成矣，楚、魏疑而韓不可得而約也。	異日者，從之不成也，楚、魏疑而韓不可得也。
16-4 《朱己謂魏王章》	《戰國策·魏策三》	《史記·魏世家》
今韓受兵三年，秦撓以講，識亡不聽。投質於趙，請爲天□雁行頓□，□□□□□。□□□□□【164】躬（窮）也，非盡亡天下之兵而臣海內，必不休。	今韓受兵三年矣，秦撓之以講，韓知亡，猶弗聽，投質於趙，而請爲天下鴈行頓刃。以臣觀之，則楚、趙必與之攻矣。此何也？則皆知秦之無窮也，非盡亡天下之兵，而臣海內之民，必不休矣。	今韓受兵三年，秦橈之以講，識亡不聽，投質於趙，請爲天下鴈行頓刃，楚、趙必集兵，皆識秦之欲無窮也，非盡亡天下之國而臣海內，必不休矣。
是故臣願以從事王，王□□□□□□韓之質，以存韓□【165】求故地，韓必傚之。	是故臣願以從事乎王，王速受楚、趙之約，而挾韓、魏之質，以存韓爲務，因求故地於韓，韓必傚之。	是故臣願以從事王，王速受楚趙之約，（趙）〔而〕挾韓之質以存韓，而求故地，韓必傚之。
此士民不勞而故地盡反□。其功多於與秦共□□，□必無與（美）強秦鄰（鄰）之禍。【166】	如此則士民不勞而故地得，其功多於與秦共伐韓，然而無與強秦鄰之禍。	此士民不勞而故地得，其功多於與秦共伐韓，而又與彊秦鄰之禍也。
夫存韓安魏而利天下，此亦王之大時已（已）。	「夫存韓安魏而利天下，此亦王之大時已。	夫存韓安魏而利天下，此亦王之天時已。
通韓上黨於共寧，使道安成之□，出入賦之，是魏重質【167】韓以其上黨也（已）。	通韓之上黨於共、莫，使道已通，因而關之，出入者賦之，是魏重質韓以其上黨也。	通韓上黨於共、寧，使道安成，出入賦之，是魏重質韓以其上黨也。
合有其賦，足以富國，韓必德魏、重魏、畏魏，韓必不敢反魏，是韓，魏之縣也。	共有其賦，足以富國，韓必德魏、愛魏、重魏、畏魏，韓必不敢反魏。韓是魏之縣也。	今有其賦，足以富國。韓必德魏愛魏重魏畏魏，韓必不敢反魏，是韓則魏之縣也。

	魏【168】得韓以爲縣，以街（衛）大梁（梁），河北必安矣。	魏得韓以爲縣，則衞、大梁、河外必安矣。	魏得韓以爲縣，衛、大梁、河外必安矣。
	今不存韓，貳（二）周安陵必虵（弛），楚趙大破，燕齊甚卑，天下西舟而馳【169】秦，而入朝爲臣不久矣。	今不存韓，則二周必危，安陵必易。楚、趙楚大破，衞、齊甚畏，天下之西鄉而馳秦，入朝爲臣之日不久。」	今不存韓，二周、安陵必危，楚、趙大破，衛、齊甚畏，天下西鄉而馳秦入朝而爲臣不久矣。
	·八百五十八		
18-1	《觸龍見趙太后章》	《戰國策·趙策四》	《史記·趙世家》
	·趙大（太）後規用事。秦急攻之，求救於齊，齊曰：	趙太后新用事，秦急攻之。趙氏求救於齊。齊曰：	趙王新立，太后用事，秦急攻之。趙氏求救於齊，齊曰：
	必以大（太）後【186】少子長安君來質，兵乃出。大（太）後不肯，大臣強之。	「必以長安君爲質，兵乃出。」太后不肯，大臣強諫。	「必以長安君爲質，兵乃出。」太后不肯，大臣彊諫。
	大（太）後明胃（謂）左右曰：「有復言令長安君質者，老婦【187】必唾亓（其）面。」	太后明謂左右：「有復言令長安君爲質者，老婦必唾其面。」	太后明謂左右曰：「復言長安君爲質者，老婦必唾其面。」
	左師觸龍言，願見。大（太）後盛氣而胥之。入而徐趨，至而自謝曰：	左師觸讋願見太后。太后盛氣而揖之。入而徐趨，至而自謝，曰：	左師觸龍言願見太后，太后盛氣而胥之。入，徐趨而坐，自謝曰：
	「老臣病足，曾不能疾走。【188】不得見久矣（矣）。	「老臣病足，曾不能疾走，不得見久矣。	「老臣病足，曾不能疾走，不得見久矣。
	竊自□老輿（輿／與），恐玉膣（體）之有所諮也，故願望見大（太）後。」	竊自恕，而恐太后玉體之有所郄也，故願望見太后。」	竊自恕，而恐太后體之有所苦也，故願望見太后。」
	曰：「老婦持（恃）連（輦）而罡（還）。」	太后曰：「老婦恃輦而行。」	太后曰：「老婦恃輦而行耳。」
	曰：「食匋（飲）得【189】毋衰乎（乎）？」	曰：「日食飲得無衰乎？」	曰：「食得毋衰乎？」
	曰：「侍（恃）鬻鬻（粥）耳。」	曰：「恃鬻耳。」	曰：「恃粥耳。」

曰：「老臣間者殊不欲食，乃自強步，日三四里，少益耆（嗜）食■於身。」	曰：「老臣今者殊不欲食，乃自強步，日三四里，少益耆食，和於身也。」	曰：「老臣閒者殊不欲食，乃彊步，日三四里，少益嗜食，和於身也。」
曰：「老婦不【190】能。」大（太）後之色少解。	太后曰：「老婦不能。」太后之色少解。	太后曰：「老婦不能。」太后不和之色少解。
左師觸龍曰：「老臣賤息■□，最少，不宵（肖），而衰竊愛憐之。願令得補黑衣之數，【191】以■〈衛〉王宮。昧死以聞。」	左師公曰：「老臣賤息舒祺，最少，不肖。而臣衰，竊愛憐之。願令得補黑衣之數，以衞王官，沒死以聞。」	左師公曰：「老臣賤息舒祺最少，不肖，而臣衰，竊憐愛之，願得補黑衣之缺以衛王宮，昧死以聞。」
大（太）後曰：「敬若（諾）。年幾何矣？」	太后曰：「敬諾。年幾何矣？」	太后曰：「敬諾。年幾何矣？」
曰：「十五歲矣。雖少，願及未實（填）■（壑）谷而託之。」	對曰：「十五歲矣。雖少，願及未塡溝壑而託之。」	對曰：「十五歲矣。雖少，願及未塡溝壑而託之。」
18-2 《觸龍見趙太后章》 曰：「丈夫【192】亦愛憐少子乎？」曰：「甚於婦人。」曰：「婦人異甚。」曰：「老臣竊以爲媼之愛燕後賢長安君。」	《戰國策·趙策四》 太后曰：「丈夫亦愛憐其少子乎？」對曰：「甚於婦人。」太后笑曰：「婦人異甚。」對曰：「老臣竊以爲媼之愛燕後賢於長安君。」	《史記·趙世家》 太后曰：「丈夫亦愛憐少子乎？」對曰：「甚於婦人。」太后笑曰：「婦人異甚。」對曰：「老臣竊以爲媼之愛燕後賢於長安君。」
曰：「君過矣。【193】不若長安君甚。」	曰：「君過矣，不若長安君之甚。」	太后曰：「君過矣，不若長安君之甚。」
左師觸龍曰：「父母愛子則爲之計深遠。媼之送燕後也，攀亓（其）■（踵）爲之泣，念亓（其）遠【194】也。亦哀矣。已行，非弗思也。祭祀則祝之曰：必不使反。劋（豈）非計長久子孫相繼爲王也亥（哉）。」大（太）後曰：【195】「然。」	左師公曰：「父母之愛子，則爲之計深遠。媼之送燕後也，持其踵爲之泣，念悲其遠也，亦哀之矣。已行，非弗思也，祭祀必祝之，祝曰：『必勿使反。』非計久長，有子孫相繼爲王也哉？」太后曰：「然。」	左師公曰：「父母愛子則爲之計深遠。媼之送燕後也，持其踵，爲之泣，念其遠也，亦哀之矣。已行，非不思也，祭祀則祝之曰『必勿使反』，豈非計長久，爲子孫相繼爲王也哉？」太后曰：「然。」
左師觸龍曰：「今三世以前，至於趙之爲趙，趙主之子侯者，亓（其）繼有在者乎？」曰：「無有。」	左師公曰：「今三世以前，至於趙之爲趙，趙主之子孫侯者，其繼有在者乎？」曰：「無有。」	左師公曰：「今三世以前，至於趙主之子孫爲侯者，其繼有在者乎？」曰：「無有。」

	曰：「微獨趙，諸侯有【196】在者乎？」曰：「老婦弗聞。」	曰：「微獨趙，諸侯有在者乎？」曰：「老婦不聞也。」	曰：「微獨趙，諸侯有在者乎？」曰：「老婦不聞也。」
	曰：「此亓（其）近者，禍及亓（其）身，遠者及亓（其）孫。	「此其近者禍及身，遠者及其子孫。	曰：「此其近者禍及其身，遠者及其子孫。
	剴（豈）人主之子侯則必不善支（哉），位尊而無功，奉【197】厚而無勞，而挾重器多也。	豈人主之子孫則必不善哉？位尊而無功，奉厚而無勞，而挾重器多也。	豈人主之子侯則不善哉？位尊而無功，奉厚而無勞，而挾重器多也。
	今媼尊長安之位，而封之膏腴之地，多予之重器，而不汲（及）今令有功於國【198】，山陵珊（崩），長安君何以自託於趙？	今媼尊長安君之位，而封之以膏腴之地，多予之重器，而不及今令有功於國。一旦山陵崩，長安君何以自託於趙？	今媼尊長安君之位，而封之以膏腴之地，多與之重器，而不及今令有功於國，一旦山陵崩，長安君何以自託於趙？
	老臣以媼爲長安君計之短也。故以爲亓（其）愛也不若燕後。」	老臣以媼爲長安君計短也，故以爲其愛不若燕後。」	老臣以媼爲長安君之計短也，故以爲愛之不若燕後。」
	大（太）後曰：「若（諾）。次（恣）【199】君之所使之。」	太后曰：「諾。恣君之所使之。」	太后曰：「諾，恣君之所使之。」
	於氏（是）爲長安君約車百乘，質於齊，兵乃出。	於是爲長安君約車百乘質於齊，齊兵乃出。	於是爲長安君約車百乘，質於齊，齊兵乃出。
18-3	《觸龍見趙太后章》	《戰國策・趙策四》	《史記・趙世家》
	子義聞之曰：「人主子也，骨肉之親也，猷（猶）不能持無【200】功之尊，不勞之奉，而守金玉之重也。然兄（兄）人臣乎。」 ・五百六十九	子義聞之曰：「人主之子也，骨肉之親也，猶不能恃無功之尊，無勞之奉，而守金玉之重也，而況人臣乎？」	子義聞之，曰：「人主之子，骨肉之親也，猶不能持無功之尊，無勞之奉，而守金玉之重也，而況於予乎？」
20-1	《謂燕王章》 ・胃（謂）燕王曰：	《戰國策・燕策一》 齊伐宋，宋急。蘇代乃遺燕昭王書曰：	《史記・蘇秦列傳》 齊伐宋，宋急，蘇代乃遺燕昭王書曰：
	「列在萬乘，奇（寄）質【209】於齊，名卑而權輕。奉萬乘助齊伐宋，民勞而實費。	「夫列在萬乘，而寄質於齊，名卑而權輕。秦齊助之伐宋，民勞而實費。	夫列在萬乘而寄質於齊，名卑而權輕；奉萬乘助齊伐宋，民勞而實費；

	破宋，殘楚淮北，肥大齊，讎彊而國弱也。此三者，皆國之大敗也，而足下行之，將欲以除害取信於齊也。	夫破宋，殘楚淮北，肥大齊，讎彊而國害：此三者皆國之大敗也。然且王行之者，將以取信於齊也。
	而齊未加信於足下，而忌燕也愈甚矣。然則足下之事齊也，失所爲矣。夫民勞而實費，又無尺寸之功，破宋肥讎，而世負其禍矣。	齊加不信於王，而忌燕愈甚，是王之計過矣。
夫以宋加之淮北，強萬乘之國也，而齊【210】兼之，是益齊也。	足下以宋加淮北，強萬乘之國也，而齊並之，是益一齊也。	夫以宋加之淮北，彊萬乘之國也，而齊並之，是益一齊也。
九夷方一百里，加以魯衛，強萬乘之國也，而齊兼之，是益二齊也。	北夷方七百里，加之以魯、衞，此所謂強萬乘之國也，而齊並之，是益二齊也。	北夷方七百里，加之以魯、衛，彊萬乘之國也，而齊並之，是益二齊也。
夫一齊之強，【211】燕猶弗能支。今以三齊臨燕，亓（其）過（禍）必大。	夫一齊之強，而燕猶不能支也，今乃以三齊臨燕，其禍必大矣。	夫一齊之彊，燕猶狼顧而不能支，今以三齊臨燕，其禍必大矣。
雖然，夫知（智）者之舉事，因過（禍）而爲福，轉敗而爲功。	「雖然，臣聞知者之舉事也，轉禍而爲福，因敗而成功者也。	雖然，智者舉事，因禍爲福，轉敗爲功。
齊紫敗【212】素也，賈十倍。	齊人紫敗素也，而賈十倍。	齊紫，敗素也，而賈十倍；
句淺棲會稽，亓（其）後殘吳，霸天下。此皆因過（禍）爲福，轉敗而爲功。	越王句踐棲於會稽，而後殘吳天下。此皆轉禍而爲福，因敗而爲功者也。	越王句踐棲於會稽，復殘彊吳而霸天下：此皆因禍爲福，轉敗爲功者也。
20-2　《謂燕王章》	《戰國策·燕策一》	《史記·蘇秦列傳》
今王若欲因過（禍）而爲福，【213】轉敗而爲功，則莫若招（遙）霸齊而尊之，使明（盟）周室而棼（焚）秦符，曰：『大（太）上破秦，亓（其）次必長毖之。』	今王若欲轉禍而爲福，因敗而爲功乎？則莫如遙伯齊而厚尊之，使使盟於周室，盡焚天下之秦符，約曰『夫上計破秦，其次長賓之秦。』	今王若欲因禍爲福，轉敗爲功，則莫若挑霸齊而尊之，使使盟於周室，焚秦符，曰「其大上計，破秦；其次，必長賓之」。
秦王毖【214】以侍（待）破，秦王必患之。	秦挾賓客以待破，秦王必患之。	秦挾賓以待破，秦王必患之。

秦五世伐諸侯，今爲齊下。秦王之心苟得窮齊，不難以國壹棲（接）。	秦五世以結諸侯，今爲齊下；秦王之志，苟得窮齊，不憚以一國都爲功。	秦五世伐諸侯，今爲齊下，秦王之志苟得窮齊，不憚以國爲功。
然則王何【215】不使辯士以若說說秦王曰：『燕趙破宋，肥齊，尊之，爲之下者，燕趙非利之<u>也</u>。	然而王何不使布衣之人，以窮齊之說說秦，謂秦王曰：『燕、趙破宋肥齊尊齊而爲之下者，燕、趙非利之<u>也</u>。	然則王何不使辯士以此言說秦王曰：「燕、趙破宋肥齊，尊之爲之下者，燕、趙非利之<u>也</u>。
燕趙弗利而埶（勢）爲者，以不【216】信秦王<u>也</u>。	弗利而勢爲之者，何<u>也</u>？以不信秦王<u>也</u>。	燕、趙不利而勢爲之者，以不信秦王<u>也</u>。
然則王何不使可信者，棲（接）收燕趙，如經（涇）陽君，如高陵君，先於燕趙，曰，秦有變。【217】因以爲質，則燕趙信秦。	今王何不使可以信者接收燕、趙。今涇陽君若高陵君先於燕、趙，秦有變，因以爲質，則燕、趙信秦<u>矣</u>。	然則王何不使可信者接收燕、趙，令涇陽君、高陵君先於燕、趙？秦有變，因以爲質，則燕、趙信秦。
秦爲西帝，燕爲北帝，趙爲中帝，立三帝以令於天下。	秦爲西帝，趙爲中帝，燕爲北帝，立爲三帝而以令諸侯。	秦爲西帝，燕爲北帝，趙爲中帝，立三帝以令於天下。
韓魏不聽則秦伐，【218】齊不聽則燕趙伐，天下孰敢不聽？	韓、魏不聽，則秦伐之。齊不聽，則燕、趙伐之。天下孰敢不聽？	韓、魏不聽則秦伐之，齊不聽則燕、趙伐之，天下孰敢不聽？
天下服聽，因𩥉（驅）韓魏以伐齊，曰，必反宋，歸楚淮北。	天下服聽，因驅韓、魏以攻齊，曰，必反宋地，而歸楚之淮北。	天下服聽，因驅韓、魏以伐齊，曰『必反宋地，歸楚淮北』。
反宋、歸楚淮北，燕趙【219】之所利<u>也</u>。並立三王，燕趙之所願<u>也</u>。	夫反宋地，歸楚之淮北，燕、趙之所同利<u>也</u>。並立三帝，燕、趙之所同願<u>也</u>。	反宋地，歸楚淮北，燕、趙之所利<u>也</u>；並立三帝，燕、趙之所願<u>也</u>。
夫實得所利，尊得所願，燕趙之棄齊說（脫）沙（屣）<u>也</u>。	夫實得所利，名得所願，則燕、趙之棄齊<u>也</u>，猶釋弊嬌。	夫實得所利，尊得所願，燕、趙棄齊如脫屣<u>矣</u>。
今不收燕趙，齊伯【220】必成。	今王之不收燕、趙，則齊伯必成<u>矣</u>。	今不收燕、趙，齊霸必成。
20-3 《謂燕王章》	《戰國策·燕策一》	《史記·蘇秦列傳》
諸侯贊齊而王弗從，是國伐<u>也</u>。諸侯伐齊而王從之，是名卑<u>也</u>。	諸侯戴齊，而王獨弗從<u>也</u>，是國伐<u>也</u>。諸侯戴齊，而王從之，是名卑<u>也</u>。	諸侯贊齊而王不從，是國伐<u>也</u>；諸侯贊齊而王從之，是名卑<u>也</u>。

今收燕趙，國安、名尊，不收燕【221】趙，國危而名卑。夫去尊安，取卑危，知（智）者弗爲。』	王不收燕、趙，名卑而國危；王收燕、趙，名尊而國寧。夫去尊寧而就卑危，知者不爲也。』	今收燕、趙，國安而名尊；不收燕、趙，國危而名卑。夫去尊安而取危卑，智者不爲也。」
秦王聞若說必如訴（刺）心。然則□□不使辯士以如說【222】秦，秦必取，齊必伐矣，夫取秦上交也，伐齊正利也，尊上交，□正利，聖王之□也。」	秦王聞若說也，必如刺心然，則王何不務使知士以若此言說秦？秦伐齊矣。夫取秦，上交也；伐齊，正利也。尊上交，務正利，聖王之事也。」	秦王聞若說，必若刺心然。則王何不使辯士以此若言說秦？秦必取，齊必伐矣。夫取秦，厚交也；伐齊，正利也。尊厚交，務正利，聖王之事也。
21-1　《蘇秦獻書趙王章》 ·獻書趙王：	《戰國策·趙策一》 趙收天下，且以伐齊。蘇秦爲齊上書說趙王曰： 「臣聞古之賢君，德行非施於海內也，教順慈愛，非布於萬民也，祭祀時享，非當於鬼神也。	《史記·趙世家》 蘇厲爲齊遺趙王書曰： 臣聞古之賢君，其德行非布於海內也，教順非洽於民人也，祭祀時享非數常於鬼神也。
臣□【223】□□□，時雨至，禾穀豐盈，眾人喜之，賢君惡之。	甘露降，風雨時至，農夫登，年穀豐盈，眾人喜之，而賢主惡之。	甘露降，時雨至，年穀孰，民不疾疫，眾人善之，然而賢主圖之。
今足下功力非數加於秦也，怨竺（毒）積怒，非深於齊，下吏【224】皆以秦爲憂趙而曾（憎）齊。	今足下功力，非數痛加於秦國，而怨毒積惡，非曾深淩於韓也。	今足下之賢行功力，非數加於秦也；怨毒積怒，非素深於齊也。
	臣竊外聞大臣及下吏之議，皆言主前專據，以秦爲愛趙而憎韓。	
		秦趙與國，以彊徵兵於韓，秦誠愛趙乎？其實憎齊乎？物之甚者，賢主察之。
臣竊以事觀之，秦幾（豈）憂趙而曾（憎）齊芊（哉），欲以亡韓呻（吞）兩周，故以齊餌天下。【225】	臣竊以事觀之，秦豈得愛趙而憎韓哉？欲亡韓吞兩周之地，故以韓爲餌，先出聲於天下，欲鄰國聞而觀之也。	秦非愛趙而憎齊也，欲亡韓而吞二周，故以齊餤天下。

恐事之不誠（成），故出兵以割革趙魏。	恐其事不成，故出兵以佯示趙、魏。恐天下之驚覺，故微韓以貳之。	恐事之不合，故出兵以劫魏、趙。
21-2 《蘇秦獻書趙王章》 恐天下之疑己，故出摯（質）以爲信。	《戰國策·趙策一》 恐天下疑己，故出質以爲信。	《史記·趙世家》 恐天下畏己也，故出質以爲信。恐天下亟反也，故徵兵於韓以威之。
聲德與國，實伐鄭韓。□【226】以秦之計，必出於此。	聲德於與國，而實伐空韓。臣竊觀其圖之也，議秦以謀計，必出於是。	聲以德與國，實而伐空韓，臣以秦計爲必出於此。
		夫物固有勢異而患同者，楚久伐而中山亡，今齊久伐而韓必亡。破齊，王與六國分其利也。亡韓，秦獨擅之。收二周，西取祭器，秦獨私之。賦田計功，王之獲利孰與秦多？
且說士之計，皆曰韓亡參（三）川，魏亡晉國，市朝未罷，過（禍）及於趙。	「且夫說士之計，皆曰韓亡三川，魏滅晉國，恃韓未窮，而禍及於趙。	說士之計曰：「韓亡三川，魏亡晉國，市朝未變而禍已及矣。」
且物固有事【227】異而患同者。昔者楚久伐，中山亡。	且物固有勢異而患同者，又有勢同而患異者。昔者，楚人久伐而中山亡。	
今燕盡齊之河南，距莎（沙）丘鉅鹿之圍三百里，距襄關北至於□□【228】者千五百里。	今燕盡韓之河南，距沙丘，而至鉅鹿之界三百里；距於扞關，至於榆中千五百里。	燕盡齊之北地，去沙丘、鉅鹿斂三百里，韓之上黨去邯鄲百里，燕、秦謀王之河山，閒三百里而通矣。
秦盡韓魏之上黨則地與王布屬壤芥（界）者七百里。	秦盡韓、魏之上黨，則地與國都邦屬而壤挈者七百里。	
秦以強弩坐羊腸之道則地去【229】邯鄲百廿裏，秦以三軍功（攻）王之上常（黨）而包其北，則注之西非王之有也。	秦以三軍強弩坐羊唐之上，即地去邯鄲二十里。且秦以三軍攻王之上黨而危其北，則句注之西，非王之有也。	秦之上郡近挺關，至於榆中者千五百里，秦以三郡攻王之上黨，羊腸之西，句注之南，非王有已。

今增注世恆山而守三百里【230】過〈通〉燕陽曲逆，此代馬胡狗（駒）不東，緢（崙）山之玉不出，此三葆（寶）者或非王之有也。	今魯句注禁常山而守，三百里通於燕之唐、曲吾，此代馬胡駒不東，而歆山之玉不出也。此三寶者，又非王之有也。	踰句注，斬常山而守之，三百里而通於燕，代馬胡犬不東下，崑山之玉不出，此三寶者亦非王有已。
今從強秦久伐【231】齊，臣恐亓（其）過（禍）出於此也。	今從於彊秦國之伐齊，臣恐其禍出於是矣。	王久伐齊，從彊秦攻韓，其禍必至於此。願王孰慮之。
且五國之主嘗合衡謀伐趙，疏分趙壤，箸之級（盤）竽（盂），屬之祀譜，五國之兵【232】，兵出有日矣。	昔者，五國之王，嘗合橫而謀伐趙，參分趙國壤地，著之盤盂，屬之讎柞。五國之兵有日矣，	且齊之所以伐者，以事王也；天下屬行，以謀王也。燕秦之約成而兵出有日矣。
21-3	《蘇秦獻書趙王章》	《戰國策・趙策一》	《史記・趙世家》
	齊乃西師，以哰（禁）強秦，史（使）秦廢令疏服而聽，反溫、軹、高平於魏，反王、公符逾於趙，此【233】天下所明知也。	韓乃西師以禁秦國，使秦發令素服而聽，反溫、枳、高平於魏，反三公、什清於趙，以王之明知也。	五國三分王之地，齊倍五國之約而殉王之患，西兵以禁彊秦，秦廢帝請服，反高平、根柔於魏，反至分、先俞於趙。
	夫齊之事趙，宜正為上交，乃以柢（抵）罪取伐，臣恐後事王者不敢自必也。	夫韓事趙宜正為上交；今乃以抵罪取伐，臣恐其後事王者之不敢自必也。	齊之事王，宜為上佼，而今乃抵罪，臣恐天下後事王者之不敢自必也。願王孰計之也。
	今王收【234】齊，天下必以王為義矣，齊枰（保）社稷事王，天下必重王。	今王收天下，必以王為得。韓危社稷以事王，天下必重王。	今王毋與天下攻齊，天下必以王為義。齊抱社稷而厚事王，天下必盡重王義。
	然則齊義，王以天下就之。齊逆，王以天下□【235】之，是一世之命制於王也。	然則韓義，王以天下就之，下至韓慕王以天下收之，是一世之命，制於干已。	王以天下善秦，秦暴，王以天下禁之，是一世之名寵制於王也。
	臣願王與下吏羊（詳）計某言而竺（篤）慮之也。	臣願大王深與左右羣臣卒計而重謀，先事成慮而熟圖之也。」	
24-1	《公仲倗謂韓王章》	《戰國策・韓策一》	《史記・韓世家》
	・秦韓戰於蜀潢，韓是（氏）急。【255】	秦、韓戰於濁澤，韓氏急。	秦敗我修魚，虜得韓將鯁、申差於濁澤。

公中（仲）偁胃（謂）韓王曰：「冶（與）國非可持（恃）<u>也</u>。	公仲明謂韓王曰：「與國不可恃。	韓氏急，公仲謂韓王曰：「與國非可恃<u>也</u>。
今秦之心欲伐楚，王不若因張義（儀）而和於【256】秦，洛（賂）之以一名縣，與之南伐楚，此以一爲二之計<u>也</u>。」韓王曰：「善。」	今秦之心欲伐楚，王不如因張儀爲和於秦，賂之以一名都，與之伐楚。此以一易二之計<u>也</u>。」韓王曰：「善。」	今秦之欲伐楚久<u>矣</u>，王不如因張儀爲和於秦，賂以一名都，具甲，與之南伐楚，此以一易二之計<u>也</u>。」韓王曰：「善。」
乃警公中（仲）偁，將使【257】西講於秦。	乃儆公仲之行，將西講於秦。	乃警公仲之行，將西購於秦。
楚王聞之，大恐。召陳軫而告之。	楚王聞之大恐，召陳軫而告之。	楚王聞之大恐，召陳軫告之。
陳軫曰：「夫秦之欲伐王久矣。今或【258】得韓一名縣具甲，秦韓並兵南鄉（向）楚，此秦之所廟祠而求<u>也</u>，今已得之，楚【259】國必伐。	陳軫曰：「秦之欲伐我久<u>矣</u>，今又得韓之名都一而具甲，秦、韓並兵南鄉，此秦所以廟祠而求<u>也</u>。今已得之<u>矣</u>，楚國必伐<u>矣</u>。	陳軫曰：「秦之欲伐楚久<u>矣</u>，今又得韓之名都一而具甲，秦韓並兵而伐楚，此秦所禱祀而求<u>也</u>。今已得之<u>矣</u>，楚國必伐<u>矣</u>。
24-2 《公仲偁謂韓王章》	《戰國策·韓策一》	《史記·韓世家》
王聽臣之爲之，警四竟（境）之內，興師救韓，名（命）戰車，盈夏路，發信臣，多【260】元（其）車，重元（其）敝（幣），史（使）信王之救已<u>也</u>。	王聽臣，爲之儆四境之內選師，言救韓，令戰車滿道路；發信臣，多其車，重其幣，使信王之救已<u>也</u>。	王聽臣爲之警四境之內，起師言救韓，命戰車滿道路，發信臣，多其車，重其幣，使信王之救已<u>也</u>。
韓爲不能聽我，韓之德王<u>也</u>，必不爲逆以來，是秦【261】韓不和<u>也</u>。兵雖至，楚國不大病<u>矣</u>。	縱韓爲不能聽我，韓必德王<u>也</u>，必不爲鴈行以來。是秦、韓不和，兵雖至，楚國不大病<u>矣</u>。	縱韓不能聽我，韓必德王<u>也</u>，必不爲鴈行以來，是秦韓不和<u>也</u>，兵雖至，楚不大病<u>也</u>。
爲能聽我，絕和於秦，□必大怒，以厚怨韓。	爲能聽我絕和於秦，秦必大怒，以厚怨於韓。	爲能聽我絕和於秦，秦必大怒，以厚怨韓。
韓南【262】□□必輕秦，輕秦，元（其）應必不敬<u>矣</u>。是我困秦韓之兵，免楚國楚國之患<u>也</u>。」	韓得楚救，必輕秦。輕秦，其應秦必不敬。是我困秦、韓之兵，而免楚國之患<u>也</u>。」	韓之南交楚，必輕秦；輕秦，其應秦必不敬：是因秦、韓之兵而免楚國之患<u>也</u>。」

楚【263】之〈王〉若（諾）。乃警四竟（境）之內，興師，言救韓，發信臣，多車，厚亓（其）敝（幣），使之韓，胃（謂）韓【264】王曰：	楚王大說，乃儆四境之內選師，言救韓，發信臣，多其車，重其幣。謂韓王曰：	楚王曰：「善。」乃警四境之內，興師言救韓。命戰車滿道路，發信臣，多其車，重其幣。謂韓王曰：
「不穀唯（雖）小，已悉起之矣。願大國肆意於秦，不穀將以楚□韓。」韓王【265】說（悅），止公中（仲）之行。	「弊邑雖小，已悉起之矣。願大國遂肆意於秦，弊邑將以楚殉韓。」韓王大說，乃止公仲。	「不穀國雖小，已悉發之矣。願大國遂肆志於秦，不穀將以楚殉韓。」韓王聞之大說，乃止公仲之行。
公中（仲）曰：「不可。夫以實苦我者秦也。以虛名救我者楚也。	公仲曰：「不可，夫以實告我者，秦也；以虛名救我者，楚也。	公仲曰：「不可。夫以實伐我者秦也，以虛名救我者楚也。
□【266】楚之虛名，輕絕強秦之適（敵），天下必芘〈笑〉王。	恃楚之虛名，輕絕強秦之敵，必為天下笑矣。	王恃楚之虛名，而輕絕彊秦之敵，王必為天下大笑。
且楚韓非兄弟之國也，有（又）非素【267】謀伐秦也。	且楚、韓非兄弟之國也，又非素約而謀伐秦矣。	且楚韓非兄弟之國也，又非素約而謀伐秦也。
已伐刑（形），因興師言救韓，此必陳軫之謀也。	秦欲伐楚，楚因以起師言救韓，此必陳軫之謀也。	已有伐形，因發兵言救韓，此必陳軫之謀也。
夫輕絕強秦而強□【268】楚之謀臣，王必悔之。」	且王以使人報於秦矣，今弗行，是欺秦也。夫輕強秦之禍，而信楚之謀臣，王必悔之矣。」	且王已使人報於秦矣，今不行，是欺秦也。夫輕欺彊秦而信楚之謀臣，恐王必悔之。」
24-3 《公仲倗謂韓王章》韓王弗聽，遂絕和於秦。	《戰國策・韓策一》韓王弗聽，遂絕和於秦。	《史記・韓世家》韓王不聽，遂絕於秦。
秦因大怒，益師，與韓是（氏）戰於岸【269】門。楚救不至，韓是（氏）大敗。	秦果大怒，興師與韓氏戰於岸門，楚救不至，韓氏大敗。	秦因大怒，益甲伐韓，大戰，楚救不至韓。十九年，大破我岸門。
故韓是（氏）之兵非弱也，亓（其）民非愚蒙也，兵為秦禽，知（智）【270】為楚𥬇（笑）者，過聽於陳軫，失計韓倗。	韓氏之兵非削弱也，民非蒙愚也，兵為秦禽，智為楚笑，過聽於陳軫，失計於韓明也。	
故曰：「計聽知順逆，唯（雖）王可。」		

4-1	《蘇秦自齊獻書於燕王》	《戰國策・燕策二》	《史記》
	·自齊獻書於燕王曰：【28】……	蘇代自齊獻書於燕王曰：	
	臣之行也，【40】固知必將有口，故獻御書而行。曰：「臣貴於齊，燕大夫將不信臣。臣賤，將輕臣。臣用，將多望於臣，齊【41】有不善，將歸罪於臣。天下不功（攻）齊，將曰善與齊謀。天下功（攻）齊，將與齊兼棄臣。臣之所處者重卵【42】也。」	「臣之行也，固知將有口事，故獻御書而行，曰：『臣貴於齊，燕大夫將不信臣；臣賤，將輕臣；臣用，將多望於臣；齊有不善，將歸罪於臣；天下不攻齊，將曰善為齊謀；天下攻齊，將與齊兼鄅臣。臣之所重處重卵也。』	無
	王謂臣曰：「魚（吾）必不聽眾口與造言，魚（吾）信若遒（猶）虥也。	王謂臣曰：『吾必不聽眾口與讒言，吾信汝也，猶軪●者也。	
	大可以得用於齊，次可以得信，下笱（苟）毋死，若無【43】不為也。以奴自信可，與言去燕之齊可，甚者與謀燕可，期於成事而已。」	上可以得用於齊，次可以得信於下，苟無死，女無不為也，以女自信可也。』與之言曰：『去燕之齊可也，期於成事而已。』	
4-2	《蘇秦自齊獻書於燕王》	《戰國策・燕策二》	《史記》
	臣受教任齊交五年，齊兵數出，未嘗謀燕。齊勺（趙）之交。壹美壹【30】惡，壹合壹離。燕非與齊謀勺（趙），則與趙謀齊。	臣受令以任齊，及五年。齊數出兵，未嘗謀燕。齊、趙之交，一合一離，燕王不與齊謀趙，則與趙謀齊。	無
	齊之信燕，至於虛北地行其甲。王信田代繰去疾之【31】言功（攻）齊，使齊大戒而不信燕，臣秦拜辭事。	齊之信燕也，至於虛北埊行其兵。今王信田伐與參、去疾之言，且攻齊，使齊犬馬●而不言燕。	

4-3	《蘇秦自齊獻書於燕王》	《戰國策・燕策二》	《史記》
	今王使慶令（命）臣曰：「魚（吾）欲用所善。」	今王又使慶令臣曰：『吾欲用所善。』	無
	王筍（苟）有所善【47】而欲用之，臣請爲王事之。	王苟欲用之，則臣請爲王事之。	
	王若欲劓舍臣而摶任所善，臣請歸，擇（釋）事，句（苟）得時見，盈願矣。【48】	王欲醳臣劓任所善，則臣請歸醳事。臣苟得見，則盈願。」	
19-1	《秦客卿造謂穰侯章》	《戰國策・秦策三》	《史記》
	・胃（謂）穰侯：「秦封君以陶，假君天下數【201】年矣。	秦客卿造謂穰侯曰：「秦封君以陶，藉君天下數年矣。	無
	攻齊之事成，陶爲萬乘長，小國衞（率）以朝，天下必聽，五伯之事也。攻齊不成，陶爲廉監而莫之【202】據。	攻齊之事成，陶爲萬乘，長小國，率以朝天子，天下必聽，五伯之事也；攻齊不成，陶爲鄰恤，而莫之據也。	
	故攻齊之於陶也，存亡之幾也。	故攻齊之於陶也，存亡之機也。	
	君欲成之，侯不使人胃（謂）燕相國曰：『聖人不能爲時，時至亦弗失也。	「君欲成之，何不使人謂燕相國曰：『聖人不能爲時，時至而弗失。	
	舜【203】雖賢，非適禺（遇）堯，不王也。湯武雖賢，不當桀紂，不王天下。	舜雖賢，不遇堯也，不得爲天子；湯、武雖賢，不當桀、紂不王。	
	三王者皆賢矣，不曹（遭）時不王。	故以舜、湯、武之賢，不遭時不得帝王。	
	今天下攻齊，【204】此君之大時也。	令攻齊，此君之大時也已。	
	因天下之力，伐讎國之齊，報惠王之罭（恥），成昭襄王之功，除萬世之害，此燕之利也，而【205】君之大名也。	因天下之力，伐讎國之齊，報惠王之恥，成昭王之功，除萬世之害，此燕之長利，而君之大名也。	

	詩曰，樹德者莫如茲（滋），除怨者莫如盡。吳不亡越，越故亡吳。齊不亡燕，燕故亡齊。吳亡於越，齊亡【206】於燕，餘（除）疾不盡也。	書雲，樹德莫如滋，除害莫如盡。吳不亡越，越故亡吳；齊不亡燕，燕故亡齊。齊亡於燕，吳亡於越，此除疾不盡也。	
19-2	《秦客卿造謂穰侯章》非以此時也成君之功，除萬世之害，秦有它（他）事而從齊，齊趙親，其讎君必深矣。挾【207】君之讎，以於燕，後雖悔之，不可得矣。君悉燕兵而疾贊之，天下之從於君也，如報父子之仇。誠爲鄰（鄰），世世【208】無患。願君之劓（專）志於攻齊而無有它（他）慮也。」』 ・三百・大凡二千八百七十	《戰國策・秦策三》以非此時也，成君之功，除君之害，秦卒有他事而從齊，齊、趙合，其讎君必深矣。挾君之讎以誅於燕，後雖悔之，不可得也已。君悉燕兵而疾僭之，天下之從君也，若報父子之仇。誠能亡齊，封君於河南，爲萬乘，達途於中國，南與陶爲鄰，世世無患。願君之專志於攻齊，而無他慮也。』」	《史記》無
22-1	《蘇秦謂陳軫章》 ・齊宋攻魏，楚回（圍）翁（雍）是（氏），秦敗屈【236】丐。胃（謂）陳軫曰：「願有謁於公，其爲事甚完，便楚利公，成則爲福，不成則爲福。今者秦立於【237】門，客有言曰：『魏王胃（謂）韓倗、張義（儀）：煮棘（棗）將榆（逾），齊兵有（又）進，子來救寡人可也，不救寡人，寡人弗【238】能枝（支）。』榑（轉）辭也。	《戰國策》無	《史記・田敬仲完世家》攻魏。楚圍雍氏，秦敗屈丐。 蘇代謂田軫曰：「臣願有謁於公，其爲事甚完，使楚利公，成爲福，不成亦爲福。今者臣立於門，客有言曰魏王謂韓馮、張儀曰：『煮棗將拔，齊兵又進，子來救寡人則可矣；不救寡人，寡人弗能拔。』此特轉辭也。

	秦韓之兵毋東，旬餘，魏是（氏）榑（轉），韓是（氏）從，秦逐張義（儀），交臂而事楚，此公事成也。」【239】		秦、韓之兵毋東，旬餘，則魏氏轉韓從秦，秦逐張儀，交臂而事齊楚，此公之事成也。」
	陳軫曰：「若何史（使）毋東？」		田軫曰：「奈何使無東？」
	合（答）曰：「韓倗之救魏之辭，必不胃（謂）鄭王曰：『倗以爲魏。』必將曰：『倗將榑（搏）三國【240】之兵，乘屈丐之敝，南割於楚，故地必盡。』		對曰：「韓馮之救魏之辭，必不謂韓王曰『馮以爲魏』，必曰『馮將以秦韓之兵東卻齊宋，馮因搏三國之兵，乘屈丐之獘，南割於楚，故地必盡得之矣』。
22-2	《蘇秦謂陳軫章》	《戰國策》	《史記·田敬仲完世家》
	張義（儀）之救魏之辭，必不胃（謂）秦王曰：『義（儀）以爲魏。』	無	張儀救魏之辭，必不謂秦王曰『儀以爲魏』，
	必將【241】曰：『義（儀）且以韓秦之兵，東巨（拒）齊宋，義（儀）將榑（搏）三國之兵，乘屈丐之敝，南割於楚，名存亡國，□□【242】□□而歸，此王業也。』		必曰『儀且以秦韓之兵東距齊宋，儀將搏三國之兵，乘屈丐之獘，南割於楚，名存亡國，實伐三川而歸，此王業也』。
	公令楚王與韓氏地，使秦制和。胃（謂）秦曰□□□□□□□□施三【243】□韓是（氏）之兵不用而得地於楚。		公令楚王與韓氏地，使秦制和，謂秦王曰『請與韓地，而王以施三川，韓氏之兵不用而得地於楚』。
	□□□□□□□□□□□□□□□□□□□……【244】□魏，魏是（氏）不敢不聽。		韓馮之東兵之辭且謂秦何？曰『秦兵不用而得三川，伐楚韓以窘魏，魏氏不敢東，是孤齊也』。張儀之東兵之辭且謂何？曰
	韓欲地而兵案聲威發於魏，魏是（氏）□□□□□□□□□……		『秦韓欲地而兵有案，聲威發於魏，魏氏之欲不失齊楚者有資矣』。

	魏氏轉，【245】秦韓爭事齊，楚王欲毋予地，公令秦韓之兵不用而得地，有一大德。 秦韓之【246】王劫於韓倗、張義（儀）而東兵以服魏，公常操□□□責於秦□□□□□公□□張【247】義（儀）多資矣。」		魏氏轉秦韓爭事齊楚，楚王欲而無與地，公令秦韓之兵不用而得地，有一大德<u>也</u>。 秦韓之王劫於韓馮、張儀而東兵以徇服魏，公常執左券以責於秦韓，此其善於公而惡張子多資<u>矣</u>。」
23-1	《虞卿謂春申君章》 ·胃（謂）春申君曰：「臣聞之，於安思危，危則慮安。 今楚王之春秋高<u>矣</u>。□□□【248】地不可不蚤定。 為君慮封，莫若遠楚。秦孝王死，公孫鞅殺。	《戰國策·楚策四》 虞卿謂春申君曰：「臣聞之春秋，於安思危，危則慮安。 今楚王之春秋高<u>矣</u>，而君之封地，不可不早定<u>也</u>。 為主君慮封者，莫如遠楚。秦孝公封商君，孝公死，而後不免殺之。	《史記》 無
23-2	《虞卿謂春申君章》 惠王死，襄子殺。 公孫【249】央（鞅）功臣<u>也</u>，襄子親因（姻）<u>也</u>，皆不免，封近故<u>也</u>。 太公望封齊，召公奭封於燕，欲遠王室【250】<u>也</u>。 今燕之罪大，趙之怒深，君不如北兵以德趙，淺（踐）𡧛（亂）燕國，以定身封，此百世一時<u>也</u>。」 「所【251】道攻燕，非齊則魏，齊魏新惡楚，唯（雖）欲攻燕，將何道𡗵（哉）？」 對曰：「請令魏王可。」 君曰【252】：「何？」	《戰國策·楚策四》 秦惠王封冉子，惠王死，而後王奪之。 公孫鞅，功臣<u>也</u>；冉子，親姻<u>也</u>。然而不免奪死者，封近故<u>也</u>。 太公望封於齊，邵公奭封於燕，為其遠王室<u>矣</u>。 今燕之罪大而趙怒深，故君不如北兵以德趙，踐亂燕，以定身封，此百代之一時<u>也</u>。」 君曰：「所道攻燕，非齊則魏。魏、齊新怨楚，楚君雖欲攻燕，將道何哉？」 對曰：「請令魏王可。」 君曰：「何如？」	《史記》 無

曰：「臣至魏，便所以言之。」	對曰：「臣請到魏，而使所以信之。」	
乃胃（謂）魏王曰：	廼謂魏王曰：「夫楚亦強大矣，天下無敵，乃且攻燕。」	
	魏王曰：「鄉也，子雲天下無敵；今也，子雲乃且攻燕者，何也？」對曰：	
「今胃（謂）馬多力則有。言日勝千鈞，則不然者，何【253】也？千鈞非馬之任也。	「今爲馬多力則有矣，若日勝千鈞則不然者，何也？夫千鈞非馬之任也。	
今胃（謂）楚強大則有矣。若夫越趙魏，關甲於燕，幾（豈）楚之任辛（哉）？	今謂楚強大則有矣，若越趙、魏而矚矚兵於燕，則豈楚之任也我？	
【254】非楚之任而爲之，是敝楚也。敝楚強楚，其於王孰便？」	非楚之任而楚爲之，是敝楚也。敝楚見強魏也，其於王孰便也？」	
	《戰國策·韓策一》	
	王曰：「向也子曰『天下無道』，今也子曰『乃且攻燕』者，何也？」對曰：	
	「今謂馬多力則有矣，若日勝千鈞則不然者，何也？夫千鈞，非馬之任也。	
	今謂楚強大則有矣，若夫越趙、魏而矚兵於燕，則豈楚之任也哉？	
	且非楚之任，而楚爲之，是弊楚也。強楚、弊楚，其於王孰便也？」	

參考文獻

一、語　料

1. 《十三經注疏》第八冊，臺北：藝文印書館，1989 年。

2. 《知不足齋叢書》（清鮑廷博編、鮑志祖續輯）第七集，清乾隆道光間長塘鮑氏刻木。

3. 《景刊唐開成石經》第四冊，北京：中華書局，1997 年。

4. 河北省文物研究所整理小組整理，1997，《定州漢墓竹簡〈論語〉》，北京：文物出版社。

5. 張家山二四七號漢墓竹簡整理小組編，2001，《張家山漢墓竹簡〔二四七號墓〕》，北京：文物出版社。

6. 睡虎地秦墓竹簡整理小組編，1990，《睡虎地秦墓竹簡》，北京：文物出版社。

7. 馬王堆漢墓帛書整理小組，1974，《馬王堆漢墓帛書（壹）》，北京：文物出版社。

8. 荊門市博物館編，1998，《郭店楚墓竹簡》，北京：文物出版社。

9. 馬承源主編，2001，《上海博物館藏戰國楚竹書》（一），上海：上海古籍出版社。

10. 馬承源主編，2002，《上海博物館藏戰國楚竹書》（二），上海：上海古籍出版社。

11. 馬承源主編，2003，《上海博物館藏戰國楚竹書》（三），上海：上海古籍出版社。

12. 馬承源主編，2004，《上海博物館藏戰國楚竹書》（四），上海：上海古籍出版社。

13. 馬承源主編，2005，《上海博物館藏戰國楚竹書》（五），上海：上海古籍出版社。

14. 郭沫若，1999，《兩周金文辭大系圖錄考釋》（下），上海：上海書店出版社。

15. 黃永武主編，1983-1986，《敦煌寶藏》。臺北：新文豐出版公司。

16. 李守奎、曲冰、孫偉龍編著，2007，《上海博物館藏戰國楚竹書（1-5）文字編》，

北京：作家出版社，後附釋文。

17. 李方，1998，《敦煌〈論語集解〉校證》，南京：江蘇古籍出版社。

18. 王素，1991，《唐寫本論語鄭氏注及其研究》，北京：文物出版社。

19. 中央研究院語言所漢籍電子文獻。（http://hanji.sinica.edu.tw/）

20. 中央研究院史語所殷周金文暨青銅器資料庫。
　　（http://www.ihp.sinica.edu.tw/~bronze/）

21. 中央研究院語言所上古漢語標記庫。（http://old_chinese.ling.sinica.edu.tw/）

22. 《詩經》原文資料要感謝宋亞雲老師 2007 年整理、2009 年再次整理版。

23. 感謝宋亞雲老師整理的「《戰國策》與《史記》相同或相關故事對照表」資料。

二、著　作（含工具書、碩博論文）

1. 〔元〕盧以緯著、王克仲集注 1988，《助語辭集注》，北京：中華書局。

2. 〔清〕袁仁林著、解惠全注，2004，《虛字說》，北京：中華書局。

3. 〔清〕劉淇，2004，《助字辨略》，北京：中華書局。

4. 〔清〕王引之，2000，《經傳釋詞》，南京：江蘇古籍出版社。

5. 于省吾主編，1996，《甲骨文字詁林》，北京：中華書局。

6. 張世超、金國泰等編，1996，《金文形義通解》。京都：中文出版社。

7. 何琳儀，1998，《戰國古文字典——戰國文字聲系》，北京：中華書局。

8. 宗福邦主編，2003，《故訓彙纂》，北京：商務印書館。

9. 〔美〕韓祿伯 Robert G. Henricks，2002，《簡帛老子研究》，北京：學苑出版社。

10. 曹兆蘭，2004，《金文與殷周女性文化》，北京：北京大學出版社。

11. 陳偉，2009，《楚地出土戰國簡冊〔十四種〕》，北京：經濟科學出版社。

12. 陳鼓應，1983，《莊子今注今譯（上）》，北京：中華書局。

13. 陳前瑞，2008，《漢語體貌研究的類型學視野》，北京：商務印書館。

14. 丁聲樹，1961，《現代漢語語法講話》，北京：商務印書館。

15. 馮勝君，2004，《論郭店簡〈唐虞之道〉、〈忠信之道〉、〈語叢〉一～三以及上博簡〈緇衣〉為具有齊系文字特點的抄本》，北京：北京大學博士後研究工作報告。

16. 高明，1996，《帛書老子校注》，北京：中華書局。

17. 高本漢，1994，《中國音韻學研究》，趙元任、羅常培、李方桂合譯，北京：商務印書館。

18. 顧頡剛、劉起釪，2005，《尚書校釋譯論》，北京：中華書局。

19. 華建光，2008，《戰國傳世文獻語氣詞研究》，北京：中國人民大學博士學位論文。

20. 姜南，2004，《古漢語中表陳述句尾語氣詞的演變》，北京：北京大學碩士學位論文。

21. 蔣紹愚，2005，《近代漢語研究概要》，北京：北京大學出版社。

22. 蔣紹愚，2007，《古漢語詞彙綱要》，北京：商務印書館。

23. 黎錦熙，1992，《新著國語文法》，北京：商務印書館。

24. 黎路遐，2011，《上古漢語指示代詞的演變》，北京：北京大學博士學位論文。

25. 李零，2002，《郭店楚簡校讀記》，北京：北京大學出版社。

26. 李零，2007，《上博楚簡三篇校讀記》，北京：中國人民大學出版社。

27. 李若暉，2004，《郭店竹書老子論考》，北京：齊魯書社。

28. 李素英，2010，《中古漢語語氣副詞研究》，山東：山東大學博士學位論文。

29. 李佐豐，2004，《古代漢語語法學》，北京：商務印書館。

30. 劉洪濤，2008，《上博竹書〈民之父母〉研究》，北京：北京大學碩士學位論文。

31. 龍國富，2004，《姚秦譯經助詞研究》，湖南：湖南師範大學出版社。

32. 呂華萍，2006，《東漢、三國譯經副詞系統比較研究》，湖南：湖南師範大學碩士學位論文。

33. 呂叔湘，1979，《漢語語法分析問題》，北京：商務印書館。

34. 呂叔湘，1984，《近代漢語指代詞•序》，《近代漢語指代詞》，上海：學林出版社。

35. 呂叔湘，1990，《中國文法要略》，《呂叔湘文集》第一卷，北京：商務印書館。

36. 呂叔湘主編，2009，《現代漢語八百詞（增訂本）》，北京：商務印書館。

37. 馬建忠，1983，《馬氏文通》，北京：商務印書館。

38. 潘允中，1982，《漢語語法史概要》，河南：中州書畫社。

39. 駢宇騫、段書安，2006，《二十世紀出土簡帛綜述》，北京：文物出版社。

40. 蒲立本著、孫景濤譯，2006，《古漢語語法綱要》，北京：語文出版社。

41. 錢穆，2005，《論語新解》，北京：三聯書店。

42. 錢宗武，2004，《今文尚書語法研究》，北京：商務印書館。

43. 屈萬里，1997，《尚書今注今譯》，臺灣臺北：臺灣商務印書館。

44. 沈培，1992，《殷墟甲骨卜辭語序研究》，臺灣臺北：文津出版社。

45. 石毓智、李訥，2001，《漢語語法化的歷程》，北京：北京大學出版社。

46. 孫欽善，1994，《中國古文獻學史》，北京：中華書局。

47. 孫錫信，1999，《近代漢語語氣詞》，北京：語文出版社。

48. 太田辰夫，1987，《中國語歷史文法》，蔣紹愚、徐昌華譯，北京：北京大學出版社。

49. 王力，1980，《漢語史稿》，北京：中華書局。

50. 王力，1984，《中國語法理論》，載《王力文集》第一卷。山東：山東教育出版社。

51. 王力，1989，《漢語語法史》，北京：商務印書館。

52. 王力，1999，《古代漢語》，北京：中華書局。

53. 王素，2002，《敦煌吐魯番文獻》，北京：文物出版社。

54. 王雲路、方一新，2000，《中古漢語研究•前言》，北京：商務印書館。

55. 魏培泉，1982，《莊子語法研究》，臺灣臺北：臺灣師範大學碩士論文。

56. 向熹編，1997，《詩經詞典（修訂本）》，四川：四川人民出版社。

57. 許建平，2006，《敦煌經籍敘錄》，北京：中華書局。

58. 徐晶凝，2002，《現代漢語話語情態表達研究》，北京：北京大學博士學位論文。

59. 楊伯峻編，1962，《孟子譯注》，北京：中華書局。

60. 楊伯峻，1965，《文言虛詞》，北京：中華書局。

61. 楊伯峻，1981，《古漢語虛詞》，北京：中華書局。

62. 楊伯峻，1990，《春秋左傳注（修訂本）》，北京：中華書局。

63. 楊伯峻、何樂士，2001，《古漢語語法及其發展（修訂本）》，北京：語文出版社。

64. 楊榮祥，2005，《近代漢語副詞研究》，北京：商務印書館。

65. 楊樹達，1978，《詞詮》，北京：中華書局。

66. 楊樹達，1984，《高等國文法》，北京：商務印書館。

67. 楊永龍，2001，《〈朱子語類〉完成體研究》，河南：河南大學出版社。

68. 尹洪波，2008，《否定詞與副詞共現的句法語義研究》，北京：中國社會科學院博士學位論文。

69. 張明，2005，《〈世說新語〉副詞研究》，吉林：東北師範大學碩士學位論文。

70. 張富海，2002，《郭店楚簡〈緇衣〉篇研究》，北京：北京大學碩士學位論文。

71. 張美蘭，2003，《〈祖堂集〉語法研究》，北京：商務印書館。

72. 趙娟，2005，《〈戰國策〉副詞研究》，山東：山東師範大學碩士學位論文。

73. 朱德熙，1982，《語法講義》，北京：商務印書館。

74. Palmer, F.R।，1986. *Mood and Modality. Cambridge*: Cambridge University Press.

三、期　刊

1. 曹廣順，1986，《〈祖堂集〉中的「底（地）」「卻（了）」「著」》，《中國語文》第 3 期。

2. 曹銀晶，2010，《談「毋」「弗」——「毋」改爲「無／無」、「弗」改爲「不」的現象初探》，ISACG-7（第七屆國際古漢語語法研討會）大會發言稿，2010 年 9 月 18 日，法國羅斯可夫。

3. 曹銀晶，2010，《談〈論語〉句末語氣詞「也已矣」早期的面貌》，《簡帛》第 5 輯。

4. 曹銀晶，2012，《談〈論語〉中的「也已矣」連用現象》，《中國語言學集刊》第六卷第一期。

5. 陳恩渠，1987，《〈論語〉中的句末語氣詞連用》，《西藏民族學院學報》第 4 期。

6. 陳前瑞，2005，《當代體貌理論與漢語四層級的體貌系統》，《漢語學報》第 3 期。

7. 陳前瑞，2008，《句末「也」體貌用法的演變》，《中國語文》第 1 期。

8. 陳永正，1992，《西周春秋銅器銘文中的語氣詞》，《古文字研究》第 19 輯，北京：

中華書局。

9. 丁鼎，2010，《「僞〈古文尚書〉案」評議》，《古籍整理研究學刊》第 2 期。

10. 段德森，1996，《談古漢語語氣助詞的轉化》，《雲夢學刊》第 3 期。

11. 方一新，2004，《從中古詞彙的特點看漢語史的分期》，浙江大學漢語史研究中心編《漢語史學報》第 4 輯，上海：上海教育出版社。

12. 郭錫良，1988，《先秦語氣詞新探（一）》，載《古漢語研究》第 1 期。

13. 郭錫良，1989，《先秦語氣詞新探（二）》，載《古漢語研究》第 1 期。

14. 郭錫良，1997，《介詞「於」的起源和發展》，《中國語文》第二期。

15. 何樂士，2004，《〈左傳〉的語氣詞「也」》，《〈左傳〉虛詞研究》，北京：商務印書館。

16. 洪波，2000，《先秦判斷句的幾個問題》，《南開學報》第 5 期。

17. 華學誠，1988，《試論〈論語〉的句中「也」字》，《四川大學學報》第 2 期。

18. 姜允玉，2002，《出土文獻中的語氣詞「也」》，《古文字研究》第 24 輯，北京：中華書局。

19. 蔣紹愚，2001，《〈世說新語〉、〈齊民要術〉、〈洛陽伽藍記〉、〈賢愚經〉、〈百喻經〉中的「已」、「竟」、「訖」、「畢」》，《語言研究》第 1 期。

20. 蔣紹愚，2003，《魏晉南北朝的「述補賓」式述補結構》，《國學研究》第 12 卷，北京：北京大學出版社。

21. 李訥、石毓智，1997，《論漢語體標記誕生的機制》，《中國語文》第 2 期。

22. 李家浩，2008，《釋老簋銘文中的「濾」字——兼談「只」字的來源》，《古文字研究》第 27 輯，北京：中華書局。

23. 李小軍，2010，《語氣詞「已」「而已」的形成、發展及有關問題》，《漢語史學報》第 9 輯。

24. 李曉華，2006，《〈論語〉語氣詞研究》，《文化與藝術》Z2 期。

25. 李宗江，2005，《試論古漢語語氣詞「已」的來源》，《中國語文》第 2 期。

26. 廖禮平，1987，《〈論語〉〈孟子〉中語氣詞連用初探》，《徐州師範學院學報》第 3 期。

27. 廖秋忠，1989，《〈語氣與情態〉評介》，《國外語言學》第 4 期。

28. 劉承慧，2007，《先秦「矣」的功能及其分化》，《語言暨語言學》第 8 卷第 3 期。

29. 劉承慧，2008，《先秦「也」、「矣」之辨——以〈左傳〉文本爲主要論據的研究》，《中國語言學集刊》第 2 卷第 2 期。

30. 劉承慧，2010，《漢語並列復合標記的作用——從唐宋時期的並列復合標記「了也」談起》，《語言暨語言學》第 11 卷第 2 期。

31. 劉洪濤，2009，《上古音「也」字歸部簡論》，《中國語言學》第 3 輯。

32. 劉曉南，1991，《先秦語氣詞的歷時多義現象》，《古漢語研究》第 3 期。

33. 梅祖麟，1981，《現代漢語完成貌句式和詞尾的來源》，《語言研究》第 1 期。

34. 梅祖麟，1999，《先秦兩漢的一種完成貌句式——兼論現代漢語完成貌句式的來源》，《中國語文》第 4 期。

35. 蒲立本，1995，《古漢語體態的各方面》，《古漢語研究》第 2 期。

36. 齊春紅，2007，《語氣副詞與句末語氣助詞的共現規律研究》，《雲南師範大學學報（哲學社會科學版）》第 3 期。

37. 錢軍，2000，《標記概念：從雅柯布森到喬姆斯基———評 Battistella〈標記概念的邏輯〉》，《外語教學與研究（外國語文雙月刊）》第 2 期。

38. 錢宗武，2001，《今文〈尚書〉語氣詞的語用範圍和語用特徵》，《古漢語研究》第 4 期。

39. 裘錫圭，1992，《說「以」》，《古文字論集》，北京：中華書局。

40. 裘燮君，2000，《先秦早期不同文體文獻在語氣詞運用上的差異》，《徐州師範大學學報（哲學社會科學版）》第 4 期。

41. 沈家煊，2006，《關於詞法類型和句法類型》，《民族語文》第 6 期。

42. 石毓智，2005，《論判斷、焦點、強調與對比之關係——「是」的語法功能和使用條件》，《語言研究》第 4 期。

43. 時兵、白兆麟，2001，《從合助助詞再論古漢語語氣助詞的功能》，《杭州師範學院學報（人文社會科學版）》第 5 期。

44. 宋金蘭，1999，《古漢語判斷句詞序的歷史演變——兼論「也」的性質》，《語文研究》第 4 期。

45. 孫淑梅，2007，《中古漢語副詞研究概述》，《語言應用研究》，第 10 期。

46. 太田辰夫，1988，《中國語史通考》，日本白帝出版社。中文版《漢語史通考》，江藍生、白維國譯。重慶：重慶出版社，1991 年。

47. 王洪君，1987，《漢語表自指的名詞化標記「之」的消失》，《語言學論叢》第 14 輯，北京：商務印書館。

48. 王啟明，2006，《〈論語〉句尾語氣詞的連用》，《新疆教育學院學報》第 4 期。

49. 王統尚、石毓智，2008，《先秦漢語的判斷標記「也」及其功能擴展》，《語言研究》第 4 期。

50. 魏培泉，2000，《先秦主謂間的助詞「之」的分佈與演變》，《中央研究院歷史語言研究所集刊》第 71 本，第 3 分。

51. 魏培泉，2002，《〈祖堂集〉中的助詞「也」———兼論現代漢語助詞「了」的來源》，戴璉璋先生七秩哲誕論文集編輯小組《含章光化———戴璉璋先生七秩哲誕論文集》，臺北：里仁書局。

52. 魏培泉，2003，《上古漢語到中古漢語語法的重要發展》，第三屆國際漢學會議論文集語言組《古今通塞：漢語的歷史與發展》，中央研究院語言學研究所籌備組。

53. 吳麗君，2005，《〈唐開成石經〉刊刻的社會背景綜述》，《承德民族師專學報》第 3 期。

54. 徐丹，2005，《上古漢語後期否定詞「無」代替「亡」》，《漢語史學報》第 5 期。

55. 徐晶凝，2000，《漢語語氣表達方式及語氣系統的歸納》，《北京大學學報（哲社版）》第 3 期。

56. 徐中舒，1962，《〈左傳〉的作者及其成書年代》，《歷史教學》第 11 期。

57. 許德楠，1981，《說先秦漢語中非判斷的名詞謂語句》，《語文研究》第 2 輯。

58. 楊明明，2010，《「己」「巳」「已」關係探源》，《現代語文》第一期。

59. 楊永龍，2000，《先秦漢語語氣詞同現的結構層次》，《古漢語研究》第 4 期。

60. 曾憲通，1989，《吳王鍾銘考釋——薛氏〈款識〉商鍾四新解》，《古文字研究》第 17 輯，北京：中華書局。

61. 張紅，2005，《從〈論語〉看先秦漢語語氣詞的使用》，《語文學刊》第 1 期。

62. 張伯江，1997，《認識觀的語法表現》，《國外語言學》第 2 期。

63. 張成福、余光武，2003，《論漢語的傳信表達》，《語言科學》第 3 期。

64. 張富海，2006，《說「矣」》，《古文字研究》第 26 輯，北京：中華書局。

65. 張文國，1999，《〈左傳〉「也」字研究》，《古漢語研究》第 2 期。

66. 張小峰，2008，《先秦漢語語氣詞「也」的語用功能分析》，《古漢語研究》第 1 期。

67. 張小芹，2005，《〈論語〉中語氣詞的複用》，《河北理工學院學報（社會科學版）》第 2 期。

68. 張玉金，1988，《甲骨卜辭中「惠」和「唯」的研究》，《古文字研究》第 1 期。

69. 張玉金，2008，《出土戰國文獻中「焉」的研究》，《語言科學》第 4 期。

70. 張玉金，2010，《出土文獻中的語氣詞「矣」》，《語言科學》第 5 期。

71. 張玉金，2011，《出土戰國文獻中的語氣詞「殹」》，《殷都學刊》第 3 期。

72. 張振林，1982，《先秦古文字材料中的語氣詞》，《古文字研究》第 7 輯，北京：中華書局。

73. 趙長才，1995，《先秦漢語語氣詞連用現象的歷時演變》，《中國語文》第 1 期。

74. 趙平安，2008，《對上古漢語語氣詞「只」的新認識》，武漢大學簡帛研究中心主編《簡帛》第 3 輯，上海：上海古籍出版社。

75. 趙振興、顧丹霞，2004，《〈周易大傳〉語氣詞的語用功能考察》，《古漢語研究》第 3 期。

76. 周法高，1950，《上古語法札記》，《中央研究院歷史語言研究所集刊》第 22 本。

77. 周滿偉，2004，《〈論語〉語氣詞的連用》，《德州學院學報》第 1 期。

78. 米承平，1998，《先秦漢語句尾語氣詞的組合及組合層次》，《中國語文》第 4 期。

79. 朱德熙，1999，《自指和轉指》，收入《朱德熙文集》第三卷，北京：商務印書館。

80. 胡敕瑞，2012，《漢譯佛典所反映的漢魏時期的文言與白話——兼論中古漢語口語語料的鑒定》，《國學研究》第 30 輯，北京：北京大學出版社。

81. Cinque, Guglielmo.，1999. *Adverbs and Functional Heads.* Oxford：Oxford University Press.

82. Harbsmeier, Christoph.（何莫邪），1989. The Classical Chinese modal particle YI 已.

Proceedings of the Second International Conference on Sinology. Tapei: Academia Sinica.（慶祝中央研究院院慶六十週年《中央研究院第二屆國際漢學會議論文集——語言與文字組（下冊）》，臺灣臺北：中央研究院）

83. Pulleyblank, Edwin G.（蒲立本），1994. Aspects of aspect in Classical Chinese. 高思曼、何樂士編《第一屆國際先秦漢語語法研討會論文集》，長沙：嶽麓書社。

後　記

　　《「也」「矣」「已」的功能及其演變》是我在北京大學讀書時寫的博士論文，我 2008 年一入學就開始考慮這些問題，一直考慮到 2012 年 5 月答辯那天。其實這本書是從「也已矣」連用現象著手的，而有關「也已矣」連用的一部分內容曾在中國簡帛學國際論壇，2009（武漢大學，2009 年 6 月）上宣讀過，題目爲《談〈論語〉句末語氣詞「也已矣」早期的面貌》（之後刊於《簡帛》第 5 輯，2010）。後來在此基礎上再補充、擴大、修改，寫成《談〈論語〉中的「也已矣」連用現象》，原稿曾在國際中國語言學學會第十八屆年會（哈佛大學，2010 年 5 月）入圍「青年學者獎」候選人（之後刊到《中國語言學集刊》第 6 卷第 2 期，2012）。博士論文是在此基礎上擴展，更全面地考察古漢語幾個陳述語氣詞的功能演變。這就是博士論文的寫作緣由。所以博士論文的部分章節——尤其是第 5 章，跟曹銀晶（2010）、曹銀晶（2012）——在內容上會重複一些。本書稿是在此博士論文的基礎上修改而成的。這本書是從兩方面進行了修改：正文方面，主要做了一些字詞上的修改；附錄方面，尤其是《論語》、《老子》、《戰國策》等對照表，原屬於博士論文的一部分，博士論文是利用這些版本對比材料的基礎上寫成的，不過答辯時沒有把它收錄到正文裏邊。但是考慮到筆者從博士入學以來及以後的研究方向都是漢語史與版本對比研究，還是決定把它附在本書後邊，也提供各位作爲研究時的參考。

　　《老子》有一句話說：「絕學無憂」。從 2001 年夏天到北京去留學，一直到博士畢業，差不多過了 11 年的時間：其中兩年考研，四年讀碩士，一年工作，再讀四年的博士。回過頭來想，我的青春期都是在中國度過的。我在中國生活、寫論文，好幾次都遇到了無可奈何的情況，有時候想躲避，有時候不想面對自己，有時候還要承認自己的無能為力，這時候都比較痛苦，就想「絕學無憂」。這一「學」，除了「學書」之外，對我來說，還包括「學人」和「學自己」。但是在我想要「絕學」的那一刻，每次都有人在旁邊支持我、鼓勵我，讓我繼續下去。

　　博士導師蔣紹愚先生就是這樣的一位。蔣先生是我人生最大的轉折點。蔣老師指導我，每次都比我還要勤奮，每次都給我鼓勵和信心。入學以來，我忽然間就發現我導師已經成為我心目中的「慈父」了。有一個人在那裏無限的支持你、相信你的感覺，真是讓我感到非常幸福，我每次想起他的時候，心情變得非常暖和，眼淚就不知不覺地流下來。他是我的恩人，也是我的榜樣。我原想回國後想成為「韓國的蔣紹愚」！但是現在想，我可能做不到，只能希望努力把蔣先生的人品、指導都傳播下去而已。如果沒有他的積極支持，我在學期間不可能參加武漢大學、哈佛大學、法國國家科學院、意大利大學、香港大學主辦的各種會議，也不能到臺灣中央研究院語言研究所去學習半年。通過這些交流，我逐漸知道了學習方法、思考方式、交流的樂趣，甚至還認識了我人生的另外一個轉折點——梅廣先生，讓我去想：以後學習想像他一樣「樂於其中」。真的很感謝蔣紹愚先生，您在這四年教我的，我會銘記在心裏！！

　　我碩士導師李家浩先生也是我的恩人，他讓我學到了寫文章的嚴謹的態度。我碩士畢業以前，李老師還特意為我抽出每周三個小時的時間，指導我的論文，把我的碩士論文材料《戰國文字編》從頭到尾跟我一個字一個字地看了一遍，讓我打下了古文字基礎。這一指導整整花了一年的時間，如果我對古文字有一點的基礎的話，可以說這都是這時候培養出來的。

　　我在臺灣中研院時的導師魏培泉先生在他的碩士論文序言中說過：「我一向字醜多誤，本書又相當的長，所以常常錯亂而難以卒讀，我自己往往看著也煩，先生不辭勞苦，細心訂正批駁。」其實這也是我想跟兩位導師所說的話：老師們！趙平安先生知道我碩導、博導是您們以後，就跟我說過：你真的很幸運！我在中國能成為您們的學生，是我的福氣。我一向錯誤也較多，

不過老師們都耐心指導我，眞的很感謝！！同時也想感謝梅廣、魏培泉、劉承慧、張麗麗、楊秀芳老師，我在臺灣時的無限的關懷以及細心指導！我不會忘記您們的！您們指導我的，您們讓我知道的，我會努力傳給別人，我也想成爲人品、學術兼具的一個人。眞的很感謝！

　　感謝姚振武、趙長才、李佐豐、陳前瑞、楊榮祥、胡敕瑞老師，先後給論文提出很多寶貴的意見，您們指導我的，我以後也會好好兒考慮！感謝張聯榮、宋紹年、劉子瑜、胡敕瑞、邵永海老師！在綜合考試、開題報告和預答辯時都對論文提出了很好的意見！感謝大西克也老師給我的小文提出很多寶貴意見，也幫我解決一些問題！感謝國學院袁行霈、樓宇烈、閻步克、鄧小南、嚴文明、陳來、潘建國、李四龍、耿琴老師以及岳砥柱、秦克宏、路振召、李勇剛同學和師兄弟姐妹們，讓我在修讀國學院課程的時候享受以及知道博學的樂趣！感謝北大中文系老師們以及師兄弟姐妹們！尤其要感謝李明師兄讓我知道跟他一起討論的樂趣，也要感謝張雁師兄的關懷，也感謝宋亞雲老師以及黎路遐師姐的指導，也感謝我入學以前的劉進師兄、郭浩瑜師姐的幫忙！也感謝陳國華師兄給我機會當他的秘書！感謝劉洪濤在古文字學方面的幫忙，也感謝劉莉、鄭妞在古音學方面的幫忙以及建議；尤其要感謝孫書傑，他是我 4 年上學最好的學伴，每次都有什麼想法都先跟他討論，他每次都很樂意地跟我說說自己的意見，跟我提出了不少建議。我眞的很感謝你們！感謝姜仁濤、張文給我做綜合考試、開題、預答辯、答辯秘書，以及跟我討論問題！也要感謝我讀碩士時的師兄宋華強、伊強、師弟劉建民和陳劍老師在遠處支持我！

　　我回國後，也得到了多位韓國學者的指導和幫助，我特別要感謝我的博士後導師白恩姬老師，還要感謝崔載榮老師、朴正久老師、李照東老師等，尤其要感謝我母校成均館大學的諸多恩師——金卿東老師、邊瀅雨老師、全廣鎮老師、李濬植老師、河元洙老師等諸位。

　　還要感謝臺灣花木蘭文化出版社做出的貢獻！沒有您們的大力支持，不會有這麼好的結果！

　　最後也要感謝我家人馬熙東、馬衍俊，你們是我向前發展的動力，如果沒有你們的關懷，不會有我的現在！

　　要感謝的人還有很多，不一一表示了。在此深鞠一躬：非常感謝，諸位！